MARCAS DE NASCENÇA

LIVROS DA AUTORA PUBLICADOS PELA **L&PM** EDITORES:

Dolce agonia
A espécie fabuladora
Marcas de Nascença (**L&PM** POCKET)

Nancy Huston

MARCAS DE NASCENÇA

Tradução de ILANA HEINEBERG

www.lpm.com.br

L&PM POCKET

Coleção **L&PM** POCKET, vol. 929

Texto de acordo com a nova ortografia.
Este livro foi traduzido com o apoio de The Canada Council for the Arts and Foreign Affairs

Canada Council for the Arts | Conseil des Arts du Canada

Título original: *Lignes de faille*

Este livro foi publicado pela L&PM Editores em formato 14x21cm em novembro de 2007
Primeira edição na Coleção **L&PM** POCKET: março de 2011

Tradução: Ilana Heineberg
Capa: Ivan Pinheiro Machado sobre foto © Rue des Archives
Revisão: Bianca Pasqualini, Jó Saldanha e Patrícia Rocha

CIP-Brasil. Catalogação-na-Fonte
Sindicato Nacional dos Editores de Livros, RJ

H966m

Huston, Nancy, 1953-
Marcas de nascença / Nancy Huston; tradução Ilana Heineberg. – Porto Alegre, RS: L&PM, 2011.
320p. (Coleção L&PM POCKET ; v.929)

Tradução de: *Lignes de faille*
Inclui bibliografia
ISBN 978-85-254-2106-7

1. Romance canadense. I. Heineberg, Ilana. I. Título. II. Série.

11-0530. CDD: 819.13
CDU: 821.111(71)-3

Rua Comendador Coruja, 314, loja 9 – Floresta – 90220-180
Porto Alegre – RS – Brasil / Fone: 51.3225.5777 – Fax: 51.3221.5380

Pedidos & Depto. comercial: vendas@lpm.com.br
Fale conosco: info@lpm.com.br
www.lpm.com.br

Impresso no Brasil
Verão de 2011

Para Tamia e seu canto

"O que era aquilo – o queimar, o assombro, a insuficiência sem fim, a doce, profunda e radiante sensação de lágrimas brotando? O que era aquilo?"

R. M. Rilke

Sumário

Bisa = Erra = Klarysa = Kristina ----- Mortimer

Sadie ------- Aron

Randall ------- Tessa

Sol

I
SOL, 2004

Estou acordado.

É como ligar o interruptor e encher o quarto de luz.

Assim que escapo do sono, estou ligado alerta eletrificado, com a cabeça e o corpo funcionando perfeitamente. Tenho seis anos e sou um gênio. Esse é o primeiro pensamento do dia.

O meu cérebro preenche o mundo e o mundo preenche o meu cérebro,

eu controlo e possuo cada parcela dele.

Domingo de Ramos muito cedo

A bisa de visita aqui em casa

A mamãe e o papai ainda estão dormindo um domingo ensolarado sol sol sol Rei sol

Sol Solly Solomon

Sou uma onda de luz instantânea invisível e todo-poderosa que se espalha pelos cantos mais sombrios do universo sem a menor dificuldade

capaz, aos seis anos, de tudo ver, tudo iluminar tudo compreender

Em um piscar de olhos estou de rosto lavado e vestido, a minha cama está feita. As minhas meias e a minha cueca de ontem estão no cesto de roupas sujas e, durante a semana, elas serão lavadas, secas, passadas e dobradas pela minha mãe, depois guardadas na prateleira da minha cômoda, prontas para serem usadas novamente. O nome disso é ciclo. Todos os ciclos devem ser controlados e supervisionados, como, por exemplo, o da minha alimentação. Os alimentos circulam pelo nosso corpo e se transformam dentro dele, então temos que prestar muita atenção no que deixamos entrar na gente e no que deve permanecer do lado de fora. Sou excepcional. Não posso deixar qualquer coisa entrar no meu corpo: meu cocô, ao sair, deve ter uma cor e uma consistência perfeitas, faz parte da circulação.

Na verdade, nunca estou com fome e a mamãe é muito compreensiva com isso, ela só me serve as comidas que eu gosto e que circulam facilmente, iogurte e queijo e massa e pasta de amendoim e pão e cereais, e ela nunca insiste em legumes / carne / peixe / ovos, ela diz que eu vou comer essas coisas quando tiver vontade. Ela me prepara sanduíches com maionese e pão de forma, tirando até a casca do pão, mas mesmo assim eu como só a metade ou um quarto e, para mim, está bom. Belisco minúsculas migalhas do miolo do pão, umedeço-as com saliva e depois as empurro com a minha língua entre os lábios e a gengiva, onde as migalhas se dissolvem bem devagarzinho, porque, na verdade, não tenho vontade de engolir. *O importante é manter a mente afiada.*

O papai gostaria que eu comesse como um garoto americano normal. Ele se pergunta o que vai acontecer no refeitório quando eu for à escola no próximo outono, mas a mamãe diz que ela vai me buscar todos os dias e vai servir o almoço para mim em casa, afinal de contas para que serve uma mãe dona de casa?

Deus me deu este corpo e este espírito e eu devo cuidar deles da melhor maneira possível, tirando assim o melhor proveito. Sei que Ele tem grandes projetos para mim, senão não teria me feito nascer no estado mais rico do país mais rico do mundo, dotado do sistema de armamentos mais extraordinário, capaz de aniquilar a espécie humana num piscar de olhos. Ainda bem que Deus e o presidente Bush se dão bem. Imagino o paraíso como um gigantesco Estado do Texas implantado no céu, com Deus passeando em seu rancho, de chapéu e botas de caubói, verificando se tudo está sob controle e atacando um planeta de tempos em tempos para se divertir.

Quando tiraram Saddam Hussein do seu esconderijo um dia desses, ele estava com os cabelos imundos e emaranhados, os olhos remelentos e vermelhos, a barba desgrenhada e o rosto encovado. O papai começou a dar gritos de alegria na frente da tevê:

– É isso o que eu chamo de uma *derrota*! Vamos acabar com toda essa porcaria de terroristas árabes, até o último deles!

– Randall – disse a mamãe, que bem naquele momento estava colocando uma bandeja com um copo de cerveja gelada e uma tigela de amendoins na frente dele. – Precisamos prestar atenção no que dizemos, afinal não queremos que o Solly acredite que todos os árabes são terroristas, não é mesmo? Tenho certeza que existem árabes extremamente gentis, inclusive aqui na Califórnia. Acontece apenas que eu não conheço nenhum pessoalmente.

Ela disse isso como se estivesse brincando, mas ao mesmo tempo ela estava dizendo a verdade. O papai tomou um gole de cerveja.

– É, Tessie, me desculpe, você com certeza tem razão – ele disse, dando um baita arroto, o que a mamãe resolveu levar na brincadeira. Daí ela riu.

Tenho pais formidáveis que ainda se amam, o que não é o caso da maioria das crianças lá no meu maternal. A gente vê que eles se amam porque os porta-retratos com as fotos do casamento e os cartões de felicitações ainda estão em cima do aparador, e eles já estão casados há sete anos! Na verdade, a mamãe tem dois anos a mais do que o papai, tenho dificuldade em admitir isso, mas ela tem *trinta anos*, a mãe do meu amigo Brian tem *cinquenta* anos, ou seja, é mais velha do que a minha avó Sadie. Isso quer dizer que ela teve o Brian com 44 anos, o que é nojento, não consigo acreditar que as pessoas ainda transam quando são velhas. Sim, eu sei de onde vêm os bebês, eu sei tudo.

Para dizer a verdade, foi a vovó Sadie quem escolheu o meu nome. Ela sempre se arrependeu de não ter dado um nome judeu para o meu pai, então na geração seguinte ela não quis perder a oportunidade pela segunda vez. A mamãe disse que não via nenhum inconveniente. A minha mãe é uma pessoa muito conciliadora, ela quer que todo mundo se dê bem e não há dúvidas de que Sol também pode ser um nome cristão.

A influência da minha avó na minha vida termina aí, pois felizmente ela mora longe daqui, em Israel, e a gente quase nunca se vê. Digo felizmente porque o meu pai não gosta muito da vovó, mas ao mesmo tempo tem medo e não consegue enfrentá-la de verdade, então, a cada vez que ela vem nos visitar aqui em casa, há muita briga, o que perturba a minha mãe. Assim que a vovó Sadie vira as costas, o papai, todo corajoso, se põe a criticá-la porque ela adora dar ordens e se meter onde não é chamada. Uma vez ele chegou a dizer que era culpa dela que o Aron, o querido pai do meu pai, tenha morrido aos 49 anos; a mamãe disse que aquilo era um absurdo, que o Aron tinha morrido por causa do cigarro e não por causa da esposa, mas o papai disse que havia uma ligação notória entre o câncer e a raiva *recalcada*, apesar de eu não ter certeza do que isso quer dizer, recalcada.

O meu pai também viveu em Israel quando tinha a minha idade e ele gostou tanto da cidade de Haifa que, de todos os lugares possíveis de se viver nos Estados Unidos, ele escolheu a Califórnia porque os eucaliptos e as palmeiras e as laranjeiras e os arbustos floridos o faziam lembrar dos bons e velhos tempos. Foi também em Israel que ele começou a não gostar dos árabes por causa de uma menininha árabe por quem ele se apaixonou por lá, mas não sei o que houve direito, porque cada vez que ele toca no assunto fica todo tenso e taciturno. Até para a mamãe a história desse amor de infância é um grande mistério.

A vovó Sadie é deficiente física e judia ortodoxa, diferentemente de todos os outros membros da família. Ela usa uma peruca porque só os maridos das mulheres judias ortodoxas têm o direito de ver os cabelos delas, senão os outros homens poderiam cobiçá-las e querer transar com elas fora dos laços sagrados do casamento. Como ela é viúva e anda por aí de cadeira de rodas, duvido muito que alguém a cobice ou queira transar com ela, mas mesmo assim ela se recusa a tirar a peruca. Parece que um rabino da Flórida mandou que as mulheres judias ortodoxas não usassem mais perucas feitas com cabelos indianos porque na Índia as pessoas se prostram diante de deuses com seis braços ou cabeça de elefante e, de tanto rezar para esses deuses, os indianos estão completamente maculados, e os judeus que usam os cabelos deles acabam se sujando também, então o rabino mandou que elas comprassem *imediatamente* novas perucas feitas de cabelos sintéticos, mas a vovó disse que ele está exagerando.

A cadeira de rodas é por causa de um acidente de carro que ocorreu há muito tempo, o que não a impede de se movimentar. Ela conheceu mais países do que todos os outros membros da nossa família juntos. Ela é uma conferencista famosa e a mãe dela, a Erra, a Bisa, é uma cantora famosa e o meu pai será em breve um guerreiro famoso no Iraque e cabe a mim decidir no que eu quero ser famoso, mas isso não será um problema, a celebridade é hereditária na nossa família.

Muito diferente da mãe do meu pai, que estava sempre viajando, reinando nas universidades, a minha mãe é maravilhosa e, por livre e espontânea vontade, escolheu ficar em casa, e não porque era o destino das mulheres, como nos velhos tempos. O nome dela é Tess, mas eu chamo ela de mamãe. Todas as crianças chamam as suas mães de mamãe, é óbvio, mas, às vezes, quando estamos num parque e uma criança grita “Mamãe!”, e a minha mãe se vira achando que sou eu, acho isso inacreditável.

– Não é isso... – ela me explica. – É a mesma coisa que acontece com o toque do celular. Quando um celular idêntico ao seu toca, você dá um pulo instintivamente e só depois se dá conta: “Ah, não é para mim que estão ligando”.

Não é como um celular. Minha voz é a MINHA VOZ. Sou único.

No maternal e em outros lugares, deixo todo mundo boquiaberto com o meu talento para leitura porque a mamãe me ensinou a ler quando eu era bebê. Já me contou mil vezes a história de como chegava pertinho de mim quando eu estava na minha caminha de grades, me mostrava fichas e lia para mim as palavras nelas escritas, três vezes por dia em sessões de vinte minutos, praticamente desde que nasci. Foi assim que aprendi a ler e a falar ao mesmo tempo e não consigo nem me lembrar de uma época em que eu não sabia ler. O meu vocabulário é impressionante.

Durante a semana, o papai fica fora de casa de manhã até a noite porque leva mais de duas horas para fazer o trajeto até Santa Clara, onde ele tem um cargo muito importante de programador de computadores. Ganha um salário excelente, graças ao qual somos uma família que tem dois carros – “Temos mais carros do que filhos!”, eles dizem brincando de vez em quando, porque a mamãe vem de uma família com seis filhos e só um carro! A sua família era católica, o que quer dizer que a minha avó não podia fazer planejamento familiar, então ela continuou a ter filhos até que eles ficaram realmente na pobreza, e então ela parou de ter filhos. Já o meu pai teve uma educação meio que judaica, daí quando a mamãe e ele se apaixonaram, decidiram fazer concessões mútuas e acabaram optando pela igreja protestante, o que lhes dá o direito ao planejamento familiar. Resumidamente, isso quer dizer que a esposa toma uma pílula e o marido pode transar com ela o quanto quiser, sem lhe colocar um bebê na barriga, é por isso que sou filho único. A mamãe gostaria de ter outro filho um dia e o papai diz que eles provavelmente terão condições para isso daqui a um ano ou dois, mas, seja qual for o número de filhos na nossa família, não tenho medo da concorrência. Jesus tinha uma multidão de irmãos e nunca ouvimos falar neles, simplesmente não existe comparação.

Uma vez por mês o meu pai participa de um grupo que discute como ser homem numa época em que as mulheres trabalham fora. Não sei por que ele precisa desse grupo se a minha mãe não trabalha, mas, de qualquer forma, eles vão um de cada vez lá na frente e contam os seus problemas e depois devem seguir os conselhos do grupo e, se desobedecem, têm que pagar fazendo muitos apoios. De vez em quando, todo o grupo sai junto para fazer coisas viris, como caminhadas e falar palavrões e dormir ao relento e suportar picadas de mosquito, afinal os homens são mais resistentes do que as mulheres.

Sou realmente feliz por ter nascido menino e não menina porque é mais raro que os meninos sejam estuprados, a não ser que sejam católicos, coisa que nós não somos.

No site websoluço, que descobri um dia por acaso procurando no Google imagens da guerra do Iraque, dá para ver centenas de meninas e mulheres sendo violenta e gratuitamente estupradas e está escrito que tudo foi feito diante das câmeras. De qualquer forma, elas não parecem estar se divertindo, sobretudo quando são amordaçadas e amarradas. Às vezes, além de transar com elas pela boca, pela vagina ou pelo ânus, os homens ameaçam cortar os mamilos delas com um estilete, mas você não vê os mamilos sendo cortados, então talvez estejam blefando. Mohamed Atta e os outros terroristas do 11 de setembro utilizaram estiletes para desviar os aviões na direção das Torres Gêmeas quando eu tinha três anos, lembro muito bem de quando o papai me chamou para ver na televisão as torres desabando enquanto ele exclamava "Árabes fodidos" e tomava a sua cerveja.

Tenho um computadorzinho só para mim na escrivaninha do meu quarto, cercado por meus bichinhos de pelúcia, meus livros de desenhos, presentes da Bisa e de outros membros da minha família, desenhos do maternal colados nas paredes com fita Magic Scotch®, que não estraga o papel de parede quando a gente arranca, e também o meu nome escrito em letras de madeira dispostas em círculos – S – O – L –, que a minha mãe recobriu cuidadosamente com folhas douradas para que elas brilhem e cintilem. Meu computador permite que eu brinque sozinho, pois não tenho irmãos nem irmãs, é principalmente por isso que os meus pais o compraram, para que eu não me sinta sozinho. Posso fazer palavras cruzadas, jogar damas, jogo da velha e um monte de joguinhos eletrônicos infantis completamente imbecis em que você vê, por exemplo, pessoas escalando um muro e nas quais deve atirar. Quando você consegue matar alguém, ganha um ponto. Meu quarto fica bem ao lado do quarto dos meus pais, mas eu controlo perfeitamente todos os meus movimentos e sei caminhar na ponta dos pés sem fazer o menor ruído, então é muito fácil ligar o computador da mamãe enquanto ela está fazendo a faxina lá embaixo e entrar no Google e ficar sabendo o que está acontecendo no mundo real.

A minha mente é gigantesca. Se o meu corpo está limpo e a comida circula direitinho, posso processar qualquer informação. Eu me empanturro de Google e viro o presidente Bush e Deus ao mesmo tempo. Segundo o papai, a palavra *googol* antigamente significava o maior número que se podia imaginar – o número 1 seguido de cem zeros – mas hoje em dia significa quase o infinito. Basta baixar as imagens para ver as moças sendo estupradas pela vagina ou pelo ânus por cavalos ou cachorros ou tudo que quisermos imaginar, clique clique clique com o esperma do animal nos seus lábios sorridentes. A mamãe quase não usa o computador dela e, como ela canta enquanto passa o aspirador lá embaixo, não tem a menor chance de me ouvir clicar o mouse com a mão direita enquanto deslizo a mão esquerda entre as minhas pernas e começo a me esfregar. A minha mente anda na velocidade máxima, o meu estômago está quase vazio, sou uma máquina em ebulição. Não tenho autorização para isso, mas é fácil ser duas ou mil pessoas ao mesmo tempo, sem falar em todos aqueles animais, e tudo dá certo desde que as coisas sejam cuidadosamente controladas, cronometradas e organizadas.

será que o papai também...?

sou um

menino, felizmente

Também adoro clicar nos cadáveres dos soldados iraquianos na areia, tem até uma sessão de slides. Às vezes a gente nem consegue distinguir qual é a parte do corpo. Um tronco, talvez? Uma perna? Estão enrolados em velhos trapos e cobertos de areia, que absorveu o sangue, tudo parece muito seco. De pé em torno deles, a gente vê soldados americanos que contemplam a cena e parecem pensar: puxa vida, escapamos por um triz... *Isso aí era um ser humano? Sério?*

Quando eu era pequeno e o meu pai trabalhava perto daqui, em Lodi, num escritório onde ele não tinha um salário tão bom mas não levava quatro horas para fazer o trajeto de ida e volta todos os dias, ele me colocava na cama todas as noites com direito a uma canção e uma palmadinha, como o pai dele fazia quando ele era pequeno. Agora, quando ele volta do trabalho, já estou dormindo, então ele não canta mais antes de eu dormir, mas sei que me ama tanto quanto antes, acontece apenas que ele precisa trabalhar bastante para que a gente possa manter um bom nível de vida e quitar a nossa casa com duas vagas na garagem numa das áreas com o metro quadrado mais caro do país. A mamãe diz que eu devo ficar orgulhoso das coisas que temos.

De qualquer forma, no tempo em que o papai ainda cantava para mim, a minha canção preferida era *Ossos secos*:

E-ze-quiel exclamou: "Esses ossos secos!"
E-ze-quiel exclamou: "Esses ossos secos!"
E-ze-quiel exclamou: "Esses ossos secos!"
Oh, escuta a palavra do Senhor.
O osso do pé está ligado ao – osso da perna,
O osso da perna está ligado ao – osso do joelho,
O osso do joelho está ligado ao – osso da coxa.

Em seguida, ele levantava os meus pés até a minha cabeça, dando tapinhas com a mão e a sua voz subia meio tom a cada verso e, em seguida, ele voltava a descer na escala musical e no meu corpo a toda velocidade. Eu adorava aquilo e, a cada vez que vejo soldados iraquianos mortos ou fotos de pessoas cortadas ao meio em um acidente de carro, eu me lembro dessa canção e penso que isso aí não tem *conserto* e que nem mesmo Deus poderá dar um jeito quando eles forem para o céu. Esse tronco aí está – sozinho. Esse osso da perna está ligado a – nada. Isso é triste pois quando você é pequeno e assiste aos velhos desenhos animados na tevê, você vê personagens como Tom e Jerry ou Pernalonga ou Papa-Léguas despencando de um precipício, se achatando como panquecas numa estrada, sendo esmagados por pedras enormes, triturados por uma betoneira, moídos e mastigados por ventiladores elétricos e, segundos depois, eles estão inteirinhos de novo e prontos para novas aventuras. Mas, para os soldados iraquianos, é claro que a temporada de aventuras terminou.

Mamãe é contra a violência. Ela é uma pessoa muito positiva e não vejo por que eu deveria acabar com as suas ilusões. Ela supervisiona tudo o que eu vejo na televisão, o que quer dizer: sim para *Pokemon* e não para *Inu-yasha*, sim para *Os ursinhos Gummi* e não para *Os Simpsons*. Em matéria de cinema, ela acha que eu ainda sou muito pequeno para *Harry Potter* e *O senhor dos anéis*, o que é realmente inacreditável. Eu lembro que quando Diane, a minha colega do maternal, me deu de presente o DVD do *Bambi* no meu quinto aniversário, a mamãe nem queria me deixar assistir o filme, tinha medo que eu ficasse traumatizado com a morte da mãe do Bambi. Ela acha que eu sou novo demais para entender a morte, então tento protegê-la. Na semana passada, vimos um pardal morto numa valeta e ela fez um carinho na minha cabeça e disse:

– Não se preocupe, meu anjo, ele está no céu junto com Deus – e soluçando abracei as suas pernas para animá-la.

Para ela, Arnold Schwarzenegger não é nada além de governador da Califórnia. Ela não viu nenhum dos filmes dele enquanto eu vi vários, graças ao meu amigo Brian, ou melhor, aos pais dele. Eles têm um monte de fitas de vídeo velhas na sala de jogos do porão: os três *Exterminador do Futuro, Queima de arquivo, Danos colaterais*. Eles têm também a coleção completa de *Guerra nas estrelas* e *Godzilla,* que é como se fosse um *remake*, ou melhor, uma antecipação do 11 de setembro, com os arranha-céus de Nova York desabando e os nova-iorquinos em pânico, gritando, chorando e correndo cada um para um lado. A gente pode assistir aos filmes quantas vezes quiser porque a mãe do Brian não é dona de casa como a minha e a babá dele não faz objeções desde que ela possa pintar as unhas dos pés e falar com o namorado pelo celular. Schwarzenegger está sensacional no papel de robô, ele é imbatível e indestrutível, se seu corpo humano é atingido, ele não tem escrúpulos em abrir o braço com um escalpelo ou arrancar um olho, então eu também não preciso me preocupar com a cirurgia do meu sinal no mês de julho.

O papai está longe de ser um atleta ou um esportista, mas durante o verão ele joga beisebol com os vizinhos. Ele leva isso muito a sério pois era uma das coisas que fazia com o seu pai quando eles moravam em Manhattan. Ele me comprou um jogo que se chama *Base*: você coloca uma bolinha de plástico em cima de um suporte e treina batendo na bola com um taco de plástico, alguém corre para pegar a bola para você e depois você lança ela novamente. Quando o papai joga beisebol, a mamãe joga *Base* comigo. Às vezes as suas amigas se surpreendem de vê-la catar a bola duzentas vezes seguidas, sempre exclamando:

– Bravo, Sol! Que bola!

Elas acham que a mamãe deve achar isso chato, mas eu sei que não, porque isso é o que se chama de amor materno. Em vez de ficar exaltando meu destino glorioso diante das suas amigas, ela se contenta em encolher os ombros e dizer:

– Ora, assim faço um pouco de exercício.

Vou começar a escola nesse outono e pretendo escutar tudo, gravar tudo e obter notas brilhantes, mas sempre mantendo a discrição; por enquanto, os outros não precisam saber que sou o rei, o Sol único e o Filho único, filho de Google e de Deus, Filho imortal e onipresente da Tela. WWW ao avesso fica MMM: a não ser a Minha Mãe Milagrosa, a quem dei alguns indícios, ninguém suspeita do brilho, do esplendor, da fabulosa radiação do meu cérebro que um dia vai transformar e salvar o universo.

Meu único defeito é esse sinal na têmpora esquerda. Do tamanho de uma moeda de 25 centavos, redondo e em relevo, marrom e felpudo. Defeito mínimo, mas o corpo é um templo e o menor defeito deve ser eliminado do templo do Solomon, por isso a mamãe marcou hora para uma intervenção cirúrgica no mês de julho. O papai é meio contra, mas por essa época provavelmente ele já vai estar no Iraque.

A guerra no Iraque terminou há quase um ano, mas vários soldados americanos ainda estão sendo mortos lá. O papai fica louco a cada vez que pensa nisso, então a mamãe tenta suavemente mudar de assunto, fazendo com que ele pense em coisas boas.

– Não adianta nada ficar praguejando contra as coisas que não podemos mudar, Randall – ela diz. – Cada um faz o que está ao seu alcance para garantir a segurança do mundo.

O presidente Bush está fazendo a parte dele, você faz a sua, eu a minha.

A parte da mamãe é garantir a minha segurança, e eu acho que temos a casa mais segura do planeta. Ela foi adaptada para ser segura para crianças, a mamãe me explicou isso há algumas semanas. (Ela insiste sempre em me explicar tudo da maneira mais completa, clara e honesta possível, e a partir do momento em que me ensina alguma coisa eu passo a *conhecê-la* de maneira profunda e para sempre, como se eu próprio a tivesse inventado).

– É uma simples questão de bom-senso. Queremos protegê-lo, então, na sua opinião, o que fazemos?

Tento adivinhar.

– Me fazem vestir um casaco de chuva quando chove?

Acho que não dei a resposta certa.

– Não, não estou falando da previsão do tempo, mas da casa. Fizemos de tudo para que ela se tornasse à prova de riscos para crianças, o que significa que fizemos tudo que estava ao nosso alcance para que ela fosse um local seguro para você.

– A cerca é à prova de ladrão, o que significa que fizemos tudo o que estava ao nosso alcance para que ela fosse segura para os ladrões, rá, rá, rá! – disse o papai.

– Não, não é isso...

– Com relação à casa, a gente também não tinha total segurança de que ela não era totalmente segura. Como é que se pode ter segurança total? – interrompeu o papai.

A mamãe riu porque o papai estava tentando ser engraçado, mas a maneira dela de rir também indicava que ele devia parar de interrompê-la; a seguir, ela enumerou tudo o que eles fizeram para deixar a casa segura. Por exemplo, eles recobriram todas as tomadas elétricas para que eu não possa enfiar os meus dedos e ser eletrocutado e ficar com os cabelos em pé e os olhos esbugalhados, como um gato num desenho animado ou como um criminoso condenado à cadeira elétrica pelo presidente Bush. Eles colocaram quinas arredondadas em cada ponta de mesa e de balcão para que eu não me bata e fique com um machucado horrível na cabeça e mije sangue e tenha que ser levado com urgência ao hospital e levar pontos, enquanto os meus pais ficam ali, em volta da minha cama, arrancando os cabelos de angústia e de culpa. Eles também travaram os botões que acendem o fogão da cozinha, para que eu não possa acendê-los sem querer e me queimar ao colocar as mãos na chama ou pôr fogo na cortina, o que faria com que a casa toda pegasse fogo e me reduziria a um montinho de carne carbonizada, como um soldado iraquiano em meio às ruínas fumegantes da nossa casa, justo agora que o papai acaba de fazer um segundo empréstimo. Até mesmo os banheiros foram reformados para impedir que a tampa caia sobre meu pênis enquanto faço pipi, o que, aliás, deve ser uma dor horrível. Quando preciso fazer cocô, tenho que chamar a mamãe para que ela venha desenganchar a tampa e baixá-la com toda precaução.

A mamãe sabe tudo isso graças a um curso que fez sobre Relações Pais e Filhos. O curso ensinava não apenas como deixar a sua casa segura, mas tratava também de vários outros assuntos, como, por exemplo, a importância de respeitar os seus filhos e ouvi-los em vez de tratá-los como se eles fossem imbecis, como se fazia antigamente, e devo dizer que a mamãe nunca me tratou como um imbecil. É mais ou menos como Maria e Jesus: Maria jamais contrariaria o seu filho, pois ela sabia que ele tinha um destino sagrado, então ela se contentava em guardar certas coisas no seu coração e refletir sobre elas. A grande diferença é que eu não tenho a menor intenção de terminar os meus dias pregado numa cruz, isso é certo.

Na hora de dormir, a mamãe sempre vem se sentar na minha cama para rezar comigo. A cada noite inventamos uma oração diferente, podemos pedir a Deus que leve paz ao Iraque e faça com que os iraquianos acreditem em Jesus, ou então podemos pedir pela saúde e pela felicidade dos nossos amigos e familiares, ou podemos agradecer a Deus por ter nos dado um bairro tão bonito para morar. A oração é mais ou menos como uma conversa privada entre você e Deus, com a diferença que você não ouve as respostas, basta acreditar nelas.

– Para mim, você é a coisa mais preciosa do mundo – a mamãe me disse uma noite antes de sair do meu quarto.

– Mais preciosa que o papai? – perguntei.

– Oh! Não dá para comparar! – ela disse rindo, e não sei exatamente o que o seu sorriso queria dizer, mas tenho a impressão de que queria dizer *sim*.

Acho que no fundo ela vê o papai como o ganha-pão da família e como uma espécie de pau para toda obra, eles discutem questões importantes, como o financiamento da nova cozinha, mas, ao mesmo tempo, ela é muito consciente dos defeitos dele. O papai é o tipo de homem que explode de vez em quando e de forma imprevisível. Por exemplo, no mês de outubro passado, nós três fomos ao Parque Nacional da Sequoia. Era um dia de outono lindíssimo, a gente estava de bom humor e caminhava na estrada, de mãos dadas. A natureza estava tão bonita que o papai se lembrou da época em que morava no litoral e começou a me contar sobre uma viagem que havia feito com o pai dele a Vermont, em que eles haviam dormido ao relento. Mas a mamãe não parava de interromper o papai, pois ela gosta tanto da gente que quer ter certeza de que não vamos ser atropelados, então assim que ela ouvia o barulho de um carro, mesmo se ele ainda estivesse bem longe, ela dizia para gente ficar no acostamento bem longe da estrada, e, no final, o papai encheu o saco:

– Ok, tudo bem, deixa para lá – ele disse.

– Puxa, querido, sinto muito – a mamãe exclamou. – Por favor, termine a sua história. Só queria ter certeza de que o Solly sabe o quanto é importante sair do meio da estrada quando se ouve um carro, era só isso.

Mas o papai se recusou a nos contar o que aconteceu naquele dia em Vermont.

Outra vez a gente estava em casa, eles já tinham terminado de jantar, mas eu não tinha sentado à mesa pois não estava com fome. Subimos para ver um filme sem violência e de classificação livre para todas as idades e, bem no meio do filme, fiquei com um pouco de fome, então pedi para a mamãe me trazer alguma coisa para comer. Ela foi me preparar uma bandeja com leite e biscoitos, o que eu achei realmente muito legal, porque nesse meio-tempo ela estava perdendo a melhor parte do filme, agradeci direitinho, mas o papai estourou inesperadamente:

– Tess, por Deus, você precisa *parar* de fazer todas as vontades dele!! Você não é a escrava dele, você é a mãe dele! É ele quem deve obedecê-la e não o contrário!

A mamãe estava com as mãos tremendo e colocou a bandeja na minha frente, de tão chocada que ficou por ele ter usado o nome de Deus em vão.

– A gente conversa sobre isso depois, Randall – ela respondeu.

No curso sobre as Relações Pais e Filhos, eles sem dúvida ensinaram a ela que não era legal para as crianças assistir às brigas dos pais. A mamãe fez tantos cursos de meditação, de pensamento positivo, de relaxamento e de autoestima que ficou realmente craque nessas coisas, então, mais tarde, ouvi que eles estavam discutindo na cama, tentando encontrar o momento preciso em que a tensão havia surgido.

– Talvez isso faça você se lembrar de uma cena da sua própria infância? – a mamãe sugeriu com doçura.

Papai resmungou.

– Ou, talvez, de certa forma, você esteja com ciúmes porque a sua mãe jamais cuidou de você como eu cuido do Solly.

Novos resmungos e murmúrios reticentes do meu pai. Eles devem ter conseguido resolver os problemas e acertado a sua relação conjugal – mas, mesmo que o meu quarto esteja colado ao deles, com apenas uma porta de compensado separando um do outro, confesso que nunca consegui ouvir eles transando. Talvez os casais casados transem em silêncio e não como os que a gente vê nos sites como "Brutal XXX", que gemem e ficam vermelhos.

Os meus pais estão de acordo em pelo menos uma coisa: ninguém pode me bater, me dar uma palmada no bumbum ou me infligir qualquer forma de castigo corporal. É que eles leram muitos livros sobre crianças espancadas que se tornam pais violentos, crianças que sofrem abusos sexuais e se tornam pedófilos e crianças estupradas que se transformam em putas e cafetões. Então eles dizem que é importante sempre dialogar, dialogar, dialogar, perguntar à criança o que levou à má conduta e deixar ela explicar antes de lhe mostrar, com gentileza, como fazer uma escolha mais apropriada da próxima vez. Nunca bater.

Acho que é um ótimo princípio, e a ideia de Jesus com que eu menos concordo é aquela de oferecer a outra face quando alguém bate em você e de não tentar se defender. Se eu estivesse no lugar dele, jamais teria deixado os soldados romanos amarrarem as minhas mãos nas costas, enfiar uma coroa de espinhos na minha cabeça, cuspir na minha cara e me flagelar. Na minha opinião, esse foi o grande erro de Jesus e foi isso que acabou levando ele à crucificação.

– *Ninguém* tem o direito de levantar a mão para você, Solly – a mamãe me disse olhando no fundo dos meus olhos. – Ninguém no mundo, entendeu?

E eu acenei com a cabeça pensando comigo ainda bem que somos protestantes porque os pastores protestantes (assim como os rabinos judeus) podem se casar e transar com as suas mulheres e, por isso, de acordo com tudo que ouvimos no telejornal nesses últimos tempos, eles abusam menos dos menininhos do que os padres católicos.

Seja como for, a única pessoa que ousou transgredir essa regra sobre o castigo corporal foi o vovô Williams, o pai da minha mãe, e duvido que ele faça uma nova tentativa tão cedo. No último verão, a gente estava de férias na casa deles em Seattle, o que (fazer visitas a pessoas), por si só, já é um problemão por causa das refeições; ninguém prepara as comidas do jeito que eu gosto, e a vovó Williams se recusa a mudar seu jeito de cozinhar, então a mamãe precisa fazer compras especialmente para mim.

Uma tarde, a mamãe e o papai foram ao cinema e o vovô me levou ao parque. Ele nunca tinha ouvido falar do *Base* e, quando a mamãe descreveu o jogo, ele disse dando risadas:

– Ora! Já está na hora desse garoto cair na real!

Então ele trouxe um taco de verdade, uma bola de verdade e uma luva de verdade e mesmo que eu já fosse bem forte e coordenado para a minha idade, esse taco pesava *uma tonelada* comparado com o taco de plástico. Eu me coloquei no campo, o vovô se pôs na zona de lançamento e não parava de me mandar bolas curvas, com efeito, incrivelmente rápidas e difíceis, e eu perdia uma atrás da outra.

– Primeiro *strike*, segundo *strike*, terceiro *strike*! Eliminado! – ele disse, e eu joguei o taco nele, furioso.

O taco não encostou nele. Mesmo assim, quando viu o que eu tinha feito, os seus olhos saltaram para fora e ele gritou comigo.

– Merda, o que você está fazendo? – ele me perguntou, o que eu achei muito ofensivo por causa da palavra *merda*, que a gente não deve utilizar diante de crianças.

O vovô foi buscar o taco e trouxe ele de volta dizendo com um ar grave:

– Ouça, Sol. Eu sei que você está acostumado com os tacos de plástico, mas os tacos de madeira podem ser *muito perigosos*. Então você *nunca mais* deve fazer isso, entendeu? Combinado? Vamos recomeçar?

Respondi “combinado”, mas não estava nada contente com a forma como aquela tarde estava transcorrendo, o meu próprio avô me humilhando sem se dar conta de que eu era o Número Um e que, em vez de falar comigo naquele tom condescendente, deveria ter dito: "Bravo, Sol! Que bola!", como a mamãe faz. Recomeçamos, mas o vovô simplesmente continuou me lançando bolas curvas, e como eu estava chateado, minhas tacadas saíam ainda piores do que antes. "Primeiro *strike*, segundo *strike*, terceiro *strike*! Eliminado!", o vovô exclamou e, dessa vez, quando ele disse *Eliminado*, fiquei tão furioso que joguei de novo o taco com todas as minhas forças sem me preocupar com o que poderia acontecer com o taco, que aterrissou bem no pé dele. O vovô não deve ter se machucado muito, mas ficou possesso. Veio na minha direção com passos largos, me pegou pelo punho e me levantou até que eu estivesse com os pés suspensos e então – *poft, poft, poft* – me deu três palmadas no bumbum.

Fiquei mudo de tão chocado. A dor ardente no meu bumbum correu direto para as minhas veias, como um fósforo aceso que encontra gasolina. Explodi e entrei em erupção como um vulcão, expelindo gritos de raiva e de indignação porque *ninguém* tem o direito de levantar a mão para Solomon. O vovô ficou pasmo ao ver o problema que ele tinha arranjado com o seu *poft, poft, poft*, mas eu ainda não estava disposto a parar pois eu queria que isso lhe servisse de lição de uma vez por todas. Berrei no carro durante todo o trajeto de volta e, quando ele abriu a porta para me levar para casa, gritei tanto que os vizinhos devem ter achado que alguém estava sendo assassinado. As perguntas angustiadas da vovó, as suas palavras reconfortantes e seus cuidados apaziguadores não adiantaram nada, eu ainda estava berrando quando a mamãe e o papai voltaram do cinema, uma hora depois.

Mamãe se precipitou em minha direção completamente em pânico e assim que ela me abraçou eu me calei.

– Solly! Solly! O que houve?

Quando eu lhe disse que o pai dela tinha me dado uma palmada, senti todo o seu corpo se retrair e senti que o vovô iria se arrepender do que tinha feito.

– E você ofereceu a outra nádega? – o papai perguntou.

– Randall! – mamãe exclamou. – Não tem a menor graça!

Fizemos nossas malas e fomos embora antes mesmo do jantar. Enquanto o papai nos levava de volta para a Califórnia, a mamãe tentava me explicar o comportamento do seu pai, pois não queria que eu detestasse ele até o fim dos meus dias.

– Ele tem ideias retrógradas em matéria de educação – ela disse. – Foi educado desse jeito, nunca conheceu nada diferente, então precisamos perdoá-lo. E, além disso, não esqueça que éramos seis crianças em casa! Se ele não fosse exigente com a disciplina, você imagina a bagunça que a nossa casa teria virado?

Mesmo assim, acho que a mamãe não dirigiu a palavra ao seu pai até que ele lhe escreveu uma carta pedindo desculpas, jurando solenemente que nunca mais iria me bater.

SOU PODEROSO.

Essa história aconteceu no verão passado, quando eu tinha cinco anos e meio. Aquele era o lado materno da família. Agora eu tenho seis anos e meio e estamos no Domingo de Ramos (quando Jesus voltou a Jerusalém sentado nas costas de um burro, o que não foi lá muito esperto da parte dele) e é a vez da gente aturar o lado paterno. A Bisa chegou de Nova York ontem de noite. O meu pai adora a avó dele, a Erra, mas a minha mãe tem lá as suas restrições, primeiro porque ela fuma e segundo porque ela não vai à igreja.

Quando vou para a varanda, ela já está ali, sentada na cadeira de balanço de vime branco, com um livro numa mão e um pequeno charuto na outra, com mechas brancas de cabelos eriçadas absorvendo a luz do sol.

Não gosto da ideia de que ela já esteja de pé.

Quero ser sempre o primeiro a levantar, aquele que saúda e cria o dia.

– Bom dia, meu querido Sol – ela diz, olhando para o seu relógio e colocando um marcador no livro. – Você é um madrugador de primeira, hein? Não são nem sete horas! Eu ainda tenho uma boa desculpa: o fuso horário.

Eu nem me digno a responder. Ela me incomoda, ela atrapalha a circulação dos meus pensamentos, tenho vontade de pegar um controle remoto e desligá-la.

– Você quer alguma coisa? – ela me pergunta a seguir em voz baixa, fazendo um sinal para que eu me aproxime.

Atravesso a varanda lentamente, arrastando os pés de propósito para ela não desconfiar de jeito nenhum que eu não estou nem aí para o que ela vai me mostrar.

– Olha só! – e me colocando no seu colo, aponta para um hibisco no jardim logo abaixo. – Viu só, não é *maravilhoso*?

Olho, e o que vejo, numa vibração suspensa entre as pétalas escarlates, é um colibri. Mas em regra geral não gosto que as pessoas me mostrem alguma coisa. Se a Bisa não estivesse ali eu teria visto aquele colibri sozinho.

– E veja isso, meu anjo. Olhe ali o diadema.

E, contra a minha vontade, olho mais uma vez, franzindo os olhos em direção ao raio de sol que se levanta entre as duas casas da frente – e vejo uma teia de aranha cintilante, com mil diamantes de orvalho, tecida entre as grades da cerca. Também isso eu teria visto se ela tivesse me dado tempo, se ela não tivesse vindo aqui antes de mim, se ela não fizesse questão de ser a primeira a ver tudo para me demonstrar a sua superioridade. Ela me abraça e começa a me ninar na poltrona, cantarolando *Olha a aranhazinha*, como se eu tivesse dois anos. Tudo bem, a voz dela é superbonita, mesmo quando canta cantigas imbecis, mas mesmo assim não fico à vontade nos seus braços porque ela não me parece limpa. Odores azedos de suor, cigarro e velhice emanam do seu corpo. Ela nem tomou banho ao chegar ontem à noite? Para cumprir o projeto divino devo estar limpo – isso eu sei. Então escapo do seu colo e desço rapidamente os degraus da varanda, como se eu tivesse coisas urgentes para fazer na minha caixa de areia, na outra extremidade do jardim.

Em razão da visita da Bisa, e porque ainda temos tempo antes de ir para a igreja, a mamãe prepara um café da manhã excepcional, com panquecas, salsichas, ovos mexidos, xarope de bordo, salada de frutas, café, suco de laranja. Damos as mãos em torno da mesa, baixamos a cabeça e mamãe reza: "Senhor, nós Te agradecemos por esta refeição e por todas as Tuas graças divinas". Todo mundo diz "Amém" ao mesmo tempo, a não ser a Bisa, que não diz nada. A seguir, a mamãe e o papai me abraçam e me aplaudem, essa é uma tradição familiar que começou no dia em que eu disse "Amém" pela primeira vez quando era bebê, e depois acabou virando um hábito e agora faz parte da cerimônia da refeição; para mim, é óbvio que festejamos Deus e o Sol ao mesmo tempo.

A Bisa se surpreende que eu coma apenas uma panquequinha que a mamãe cortou em minúsculos pedacinhos, absorvidos um por um, rolados lentamente entre os lábios e as gengivas em vez de mastigados, além de que saio frequentemente da mesa entre dois pedaços para passar um tempo no meu quarto.

– Você não quer ficar na mesa com a gente, Sol? – ela me pergunta quando estou indo em direção à escada.

– Ah, não – a mamãe diz imediatamente, respondendo no meu lugar. – O Sol sempre foi um pouco esquisito nas refeições. Não dê atenção a esses vaivéns, a saúde dele está perfeita. Fazemos de tudo para que ele tenha uma dieta equilibrada.

– Eu não estava preocupada com isso, só queria curtir a companhia dele.

– Ele é muito difícil com comida – diz papai. – E como a Tess cede a todos os caprichos dele, a tendência é que ele não melhore.

– Randall – mamãe rebate –, você acha justo me atacar desse jeito... na frente de terceiros?

Nesse momento, fecho a porta do meu quarto, quando volto para cozinha eles mudaram de assunto, estão falando do meu sinal. A mamãe deve ter contado sobre o projeto de tirá-lo no verão e a Bisa está escandalizada.

– Uma intervenção cirúrgica? – ela pergunta, colocando o garfo sobre a mesa. – Aos seis anos de idade? Mas para quê?

– Minha cara Erra – disse a mamãe com uma expressão de doçura e de paciência no rosto. – Consultamos praticamente todos os sites na internet dedicados aos *naevus* pigmentados congênitos e, acredite em mim, há uma série de boas razões para retirá-lo agora.

– Mas, Randall – diz a Bisa, virando-se em direção ao meu pai –, você não pode... Não vai deixar ela fazer isso, vai? E o seu morceguinho? Você gostaria que a sua mãe o obrigasse a tirá-lo?

(Isso é uma referência a uma espécie de jogo que data da infância do meu pai, quando o sinal dele, que fica no ombro esquerdo, era um morceguinho aveludado que cochichava na sua orelha e lhe dava conselhos. A Bisa também tem um sinal na dobra do seu braço esquerdo – o que explica o sentido da palavra "congênito", aquilo que passa de uma geração a outra, aparecendo em diferentes partes do corpo, embora tenha saltado uma geração: a vovó Sadie não tem.)

– Erra – prosseguiu mamãe. – Sinto muito, mas devemos deixar totalmente de lado o mundo metafórico. Sei que você e o Randall sempre nutriram um sentimento especial com relação aos sinais de vocês, que eles eram uma espécie de ligação secreta entre vocês dois, mas o do Solly é outra história. Permita-me expor a situação de maneira realista. Razão número um: o sinal dele é muito visível, fica praticamente no rosto e, mais tarde, na escola, podem implicar com ele por causa disso; mesmo se isso não acontecer, poderia incomodá-lo, fazendo surgir um complexo de inferioridade totalmente injustificado. Razão número dois: diferentemente de vocês dois, o Sol tem o que se chama de um nevo "incômodo". O sinal está situado na junção entre a têmpora e a bochecha; quando ele começar a se barbear, daqui a uns dez anos, o contato cotidiano com o barbeador poderá provocar irritações. Razão número três, de longe obviamente a mais importante, é o risco de desenvolver um melanoma. Lamento abordar o assunto, mas como o pai de Randall faleceu de um câncer, o Solly torna-se muito mais suscetível a isso devido aos antecedentes familiares. Como eu disse, Erra, li muito sobre isso. Também consultei inúmeros especialistas e cheguei à conclusão de que eu *prefiro não correr esse risco.*

– Ah! – diz a Bisa.

– Podemos escolher – prossegue papai – entre uma biópsia de raspagem e uma biópsia de excisão. A excisão tem um corte mais profundo, mas reduz consideravelmente o risco de desenvolver um câncer mais tarde. Acho que vamos optar pela excisão.

– Ah! – diz a Bisa.

– Isso não muda nada sobre os sinais da gente – acrescenta o papai num tom animado. – O Solly nunca teve um sentimento bem definido em relação ao dele. Não é Solly?

– Tive sim – respondo.

– Ah, é? – pergunta o papai, um pouco confuso. – Como assim?

– Negativo. Tenho um sentimento negativo em relação ao meu.

– Vocês estão vendo? Essa é a razão número quatro! Então agendamos a operação para o início do mês de julho. Assim, o Sol terá todo o verão pela frente, sua pele terá todo o tempo do mundo para cicatrizar e ele poderá começar a escola em setembro, tranquilo.

A Bisa baixa os olhos, acaricia o sinal na dobra do seu braço esquerdo e pronuncia uma palavra que se parece com *lude*.

– Como? – a mamãe pergunta.

– O meu se chama lude – murmura a Bisa sorrindo, e a mamãe lança ao papai um olhar breve, mas insistente como que dizendo *Você vê? Ela está ficando louca...* e o papai olha para a mamãe com um ar feroz como que dizendo *Cale a boca!* E eu não tenho mais a menor vontade de assistir a essa cena então corro de volta para o meu quarto.

Quando volto, o clima da cozinha mudou outra vez, é hora de se arrumar para ir à igreja, a mamãe pediu ao papai que a ajudasse a tirar a mesa e é o que ele está fazendo sem dar um pio.

Às dez e meia, entramos no carro do papai, ele dá marcha a ré e depois seguimos em direção à igreja. Estou sentado no banco traseiro com o meu cinto de segurança afivelado e, enquanto andamos devagar pelas belas ruas ladeadas de árvores do nosso bairro calmo e abastado, o papai começa a nos contar uma história.

– Lembro de uma vez quando tinha a sua idade, Solly, e eu estava passando algumas semanas sozinho com o meu pai; a minha mãe para variar estava viajando. A Erra tinha sugerido que nos encontrássemos no domingo com uma de suas amigas para um piquenique no Central Park.

– Desculpe, Randall – a mamãe disse –, mas devo dizer que você não está realmente parando nas placas de “Pare”, você apenas está diminuindo a velocidade.

– Puxa vida! Como eu estava animado! Eu estava louco para que o domingo chegasse logo! Mas bem no momento em que terminamos de preparar o piquenique, começou a chover a cântaros.

– Quero dizer, um “Pare” é um “Pare”, não é, querido? – a mamãe murmura acariciando a mão do papai sobre o volante. – Não queremos que o Sol coloque na cabeça que as regras de trânsito são facultativas, você concorda?

O papai solta um suspiro e cede... Mas para sublinhar bem o fato que cedeu, se põe a frear bruscamente de propósito a cada cruzamento.

– Então vocês cancelaram? – eu perguntei, para trazê-lo de volta à história.

– Não, não... Fomos à casa da Erra de metrô, ela morava no Bowery... e fizemos o piquenique no chão!

– No *chão*? – a mamãe perguntou fazendo uma careta. – Levando em conta a reputação da Erra como dona de casa, deve ter sido uma refeição... eca... poeirenta!

– Foi uma refeição formidável – disse o papai, freando bruscamente e a seguir acelerando bruscamente. – Eu diria inclusive que foi a melhor refeição da minha vida.

– Seja como for – disse a mamãe depois de alguns segundos –, seria bom que você pedisse à Bisa para não fumar em nossa casa.

– Como assim? – pergunta o papai. – Mas ela só fuma na varanda!

– Até onde eu sei – diz a mamãe –, a varanda faz parte da nossa casa. Além do mais, ela fuma na frente do Sol, ele pode tragar a fumaça, o que é péssimo para os pulmões.

– Tess – diz o papai quando enfim chegamos a uma estrada mais importante, uma estrada que graças a Deus não tinha mais "Pares", porque eu já estava ficando enjoado de tanto ser sacudido para frente e para trás –, acontece que a Erra é um dos seres humanos que eu mais amo no mundo e seria muito bom se ela pudesse se sentir à vontade nas raras vezes em que ela vem nos visitar, ou seja, mais ou menos... a cada três anos!

– Ah, é? – diz a mamãe, quase chorando. – Então, na sua opinião, o enorme café da manhã que eu acabo de servir para vocês, que me custou tempo *e* dinheiro ontem no supermercado, não é digno da sua avó?

– Claro que é, minha querida. Claro que sim. Sinto muito.

– Não adianta nada eu me esforçar, nunca é suficiente! Erra é uma espécie de... deusa...

– Me desculpe. O que mais devo fazer? Parar o carro e ficar de joelhos?

Justamente nesse momento a gente chega à igreja e o papai estaciona o carro.

– Francamente, Randall, acho que não é diante de mim que você deveria se ajoelhar, mas diante de Deus. Acho que você deveria rezar seriamente durante um tempo para tentar compreender por que a chegada da sua avó o torna tão hostil em relação à sua esposa.

– Por que a Bisa não vem à igreja? – pergunto, enquanto nos unimos aos grupos de fiéis que convergem a pé em direção aos umbrais da igreja, em passos que não são nem lentos nem rápidos. Amores-perfeitos brancos e roxos crescem nos dois lados da calçada, cercados por uma grama bem tratada. Isso é o que se chama organização, e eu gosto disso.

– Porque ela não acredita em Deus – responde o papai com um ar neutro, como se dissesse que prefere Pepsi ou Coca. A simples ideia de que se possa não acreditar em Deus é inimaginável para mim, mas a julgar pela cara da mamãe, há poucas chances da gente retomar essa conversa no caminho de volta.

Deus está em tudo, por toda parte, como não *acreditar* nisso?

Ele é o Poder e a Glória.

A Força motriz   o Criador   a fonte absoluta

o segredo de tudo aquilo que cresce e explode

da menor margarida que cresce na grama

ao pau frenético do cavalo esguichando sobre o rosto de uma mulher

do interior borbulhante de um vulcão em erupção

ao cogumelo da bomba nuclear

tudo isso é Deus   Deus   Deus

essa energia   essa abertura   essa pulsação

esse *movimento da matéria*

É nisso tudo que eu penso durante o ofício religioso, enquanto nos dirigimos ao altar em procissão, carregando ramos e cantando “Hosana nas alturas!”. Deus é o Poder e a Glória e somos todos pobres pecadores pois Eva provou do fruto da árvore do conhecimento, e hoje em dia o fruto da árvore do conhecimento é a internet com seus milhares de galhos espalhados por todos os lados, a gente continua provando do seu fruto e pecando cada vez mais com o conhecimento carnal, então sempre precisaremos de purificadores e, já que eu quero ser um purificador como Jesus ou Bush ou Schwarzenegger, preciso saber tudo sobre o mal.

Muita gente estendia suas vestes no caminho,
Muitos outros punham ramos,
Que recolhiam pelos campos.
E todos aclamavam: "Hosana nas alturas!"

O pastor começa um sermão sobre a guerra no Iraque, o que me faz pensar nos pedaços de soldados iraquianos mortos na areia, o que me faz pensar nas mulheres estupradas, o que deixa o meu pênis duro – então, usando o livro de cânticos para esconder o que estou fazendo, me esfrego suavemente até quase desmaiar com as imagens. Às vezes de noite, no meu quarto – *Com palmas refulgentes / honremos Deus que vem chegando* –, me imagino um cavalo espumando ou uma metralhadora disparando ou uma bomba explodindo – *Acorramos-lhe ao encontro com hinos e canções, / aclamando alegremente: Bendito sois, senhor!* –, e me esfrego intensamente, sentindo o poder crescer em minhas entranhas, e, depois do ofício, os meus pais abrem passagem por entre a multidão na calçada e vão apertando as mãos e dizendo "Tudo bem?", "Prazer em revê-lo", "Até a semana que vem, na Páscoa", "Que tempo maravilhoso, não?"

Durante a tarde, começa a fazer realmente muito calor, então vou brincar no meu lugar predileto que é a caixa de areia embaixo da varanda, levo comigo o Lego para mostrar à mamãe que não me tornei um viciado em joguinhos de computador já que de vez em quando ela teme pela minha saúde mental. Um pouco mais tarde, o papai e a Bisa vêm se sentar à mesa da varanda que tem um guarda-sol e eu posso ouvir a conversa deles sem que eles me vejam, o que eu acho ótimo, pois aprendo coisas sem que os outros saibam e depois posso impressioná-los com o meu saber.

– Então, Ran – diz a Bisa. – Como vai o novo emprego?

– Humpf... – responde papai, e fica claro que por uma ou outra razão essa pergunta o incomoda. – Não há muito que contar. Faço programação...

– E não vale nem um pouco a pena?

– Ah, valer vale, vale os 7% do investimento em longo prazo.

– Entendo... E os seus colegas?

– Um bando de cafonas.

– Ah, que pena...

– É, mas, afinal de contas... Nem todo mundo pode ser artista, né?

– É verdade.

– Enfim, o salário é bom, as minhas chances de promoção são excelentes, e sinto uma certa satisfação em saber que vou poder mandar o Solly para uma boa universidade da Costa Leste e sem pedir a ajuda de ninguém.

– Ninguém é a sua mãe, eu suponho?

– Naturalmente.

– Aliás, como vai a Sadie?

– Na mesma... Se é que não piorou.

– Deus me livre!

– É isso mesmo, Deus nos livre. Quanto tempo faz que vocês não se veem?

– Para dizer a verdade, Randall, nem sei. Deve fazer quase quinze anos... Desde que ela publicou aquele livro horroroso... Em que ano foi?

– Humm... em 90. *Nana nenê nazista*... Lembro direitinho, porque foi lançado um pouco antes da morte do papai.

– É, o livro quase me matou também!

É esquisito, mas eles dão risadas, devem estar bebendo martíni ou gim-tônica.

– E ela continua com essa história toda?

– Continua.

– Meu Deus.

– E você, Erra? A vida está lhe tratando bem?

– Está sim, meu amor. Não posso reclamar. Afinal de contas, tive uma vida maravilhosa.

– Não diga *afinal de contas* desse jeito, como se ela já tivesse terminado... Você só tem... o quê? Sessenta anos?

– Humm, é. E meio.

– Ora então! Você ainda tem *décadas* pela frente! E juro que lhe dariam *quarenta e sete* anos e meio. Nem mais um dia.

– É muita gentileza sua. Mas confesso que estou começando a sentir a idade. Não apenas por causa da pequena crise cardíaca que enfrentei há dois meses, mas... você imagina, não tenho mais *nenhum dente* de verdade!

Os dois riem.

– Foi por isso que você parou de cantar? – perguntou o papai. – Você ficou com medo que a dentadura caísse no chão bem no meio de um espetáculo?

Mais risos.

– Oh, não! – a Bisa exclamou. – Não, não. Simplesmente me dei conta de que a minha voz já não era a mesma... Mas isso também não é nenhuma tragédia. Um dia desses, me sentei comigo mesma e, pegando na minha mão, disse para mim mesma: "Ouça, minha querida, você gravou uns trinta discos, fez shows no mundo todo, ganhou muito dinheiro e muitos corações, a partir de agora você vai se dedicar a curtir a vida e mais nada. Leia o que você tiver vontade de ler, veja as pessoas que você ama, leve a Mercedes para visitar todos aqueles países fascinantes pelos quais você passou correndo."

– Aliás, peço desculpas pelo que aconteceu com a Mercedes – o papai disse.

– Cuidado, Ran.

– Como?

– Pare de pedir *desculpas* o tempo todo. Você disse isso pelo menos dez vezes desde a minha chegada ontem à noite. É um mau hábito, sabia? Muito nocivo para a saúde da alma.

– Como posso explicar isso para você? A Tess é uma pessoa no geral muito tolerante, mas, sei lá eu por quê, quando se trata de homossexualidade...

– Ela acha que o Sol ficará traumatizado de ver duas velhas de mãos dadas?

– Desculpe, Erra.

– Você está vendo? Pare!

Eles riem. Sinto o cheiro do cigarro que a Bisa acende.

– Com relação ao Solly – ela diz depois de um tempo –, eu queria ter comprado um presente para ele antes de sair de Nova York. Passei uma hora bastante divertida revirando uma loja de brinquedos da 44th Street... Eu não parava de pensar na obsessão da Tess por segurança, então eu pensava: ok, vejamos, esse guindaste é magnífico, mas o Sol poderia engolir o gancho que poderia ficar preso nos seus intestinos e provocaria uma hemorragia interna... Ah! Veja só, um laboratório de química, mas há um monte de coisas inflamáveis e explosivas e que poderiam envenená-lo... Deixa para lá, mas, vejamos, esse trem elétrico me parece muito legal... mas o Sol poderia se eletrocutar por descuido... Hummm... Um brinquedo depois do outro se transformava em arma mortal, ávida para atacar e destruir meu bisneto. Então eu acabei desistindo e cheguei de mãos vazias.

Os dois caem na risada.

Sinto-me lesado. Gostaria muito de ter recebido um desses presentes.

Passando por eles, entro na cozinha, onde a mamãe está preparando uma bandeja de aperitivos: tirinhas de cenoura, aipo com queijo cheddar, rabanetes, tomates-cerejas, cogumelos cortadinhos, bolachas salgadas, molho roquefort. Belisco um pedaço de queijo e vou à cata de uma fatia de pão de forma no refrigerador. A mamãe sabe muito bem que eu não vou me juntar a eles para a refeição.

– Você sabia que a Bisa usava dentadura? – pergunto.

– Claro que sabia, meu anjo. Todas as noites ao se deitar, ela coloca a dentadura dentro de um copo com água que fica sobre a mesinha de cabeceira.

– Eca... Por que ela perdeu todos os dentes?

– Porque sofreu de má nutrição quando era pequena.

– Mas os pais delas não lhe davam comida suficiente?

– Oh... é uma longa história... Acho que ela passou muito tempo em um campo de refugiados ou algo do gênero... Ela não gosta muito de falar sobre isso.

Penso comigo: bom, se a Bisa pode ter dentes de mentira e a vovó Sadie, cabelos de mentira, então se pode ter cílios falsos, seios falsos...

– E um coração de mentira? – pergunto em voz alta.

– O que você quer dizer? Uma cirurgia para colocar o coração de outra pessoa no peito de outra? Sim, sim, é possível.

– E pés de mentira?

– Ah, acho que hoje em dia se consegue substituir quase tudo!

– E um cérebro de mentira?

– Isso eu não sei. Mas acho que não.

– E uma alma de mentira?

– Ah! Isso não – a mamãe ri, dispondo os legumes num prato oval para formar um sol colorido. – Isso, tenho certeza absoluta de que não pode existir. A sua alma é só sua... e de Deus. Para sempre.

sinto a alma do Sol eterna e imortal
única entre milhares de googols de almas
uma alma que mudará o mundo.

A Semana Santa chega ao fim, a Bisa pega o avião de volta para Nova York e a gente volta à rotina habitual. Um dia voltando da casa do Brian encontro a mamãe transtornada. Sei que ela está transtornada pois não está ocupada com coisa alguma, mas sentada no sofá da sala sem fazer nada e, quando dou um beijo nela, noto que chorou e, além disso, ela não me abraça como de costume, dizendo *Como vai o meu homenzinho?*

– O que você está fazendo? – pergunto.

– Estou esperando o seu pai voltar – responde com uma voz de menininha frágil que eu nunca tinha ouvido. – Sobe para brincar um pouco no seu quarto, está bem? Se você estiver com fome é só me dizer.

– Claro, mamãe – eu respondo com um tom de "não-se-preocupe, eu-cuido-de-tudo".

Assim que ouço o carro do papai estacionar na frente de casa, atravesso o corredor na ponta dos pés e me agacho na penumbra para ouvir a conversa deles.

– Você viu isso, Randall? *Você viu isso?* – ela pergunta com uma voz baixa, mas feroz.

– É. Pois é, vi sim...

– Mas é *terrível!* Você não acha isso terrível? Nem sei como é que o jornal pode publicar esse tipo de foto!

– É, mas... Ouça, minha querida... Isso é a guerra... Mas o que está acontecendo, a gente não vai jantar esta noite?

– *É a guerra?* O que isso quer dizer, *é a guerra*? Isso não é guerra coisíssima nenhuma! É um bando de... de perversos... que tratam as pessoas como animais... Como puderam fazer uma coisa dessas?

– Tess, tudo o que eu posso dizer é que quando as pessoas estão sob pressão ou quando sentem muito medo, são capazes de fazer quase tudo.

– E você ainda ousa encontrar desculpas para isso?

E ouço a mamãe sacudindo o jornal, talvez na cara dele.

– Ouça, Tess, prefiro que a gente mude de assunto. Você acha mesmo que preciso que venham gritar para cima de mim assim que chego em casa depois de enfrentar um dia de trabalho de quatorze horas? Que merda! Onde está o jantar? Ou também vamos virar anoréxicos, como o nosso filho?

Ouço a mamãe desmoronando no sofá.

– Não consigo comer – ela diz com uma voz abafada, porque deve estar soluçando com a cara debaixo das almofadas.

Depois ela se vira e a ouço dizendo, agora de maneira clara:

– Como é que você pode ter fome depois de ter visto aquelas fotos? Fico mal, *mal*, MAL! As forças armadas americanas...

– Proíbo você de dizer uma porra de palavra sequer contra o exército americano – o papai diz e, entrando na cozinha com passos largos, abre com violência a porta do refrigerador.

No dia seguinte de manhã, enquanto a mamãe está secando os cabelos no banheiro, o que significa que tenho dez longos minutos pela frente, entro na internet e absorvo as imagens de Abu Ghraib. Os caras estão empilhados uns em cima dos outros, de joelhos, é meio parecido com os acrobatas do circo com a diferença de que são fortes e estão nus, então dá para ver muita carne árabe que não é nem branca nem negra, mas de uma cor moreno-dourada, e os soldados americanos, homens e mulheres, parecem estar se divertindo ao serem fotografados com esse bando de árabes pelados e zombam deles e os acorrentam e lhes dão choques e os obrigam a se enrabarem uns aos outros; meu pênis fica muito duro, mas não me esfrego porque não tenho tempo. Desligo o computador no mesmo segundo em que ouço a mamãe desligando o secador de cabelos e, quando ela sai do banheiro, já estou no meu quarto fechando o velcro do meu tênis Nike, pronto para ir para o maternal.

na escola   preciso me conter,   ninguém pode suspeitar

da minha superinteligência   dos meus superprojetos   dos meus superpoderes

Depois da escola fico na varanda com os meus Playmobil, que disponho em uma pirâmide como em Abu Ghraib e dou choques neles e obrigo-os a se enrabarem arquejando e cavalgando enquanto zombo deles como Lynndie England.

Estou preocupado porque o meu pai ainda não teve tempo de se destacar no Iraque. Mesmo se a guerra terminou há um ano, o presidente Bush falou que os iraquianos ainda precisam das forças armadas americanas para ajudá-los com os terroristas, então talvez ainda haja alguma chance. Fico sabendo que Nick Berg foi decapitado. E não é escutando atrás da porta que fico sabendo disso, mas de uma maneira totalmente imprevisível: a notícia aparece um dia no meu site preferido, o websoluço, bem ao lado dos pedaços de cadáveres iraquianos e das mulheres violadas pelos cachorros. "Clique aqui para ver a decapitação de Nick Berg", então eu clico. "Atenção: essas imagens são MUITO EXPLÍCITAS!" Não conheço direito a palavra *explícito*, mas sem dúvida quer dizer que se pode ver realmente o que está acontecendo, então clico de novo. Vejo Nick Berg num uniforme laranja, sentado com um bando de árabes em torno de uma mesa, depois um dos árabes se levanta com um facão, se coloca atrás de Nick Berg e lhe corta completamente o pescoço e depois levanta a cabeça dele segurando-a pelos cabelos.

Mais uma vez: podemos receber novos dentes e um novo rim e um novo joelho e um novo colo do fêmur, mas esse problema da cabeça realmente não pode ser resolvido pelos seres humanos e não ouso perguntar à mamãe se Deus poderia consertar Nick Berg quando chegar ao Paraíso. Não é como em *O ataque dos clones*, quando o C-3PO é decapitado por uma máquina e o R2-D2 consegue consertá-lo, uma cena hilariante.

– Quando é que você vai se alistar nas forças armadas, papai?

O pai tira o som da tevê, pois estava na propaganda. Ele me pega e me coloca no colo, de frente para ele.

– Quer saber, Solly? – ele pergunta, e eu sinto o bafo de cerveja dele.

– O quê?

– Quer que eu conte um segredo?

– Claro!

– Não, mas o que vou contar é realmente uma informação secreta.

– Conta!

– Bem, então ouça. Com 28 anos, estou um pouco velho para me alistar e fazer o treinamento militar. Mas eu não *preciso* me engajar nas forças armadas, porque a minha empresa já está participando do esforço de guerra. Não se preocupe, Sol. Estou nessa, pode acreditar. Se todo mundo fizer o seu papel com tanto entusiasmo quanto eu, o terrorismo árabe não vai durar muito tempo. Guarde bem isso que estou dizendo.

A partida de beisebol recomeça, e o papai pega o controle remoto com uma mão e a cerveja com a outra; a nossa conversa terminou.

Na verdade, está ficando cada vez mais quente. O mês de junho está quase chegando ao fim e, daqui a pouco, será o dia da minha operação. Embora eu tenha tido longas conversas com a mamãe sobre isso e ela tenha me explicado todo o processo da anestesia local, não posso dizer que eu esteja ansioso por ir para a clínica. Mas a mamãe vai ficar do meu lado do início ao fim, então não vai ter problema, ela vai ficar orgulhosa de mim durante a operação. Se o Arnold Schwarzenegger pode pegar um escapelo e enfiá-lo sem pestanejar na sua própria carne, então eu posso cerrar os dentes e aguentar, não vou sentir dor nenhuma.

Há uma grande festa de fim de ano lá no maternal. A mamãe levou quatro dúzias de biscoitos com pepitas de chocolate feitos em casa, a sala está toda decorada com balões e serpentinas como se fosse o aniversário de todo mundo ao mesmo tempo. É engraçado olhar para todos esses pais e imaginá-los transando para fazerem todas essas crianças, apesar de que há muitas crianças que têm pais adotivos ou então um pai doador de esperma porque suas mães são lésbicas como a Bisa, embora a mamãe ache que eu nem sei o que isso quer dizer.

Durante toda a festa, sou duas coisas ao mesmo tempo: um garotinho que mostra a sua escola à mãe e sorri modestamente quando a professora Milner me parabeniza pelas minhas excelentes notas e, simultaneamente, sou uma grande inteligência que contempla essa cena de fora, olhando com uma benevolência divertida para todos esses seres humanos insignificantes que conversam e beliscam biscoitos e se acham importantes. Vejo que esse maternal não passa de um ponto minúsculo no mapa da Califórnia, que não passa de uma mancha no mapa-múndi e que a própria Terra é irrisória se comparada ao Sol; se eu me afastar ainda mais, a Via Láctea é apenas um grãozinho de areia no espaço...

Ao chegarmos no carro, a mamãe põe no porta-malas a pasta com todos os meus desenhos do ano.

– Você é um artista fantástico, Solly – ela fala enquanto me coloca no banco traseiro e prende meu cinto de segurança. – Você sabe disso, não é? A professora Milner acha que os seus desenhos são os melhores da turma... E para ela...

Os elogios da professora deixaram a mamãe de bom humor; isso significa que os esforços dela estão começando a dar frutos. Já sou excepcional, e tanto ela quanto eu sabemos que isso ainda não é nada comparado a tudo o que vai acontecer mais tarde. Preciso apenas ultrapassar o pequeno obstáculo da cirurgia, que é a única coisa que me incomoda um pouco, e depois dela vou retomar meu destino heroico.

Pronto, hoje é o dia D. A mamãe me acorda me sacudindo suavemente e sinto que é um dia diferente dos outros, o meu cérebro não está transbordando de luz, não está ansioso para lançar-se no mundo, parece até que está escondido num canto.

São apenas quinze para as sete, mas o papai já saiu para trabalhar. Deixou um bilhete na mesa da cozinha, colado na minha tigela de cereais: "Estou com você, Sol. Seja valente. Um beijo do papai". E isso me deixa abalado, afinal de contas, mesmo se todo mundo diz que essa operação não é *nada*, os adultos não dizem para as crianças "seja valente" por *nada*, então isso quer dizer que a operação deve ser *alguma coisa*, mas o problema é saber que tipo de coisa e qual a sua dimensão.

A mamãe e eu não dizemos nenhuma palavra quando estamos no carro, a caminho da clínica. Sinto que ela também está tensa, ou pelo menos impressionada pelo "alguma coisa" dessa história toda. *Melanoma, melanoma, melanoma*, eu quase posso ouvi-la repetindo essas palavras na sua cabeça, uma palavra tão agradável para algo tão terrível.

– Os melanomas, assim como os venenos das serpentes – ela me explicou –, podem atingir os gânglios pelo sistema linfático e, a partir daí, atacar o resto do corpo. Isso se chama uma *metástase*, e, se isso acontece, a gente pode morrer. Pois é, meu Solly adorado. Não sabemos por que Deus, com Sua infinita sabedoria, deixa tais coisas acontecerem, mas até as crianças podem morrer de câncer.

Peraí, vamos voltar um pouco: não vou morrer; não terei nem metástase nem melanoma porque só vamos fazer uma cirurgia preventiva. O papai diz que eu devo agradecer por ter uma mamãe tão prevenida e eu agradeço, mas o único problema é que não gosto da ideia de me cortarem.

– Você prefere que o façam dormir?

– Não!

(Não se deve tocar na consciência excepcional de SOL!)

Tirar a roupa. Sentir-se muito pequenininho. Quando faço pipi antes da operação meu pênis está *realmente* minúsculo e mirrado. Os médicos e as enfermeiras falam comigo como se me conhecessem pessoalmente, o que eu acho ofensivo. Usam luvas brancas de plástico e máscara azul-bebê. Deitam-me de costas, inclinam a minha cama e viram a minha cabeça de lado. Odeio que mexam desse jeito em mim, como se eu fosse um macaco numa experiência de laboratório. Agora é a vez da anestesia – o que, de acordo com a mamãe, significa *sem sensação*. Uma injeção na têmpora de Solomon. Todo o lado esquerdo da cabeça fica entorpecido, inclusive a face esquerda. A mamãe me olha do outro lado da sala: sua boca sorri, mas seus olhos estão com medo.

– Isso não é nada – diz o médico. – Vai ser como tirar o doce de uma criança.

Ele enfia uma lâmina na minha carne. O sangue esguicha, a enfermeira está ali para estancá-lo.

– Vou raspar só mais um pouquinho... Com mais profundidade, aqui... Só para termos certeza que tiramos tudo... Você está vendo? Faço isso com os dedos no nariz, como dizem os franceses.

A enfermeira se mata de rir.

– Espero que não! – diz a mamãe.

– Estou brincando... – diz o médico – é só um jeito de falar. Eu ouvi isso quando estudei em Paris há alguns anos.

– Pois se os franceses são mal-educados peço que o senhor não use esse tipo de expressão na frente do meu filho.

– Sem problemas, senhora. Pronto, estamos quase terminando.

O sangue escorre pelo meu pescoço, eu posso sentir, a enfermeira o estanca.

O MEU SANGUE O SANGUE DO SOL

escorrendo das TÊMPORAS DO SOLOMON

um buraco na cabeça

O ferimento fica exatamente no lugar em que a gente coloca o dedo para imitar o suicídio com um revólver. O papai diz que o marido da Bisa se matou assim há muito tempo, o cérebro dele respingou por todo o piso da cozinha, mas o meu vai ficar direitinho aqui dentro, não vai escorrer pelo buraco da minha têmpora, ele funciona sem parar, para *se controlar, se conter, manter cada coisa em seu lugar e não deixar escapar nenhum detalhe.*

O médico foi embora. A mamãe aperta a minha mão muito forte dizendo que fui supercorajoso, que sou o seu homenzinho e que ela está muito orgulhosa de mim. Tento sorrir para ela, mas como o lado esquerdo do meu rosto está entorpecido o resultado é só um meio sorriso.

O dia passa, as sensações voltam, ou melhor, uma sensação ruim, a dor. Eu não falo. Recuso-me a me lamentar. Consigo aguentar. É um teste e vou passar de maneira brilhante.

Quando chega o jantar, a comida é sem graça e mole, então posso comer de tudo: purê de batatas, iogurte, compota de maçã... O papai chega bem na hora em que estou terminando a minha sobremesa – mas tenho a impressão de que ele não está ali de verdade, que é transparente, ou que é o seu holograma que se materializa na clínica enquanto o seu corpo de verdade ainda se encontra há anos-luz, eu solto um suspiro de alívio quando ele se desmaterializa.

A mamãe passa a noite em uma cama de abrir no meu quarto. Para que eu possa dormir, as enfermeiras me dão medicamentos que aliviam a dor. Tenho um sono em bloco sólido e sem sonhos e quando me acordo ainda estou com dor e não digo nada.

Voltamos para casa no mesmo dia mais tarde. Uma enfermeira mostrou à mamãe como tratar da minha têmpora para que fique boa, e a mamãe me explicou tudo sobre a derme e a epiderme e as células que se dividem. Quando elas se dividem de maneira rápida e ordenada para reparar uma superfície danificada, como é o caso da minha operação, isso é *bom*. Quando elas se dividem rápida e desordenadamente, é algo *ruim* que se chama câncer. A mamãe tira os meus curativos e limpa cuidadosamente a ferida com desinfetante e eu digo que ela é a enfermeira mais querida do mundo e ela me diz que sou o paciente mais paciente do mundo e dou um sorriso fraco, para que ela perceba bem o esforço que estou fazendo ao sorrir para ela.

Dia após dia a dor continua ali, é uma espécie de crucificação.

No fim de semana, quatro dias depois da minha operação, a mamãe pede ao papai que venha ver quando ela troca o meu curativo. Assim que põe os olhos na minha têmpora, ele fica todo pálido, e fica evidente que, em vez de melhorar, a situação está piorando. Está infeccionado. Não sabemos como, depois de tanto desinfetante que a mamãe pôs ali, mas uma espécie de micróbio se instalou na ferida. Os micróbios são como animais microscópicos que se proliferam na carne viva e tentam matá-la. Agora estou com um abscesso.

– O pus – a mamãe me explica – contém todas as células que os micróbios tentaram destruir. Há diferentes raças de micróbios, você entende, assim como há diferentes raças de seres humanos.

– Você foi atacado por uma porcaria de células terroristas – diz o papai. – Vamos ter que fazer uma biópsia para ver *quem* está fazendo essa bagunça aí. Não sabemos se são os xiitas ou os sunitas, talvez até um figurão da Al-Qaeda. Mas não se preocupe, vamos acabar com eles.

– Vamos exterminá-los – digo.

– Claro que vamos. Vamos enviar-lhes tanques de antibióticos.

O médico diz que vamos ter que operar de novo.

Dessa vez, ele me anestesia. As luzes se desligam. O sol se põe. O Sol extinto em pleno dia. Quando acordo e vejo a mamãe debruçada na minha cama, fico em pânico durante alguns minutos, pois não sei mais quem eu sou – ou melhor, não há mais um *eu* na minha cabeça para ser alguém. É assustador. Quando enfim consigo subir à superfície e a minha personalidade volta para o lugar com todas as suas lembranças e esperanças, fico com raiva do médico por causa dessa hora de vida desperdiçada.

Dessa vez, fico em observação na clínica durante um dia e uma noite a mais. Ao nos mandarem de volta para casa, passam à mamãe uma lista enorme de medicamentos.

Não estou me sentindo bem. As férias de verão estão sendo completamente desperdiçadas, já estamos em meados de julho e passo todo o tempo cochilando na cama ou andando pela casa completamente entorpecido. Nem sinto vontade de entrar no Google nem de me esfregar porque ainda não voltei a ser eu.

Estou com dor de cabeça.

Voltamos os três à clínica. Dessa vez, a mamãe precisa me ensinar uma nova palavra, *necrose*, o que quer dizer que uma parte da pele em torno da minha têmpora está definitivamente morta porque os micróbios conseguiram atacá-la totalmente. É como os rebeldes no Iraque, diz papai. São incontroláveis, então, se queremos impedir que o terrorismo se espalhe, é preciso entrar em Faluja e matar todo mundo.

– E agora, meu amor, vamos fazer um enxerto.

– O que é isso?

– Simplesmente vamos substituir essa pele morta que está em uma parte bem visível do seu corpo por uma pele viva extraída de outra parte menos visível.

– Que parte?

– O assento da Sua Majestade – disse o papai tentando rir, mas a verdade é que os dois estão visivelmente incomodados.

O médico me faz dormir de novo e, dessa vez, quando acordo, estou com uma dor em todo corpo e rasparam a minha cabeça e estou com uma febre alta. Devo ficar uma semana em recuperação até que me deixem sair da clínica.

Agora John Kerry está tentando derrubar George W. Bush na corrida pela Casa Branca, mas aqui em casa a gente quase não tem prestado atenção à campanha eleitoral, a minha saúde tem sido o único assunto das nossas conversas. Quando oramos antes da refeição ou quando a mamãe me coloca na cama à noite, ela pede a minha cura. Nos domingos de manhã, o papai fica em casa cuidando de mim e a mamãe vai sozinha à igreja. Reza mais e mais para que eu sare, mas ainda estou me sentindo muito mal. Agora o papai está furioso com a mamãe por ela ter escolhido a cirurgia preventiva e a mamãe está furiosa com o papai por ter contado o que houve para a mãe dele, porque aparentemente a vovó ficou histérica com essa história toda e decidiu vir lá de Israel para nos visitar.

– Francamente, Randall – diz a mamãe –, confesso a você que estou me sentindo muito abalada e frágil neste momento. Não sei se vou suportar viver muito tempo embaixo do mesmo teto que a sua mãe, que me deixa nervosa mesmo quando estou me sentindo ótima. Quanto tempo ela está pensando em ficar aqui?

– Não sei – respondeu o papai. – Acho que ela não marcou a volta.

– Você *acha?* O que você quer dizer com *acho*? Ela marcou ou não marcou a volta, reservou ou não reservou?

– Hummmmm.... Parece que não – diz o papai. – E daí?

– Ai, meu Deus...

Em geral, é o papai que tem problemas com a mãe dele, mas agora, como é a mamãe que está criticando a vovó, ele se apressa em defendê-la.

– A minha mãe é bem relacionada, Tess – ele diz. – Ela conhece pessoas importantes na Califórnia. Ela poderá nos pôr em contato com um bom advogado.

– Um advogado?

– Claro! Você não acha que vou ficar de braços cruzados enquanto esse açougueiro massacra o meu filho? Vou colocar o filho da puta desse médico na Justiça. Que porra de porcaria de...

– Randall!

– Sinto muito... É só que... Eu acho isso... insuportável...

E o meu pai sai da sala porque os homens não devem chorar na frente dos outros, mesmo se chorar é humano, como o Schwarzenegger no *Exterminador II*.

Eu passo a maior parte do tempo dormindo, e mesmo quando estou acordado me sinto indolente e apático. Também não estou lá muito alegre com a ideia de ver a vovó Sadie. Sei que sou o cara que os homens da sua vida nunca foram: o seu pai, que ela nunca conheceu, o seu marido, que era um dramaturgo fracassado e morreu cedo, e o seu filho, que um dia ela xingou de *yuppie* desmiolado. Tenho a intenção de realizar os sonhos dela, eu juro, mas preferiria que ela nos visitasse quando eu estivesse bem e não doente. Neste momento, acho que não deve ser assim tão óbvio que sou o salvador da humanidade.

O papai vai buscar a vovó Sadie no aeroporto de San Francisco e a traz de carro, com a sua cadeira de rodas dobrada no porta-malas e os seus vários malões, que nos angustiam quanto ao tempo que ela vai ficar na nossa casa. A mamãe e eu estamos esperando no portão de mãos dadas enquanto o papai empurra a mãe dele na cadeira de rodas utilizando a rampa construída especialmente para ela. A vovó engordou ainda mais desde a sua última visita, então a rampa range com o peso. Assim que chega na cozinha, vira-se para mim e faz um sinal para que eu me aproxime, caminho com dificuldade na direção dela, tentando não parecer muito horrível, apesar dos curativos na cabeça e dos outros escondidos debaixo da calça do pijama.

– Solomon! Veja só! Tenho um presente para você!

Ela remexe a sua bolsa e tira um objeto embalado em papel de seda. Abro e encontro um quipá muito bonito, revestido de veludo preto e ornamentado com estrelas e espaçonaves com a inscrição *Guerra nas estrelas* costurada em fio de ouro.

– Experimente, Solomon. Era do seu pai em outros tempos. Você lembra, Randall? Você ganhou de presente de *bar mitzvah*, *Guerra nas estrelas* tinha acabado de sair em vídeo. Veja, está novinha! Incrível, não é?

– O que prova que eu não a usei muito – resmunga o papai.

– Vamos, experimente, Solomon! Quero ver se ela fica bem em você!

– Desculpe, mãezinha – a mamãe diz. É sempre estranho ouvir a mamãe chamar a vovó Sadie de mãezinha porque ela não é nem um pouco a sua mãe, mas é só uma forma carinhosa. – Eu sei que as suas intenções são as melhores, mas somos protestantes.

– Prove, prove – a vovó Sadie insiste, então não sei muito bem o que fazer; viro-me para o papai e ele acena imperceptivelmente a cabeça depois de constatar que a mamãe não está olhando para ele. Então coloco o quipá. Ele fica um pouco grande em mim, mas tem a enorme vantagem de ajudar a esconder os meus curativos.

– Formidável! – declara a vovó Sadie. – Caiu como uma luva! Não é veneno – acrescenta, voltando-se para a mamãe. – O quipá *não* vai implantar ideias judias na cabeça dele. Ele pode usar quando tiver vontade, como lembrança da sua avó de Israel, está bem?

A mamãe baixa os olhos e olha para as mãos.

– Isso é um sim?

– Acho que é, se Randall concordar – murmura a mamãe.

– Não me incomodo – responde o papai, aliviado de poder reconciliar a sua mãe e a sua esposa com pouquíssimas palavras. – E agora chispa, moleque, vai dormir.

Obedeço, estou tão cansado que nem fico ouvindo a continuação da conversa deles do alto da escada, como eu faria normalmente se estivesse em plena posse de meus poderes.

A partir desse dia, a atmosfera aqui em casa se torna explosiva, porque o papai fica fora da manhã até a noite e as duas mulheres passam o dia todo juntas, o que acaba gerando alguns curtos-circuitos na comunicação delas. Além de cuidar de mim e de fazer todas as compras, de cozinhar e fazer a limpeza, a mamãe ainda tem que satisfazer as exigências da sogra deficiente física e judia ortodoxa, como, por exemplo, a comida kosher.

Sadie é uma pessoa imponente em todos os sentidos. Um dia, ouvi o papai contando à mamãe que antigamente a mãe dele seguia a dieta dos Vigilantes do Peso, mas, depois do acidente de carro, ela se largou e ficou gorda balofa, o que não a impede de ser majestosa. Quando ela discute com a mamãe na cozinha em altos brados, consigo ouvi-la aqui de cima, embora as respostas da mamãe permaneçam inaudíveis.

– Essa história é grotesca... realmente, é tudo o que não se deve fazer... De *quem* foi a ideia?

– E quanto é que vocês pagaram por essa pretensa operação? O quê? Não, só posso estar sonhando?!

E assim por diante.

A única coisa que a mamãe e a Sadie têm em comum é o amor pelo papai. Mas não é o mesmo tipo de amor e, quando a gente ouve as duas falando, nem parece que estão falando da mesma pessoa.

E, é claro, também tem eu.

A vovó Sadie expressa todo o seu amor por mim todas as manhãs às oito horas em ponto, ao estacionar a cadeira de rodas na varanda, me intimando para que eu fique com ela enquanto me lê durante duas horas as histórias do Antigo Testamento.

– É preciso estruturar os dias dele! – ela diz, quando a mamãe pergunta se ela não está exagerando um pouco. – Não se pode deixá-lo errando desse jeito pela casa, fazendo o que quer quando lhe dá na telha, comer, dormir, olhar televisão... São hábitos medonhos para uma criança de seis anos! O seu espírito vai se amolecer e se prostrar; quando ele começar a escola no outono vai ter perdido o avanço que tinha em relação às outras crianças!

Quando as histórias bíblicas me chateiam, me refugio em outro lugar do meu cérebro e ligo o descanso de tela *levante a cabeça de tempos em tempos para mostrar que você está acompanhando.* Mas algumas histórias são tão cheias de violência e de raiva, de destruição e de vingança que chegam a impressionar. A parte que eu mais gosto é quando Sansão está tão furioso com Dalila pela sua traição que empurra as colunas do templo até que o edifício desabe matando todo mundo.

– É igual aos homens-bomba em Israel hoje em dia! – eu digo, orgulhoso de mostrar à vovó que eu conheço alguma coisa sobre o seu país, mas ela sacode a cabeça dizendo:

– Não mesmo! Não tem *nada* a ver! – e continua a leitura.

Depois de uns quinze dias, ela tem a ideia de acrescentar lições de hebraico aos meus cursos bíblicos, mas daí a mamãe põe um basta.

– Não quero que o meu garotinho fale hebraico.

– Mas por quê? – pergunta a vovó Sadie. – Seria uma ocupação para ele, além do mais... É uma língua belíssima. Pergunte a Randall, ele adora.

– Randall?

– É! Você sabe, o cara com quem você se casou...

– O Randall fala *hebraico*?

– Peraí, devo estar sonhando – diz a vovó Sadie. – Ele lhe disse ao menos que passamos um ano em Haifa quando ele era pequeno?

– Claro.

– E que ele foi à escola Hebrew Reali?

– Disse...

– E você acha que nessa escola as aulas eram em que língua, japonês? Ele passou no exame de admissão com apenas *um mês de aulas particulares* em Nova York! Ah, o meu filho era extremamente brilhante nessa época, eu explodia de orgulho dele.

– Estou vendo – respondeu a mamãe.

Toda essa conversa fez a mamãe estremecer, porque ela sabe que a Sadie a culpa pelo destino medíocre do Randall. Como é que um garoto tão brilhante pôde se casar com uma mulher que nunca havia saído da Costa Oeste dos Estados Unidos, não tinha diploma universitário e não falava nenhuma língua estrangeira (ao passo que ela própria, Sadie, falava perfeitamente três línguas e se virava em sete ou oito)? Por sorte, a mamãe conseguiu manter o sangue-frio, apelando aos reflexos adquiridos em seus seminários sobre Relaxamento e Relações Humanas.

– Escute, Mã – ela disse no seu tom eu-me-controlo-eu-me-domino –, eu consigo entender o quanto o aprendizado do hebraico foi importante para o Randall naquele momento, mas gostaria de lembrá-la que você é uma convidada no nosso lar, que é um lar protestante, um lar anglófono, e quando chegar a hora do Solly estudar uma língua estrangeira serão os *pais* dele e não os *avós* que escolherão qual. Está certo?

Ela vira as costas e entra em casa.

Depois de um tempo, começa a ficar quente demais na rua, então a vovó Sadie também sai da varanda e se põe a falar com a mamãe. O outro assunto predileto dela para chatear os outros é o livro que ela está escrevendo sobre a Segunda Guerra Mundial. É capaz de passar dias e dias amolando a minha mãe com números sobre essa história toda, que ocorreu muito antes do nascimento dela.

– Não aguento mais – a mamãe diz ao papai uma noite, com uma voz trêmula, quando estão se preparando para se deitar. – Ela não pode deixar esse assunto em paz? Por que ela tem a necessidade de enfiar todos esses fatos da história antiga na minha cabeça?

Como sempre, o papai tenta acalmar e conciliar as coisas entre as duas mulheres.

– Tess, a arianização é o trabalho dela – ele responde. – Todo mundo conhece o aspecto militar do nazismo, mas ela se especializou na questão do berço, isso a fascina. Para a gente, é história antiga, mas para ela é *ontem*; é *agora*; é *a mãe dela*. Tente entender, por favor...

– Randall – a mamãe diz –, eu entendo, mas a minha cozinha não é um auditório de faculdade. Tenho *outras* preocupações neste momento, *em particular a saúde do NOSSO FILHO,* e não posso ser invadida sem parar por 250 mil crianças do Leste Europeu raptadas pelos nazistas nos anos 40!... Ou por aqueles centros abomináveis, os Labensraum ou sei lá o quê...

– Lebensborn e não Labensraum.

– Eu estou pouco me...!!!

As injúrias da mamãe são tanto mais poderosas por permanecerem impronunciadas. Um grande silêncio segue essa explosão de vozes no quarto deles, perto do meu, depois do que eles acabam sem dúvida adormecendo e eu também.

Como a mamãe está à beira de uma crise de nervos, o papai tira um dia de férias para me levar a San Francisco para consultar um novo médico e obter um novo diagnóstico. A vovó Sadie vem com a gente para deixar a mamãe descansar.

O novo médico acha que estou me curando, mas a cicatriz que tenho agora na têmpora é muito mais visível do que o sinal que eu tinha antes e ele duvida muito que um dia ela desapareça completamente.

É um choque.

Uma imperfeição flagrante no corpo do Sol: é um choque.

No caminho de volta, tiro o cinto de segurança, deito no banco traseiro e fecho os olhos.

Meu caro Deus... (Não sei o que dizer: estou chateado com Ele.)

Caro presidente Bush: espero sinceramente que o senhor seja reeleito no mês de novembro.

Caro governador Schwarzenegger: por favor, eu queria que o senhor viesse, como no início do Exterminador do Futuro, *arrancar o coração do médico que fez isso comigo. O papai está movendo um processo contra ele, mas isso custa uma fortuna e leva meses, senão anos. Seria tão mais simples se o senhor pudesse resolver a coisa do seu jeito.*

No banco da frente, o papai e a vovó Sadie devem estar achando que eu adormeci, porque começam a falar em voz baixa. Então eu aguço os ouvidos e é assim que enfim descubro o que o meu pai está fazendo pela guerra no Iraque, apesar de ser *top secret*. É impressionante, mas mesmo quando já somos velhos de 28 anos ainda queremos que a nossa mãe se orgulhe da gente e ficamos com vergonha se ela nos vê como um *nebish*, palavra que a Sadie me ensinou e que quer dizer um zero à esquerda, um zé-ninguém, um fracote, em outras palavras, um *yuppie* desmiolado.

– O Talon vai revolucionar a guerra moderna – diz o papai.

– O talento de quem? – pergunta a vovó.

– Não disse talento, disse *Talon*, o novo robô guerreiro.

– Robôs guerreiros? É isso que você faz, Randall? Você fabrica robôs guerreiros?

– Não, não sou eu que fabrico. Mas a nossa fábrica é uma das poucas no Vale do Silício escolhidas para desenvolver certos aspectos dessa tecnologia. A firma principal fica na Costa Leste, em Massachusetts; está ligada a empresas que fazem pesquisas superespecializadas em robótica em todo o mundo: na Escócia, na Suíça, na França... na Alemanha também, veja só!

– Não pedi um organograma – diz a vovó Sadie. – Prefiro que você me diga como esses Talon funcionam.

– Então, francamente – continua o papai visivelmente entusiasmado –, eles são fantásticos. Parece que saíram direto de *Guerra nas estrelas*. Têm todas as vantagens dos serem humanos sem os inconvenientes.

– Ou seja?

– Vamos lá. *A*: não morrem, o que quer dizer que não deixam viúvas chorosas e órfãos, a quem é preciso pagar uma pensão para o resto da vida. Evita-se a síndrome da repatriação dos corpos, as pessoas arrasadas pelo número de vítimas americanas...

– Entendo.

– *B*: não têm nenhuma necessidade física nem psicológica, o que reduz espetacularmente as nossas despesas.

Não é mais preciso supri-los de alimento, bebida, sexo e psicoterapia pós-traumática. *C*: são excelentes guerreiros: ágeis, precisos, impiedosos. São equipados com câmeras, então vemos tudo o que eles veem, podemos comandá-los com um controle remoto, lhes dar ordens para mirar e atirar. *D*: não se borram de medo, não têm namorada esperando em casa, estão pouco se lixando para os direitos humanos dos inimigos... Resumindo, não têm emoções. Nem cólera, nem medo, nem pena, nem remorso. O que, naturalmente, aumenta a eficiência deles como guerreiros.

Depois que começou, tenho a impressão de que o papai poderia ter recitado todo o alfabeto com a lista de vantagens, mas a vovó Sadie o interrompe.

– Chega! Sabe o que você está descrevendo enquanto fala, Randall?

Como o papai sabe muito bem o que ele está descrevendo, entende que a pergunta da vovó é retórica, o que significa que não é uma pergunta de verdade, então fica esperando que ela mesma responda. E ele não precisa esperar muito tempo.

– O nazista perfeito, é isso que você está descrevendo. O macho perfeito: duro, de aço, desprovido de sentimentos. O Rudolf Hess, é isso que você está descrevendo, o cara que dirigia a câmera de gás em Auschwitz. Acima de tudo não ter sentimentos! Ter sentimento é algo mole, é feminino, é repugnante. O inimigo não é um ser humano, é o parasita, e nós somos máquinas. Concentrar-se nas ordens, *tornar-se* as próprias ordens: matar, matar, matar.

– Temo que isso não seja válido apenas para os nazistas, mãe. É o bê-á-bá do treinamento militar. Essas ideias foram inculcadas em todos os soldados da história da humanidade, de Gilgamesh a Lynndie England. Você acha que é diferente para o seu querido Tsahal? Você acha que ao inspecionar as tropas o Sharon diz: "Bem, senhoras e senhores, não se esqueçam, hein? Os palestinos são seres humanos exatamente como vocês. Então, quando vocês largarem bombas em Ramallah, pensem com carinho em cada uma das suas vítimas, homem, mulher ou criança...".

– *Pare* com o Tsahal, Randall! A gente tinha combinado de não falar sobre isso. Mas, que coisa... robôs!

O meu coração está aos pulos. Estou louco de alegria de pensar que o meu pai manda soldados-robôs ao Iraque para matar os nossos inimigos. Quando ele me disse que estava envolvido nisso não imaginava que ele estivesse realmente na linha de frente, lidando com coisas tão importantes e complexas. Só de pensar nesses robôs armados atirando nos árabes e depois ficando ali parados vendo-os agonizarem sobre as manchas de sangue na areia meu pênis fica duro pela primeira vez depois de vários meses, o que significa que finalmente estou me recuperando. Puxo o cobertor para me tapar e me esfrego devagarzinho, depois caio no sono.

Mais ou menos por toda a cidade, os robôs entram nas casas e raptam as crianças, tirando a seguir os nossos cérebros para ver como funciona. O hospital está cheio de crianças que estão com o crânio vazio porque tiraram os nossos cérebros, mas estamos ligados a máquinas para que o nosso corpo permaneça vivo. A mamãe vem me visitar todos os dias no hospital, mesmo se ela sabe que nunca mais poderei pensar. Consigo vê-la e reconhecê-la, mas falar com ela não; estranhamente, para mim isso é indiferente.

Quando acordo, estamos quase chegando e a conversa no banco da frente voltou ao ponto inicial.

– Estamos organizando um encontro internacional de robótica em Santa Clara, no mês de outubro – diz o papai. – É um negócio gigantesco. A minha empresa está me mandando à Europa no mês que vem para reuniões preparatórias.

– Onde na Europa? – a vovó Sadie pergunta enquanto o papai faz a curva e para o carro na entrada de casa.

– Ora, em todos os países que mencionei antes.

– Você vai estar na Alemanha em agosto? – a Sadie pergunta.

– Tenho três reuniões na Alemanha: uma em Frankfurt, uma em Chemnitz e uma em Munique.

– Você vai estar em *Munique* no mês de agosto? – a vovó pergunta, e o papai não responde porque é outra pergunta retórica; ele desliga o motor. Durante alguns segundos não se ouve nada além dos gorjeios dos passarinhos e o latido longínquo de um cachorro.

– Você sabe o que vamos fazer, Randall? – a vovó Sadie pergunta enfim. – *Você sabe do que mais?* Toda a família irá se encontrar com você em Munique.

– Não estou...

– É, é.

– Não estou entendendo, mamãe.

– Claro que está. É uma ideia genial. Uma ideia genial. Escute. Levaremos a vovó Erra com a gente.

– Mas você está completamente...

– Levaremos a vovó Erra com a gente. Porque a Greta, a irmã mais velha dela, que ainda mora perto de Munique, está muito doente. Ela me escreveu para dizer que daria tudo para rever a irmã mais nova antes de morrer. Eu convido vocês!

– Desculpe, mamãe, mas você está pirando completamente. Você nunca convencerá a sua mãe a vir com a gente. Além de ela não pôr os pés na Alemanha há mais de sessenta anos, é o único país da Europa em que ela não fez shows; além de ela ter perdido todo contato com essa... pretensa irmã depois de todo esse tempo... ainda por cima faz quinze anos que vocês duas não se falam!

– Quatorze.

– Quatorze, tudo bem. Escute, mamãe, é muito legal da sua parte, mas não quero, obrigado. Esse tipo de psicodrama familiar não é para mim.

– Mas pense bem, Randall! Pense bem! Para a Tess vai ser ótimo viajar, até porque ela nunca colocou o nariz para fora dos Estados Unidos. E o Solomon! Depois de todas as provações lamentáveis que vocês infligiram a ele... Em vez de ficar sentado esperando durante todo o verão que os cabelos cresçam e que a escola comece, ele vai participar de uma aventura e tanto! E a Greta... A Greta me ajudou tanto no meu trabalho, Randall, eu devo tanta coisa a ela. Sempre mantive contato com... Ela está com câncer, está agonizando, e o seu desejo mais ardente é rever a irmã pela última vez... E de todo jeito você estará em Munique, então qual é o problema? Hein? Qual é o problema?

A casa está de pernas para o ar com essa ideia da vovó Sadie.

No dia seguinte, um sábado, fazemos uma votação durante o café da manhã: a mamãe e eu votamos *sim* e o papai vota *não*; já são três contra um, então mesmo se a Bisa votar *não*, o *sim* ganhará.

– Pouco importa! – observa o papai. – Se a Erra votar *não* ela *não irá,* o que tornará a viagem inútil para todo mundo.

– Não tem nada a ver! – a mamãe e eu exclamamos em coro.

E a mamãe acrescenta:

– Pelo menos a gente vai conhecer a Alemanha, e encontraremos a irmã da sua avó. Não é todo dia que a gente fica sabendo que tem família na Europa!

– Só tem um jeito de resolver o problema, Randall – diz a vovó Sadie. – Você vai ligar para a Erra.

– Ligue você. A ideia foi sua. Ligue!

– Mas isso é um absurdo. Faz tanto tempo que a gente não se fala que ela nem vai reconhecer a minha voz.

– Ouça, mãe. Se você quer levá-la a Munique, você vai ter que falar com ela de qualquer jeito. Então é melhor começar logo, não?

– Vamos, Ran, estou pedindo, ligue você. Você conseguirá convencê-la melhor. Você e a Erra sempre foram tão próximos um do outro.

– Mas eu não tenho a menor *vontade* de convencê-la! É *você* quem quer convencê-la!

– Tudo bem, tudo bem. De qualquer forma, é muito cedo por causa do fuso, são seis da manhã em Nova York.

– Você está enganada. São três horas *a mais* e não *a menos*. Então é exatamente meio-dia em Nova York, hora perfeita para telefonar.

– Oh, pelo amor de Deus – a vovó Sadie diz ficando vermelha como um pimentão. – Tudo bem, ok, tudo bem.

Ela vai com a sua cadeira de rodas até o quarto de visitas e fecha a porta para dar o telefonema; da cozinha, a gente só ouve a sua voz, que está menos estridente do que geralmente é. Como a gente não quer parecer estar prestando atenção na conversa dela, a mamãe se levanta e diz:

– Você quer me ajudar a tirar a mesa, Randall?

E o papai salta nervosamente e diz:

– Sim, sim, claro.

Depois, a mamãe me pergunta se eu quero tomar um pouco mais de leite e eu digo que não. Então, apesar de eu ter bebido apenas um golinho, ela derrama todo o copo na pia porque nunca se sabe, ao encostar os meus lábios no copo eu posso ter depositado alguns micróbios nele e, no ponto em que chegamos, é melhor prevenir do que remediar.

– Você quer tentar fazer a sua Grande Tarefa, meu anjo? – ela me pergunta, querendo dizer fazer cocô, mas bem na hora em que me dirijo pé ante pé ao banheiro, a vovó sai do quarto e bloqueia a passagem com a cadeira de rodas. Ela fica ali parada sem dizer nada, totalmente atordoada.

– E então? – o papai pergunta, fechando a porta da máquina de lavar louça de maneira um pouco mais violenta do que hábito. – O que houve? Qual foi o voto da Erra?

A vovó Sadie fecha os olhos, abre-os novamente e diz, com uma suavidade que eu nunca ouvi em sua voz:

– *Sim*, ela votou *sim*.

A mamãe e eu começamos a dar gritos de alegria, e o papai fica plantado no meio da cozinha, completamente estupefato, e resmunga em voz baixa:

– Não, você só pode estar brincando, não pode ser verdade.

Três semaninhas depois, a gente está no avião.

milhares de vezes em meus joguinhos de
computador diante da TV na internet
no Game Boy e no Play Station dos meus amigos
atravessei o cosmos como uma flecha
mergulhando
planando
rodopiando sem esforços entre as galáxias
explodindo espaçonaves apenas clicando num botão
e sentindo, refletida no meu rosto, a rápida chama vermelha da destruição...
mas para mim o voo de verdade
é uma péssima surpresa

Aterrorizado pelos gemidos agudos dos motores nos meus ouvidos e pelo zunido da vibração do aparelho nas minhas entranhas, aperto a mão da mamãe até que ela a retire dizendo:

– Desculpe, meu amor, mas você está me machucando.

A seguir, quando nos preparamos para decolar, entro em pânico de verdade, fico espremido e achatado na minha poltrona e a minha cabeça começa a martelar. Ao meu redor, as pessoas fingem que nada está acontecendo, leem e conversam e olham pela janela enquanto um berro luta para sair da minha garganta, eu fico com o corpo todo duro para não deixar o grito sair, mas ele rasga o meu peito, o voo é uma *tortura*, meu estômago se revira, vou vomitar, *mamãe, mamãe*, quero dizer, *como você pode deixar que façam isso comigo?* como Jesus exclamou quando o pregaram à cruz: "Meus Deus, meu Deus, por que me abandonaste?"

– Opa, tome aqui, meu querido – a mamãe diz.

Ela pega um saco de papel branco no bolso no assento da frente, abro o saco e seguro perto da minha boca. Estou chocado. Então é assim que acontece? As pessoas já sabem que andar de avião pode dar ânsia de vômito, mas acham que não tem problema nenhum e colocam à disposição saquinhos para vômito. Vomitar é um *horror*, é exatamente o oposto do que deve ocorrer com a comida quando ela entra no estômago. O vômito é o *caos*, é como o universo antes de Deus começar a cuidar dele. Tremo todinho e descubro o sentido exato de *suor frio*, mas não consigo vomitar, pois não comi nada no café da manhã. A mamãe assopra suavemente na minha testa e, depois de um tempo, os piores sintomas desaparecem, mas não consigo acreditar que ainda vou ter que passar por isso *mais três vezes* – temos uma escala em Nova York para que a Bisa possa se juntar a nós no mesmo voo, de modo que haverá *quatro decolagens* ao todo, duas na ida e duas na volta.

Toda essa viagem é um pesadelo e não gosto de ser visto em público apertando convulsivamente a mão da minha mãe cada vez que tem um pouco de turbulência. Queria que isso *terminasse*. Eu queria que o avião, com o seu barulho ensurdecedor e os seus solavancos e as suas centenas de passageiros que empestam o ar com suor e mau hálito e os bebês histéricos e os alemães obesos que fazem fila no banheiro e as aeromoças com rugas em torno dos olhos quando sorriem... Queria que *tudo isso desaparecesse* em um piscar de olhos e que simplesmente estivéssemos em solo alemão.

Em Nova York, a cena do reencontro entre mãe e filha depois de todos esses anos não é como seria se a imaginássemos na tevê, com lágrimas e suspiros e reconciliações comoventes. O reencontro ocorre no avião porque para a gente Nova York não passa de uma escala e não temos o direito de sair. Além disso, devido às pernas paralisadas, a vovó Sadie não pode se levantar quando vê na porta o halo de cabelos brancos da Bisa, então ela lhe faz um sinal com as mãos, a Bisa vem em nossa direção e dá em cada um de nós um beijinho agradável, o mesmo para todo mundo, pouco importa se faz quatro meses ou quatorze anos que a gente não se vê. A seguir, ela percorre novamente o corredor – sua poltrona fica longe das nossas, lá no fundo do avião – e o pesadelo da decolagem recomeça.

Quando estamos acima das nuvens, o problema é outro: não é mais o medo mas o tédio que me tortura porque não há nada para fazer. A mamãe olhou o programa de filmes e decidiu que sou muito pequeno para ver *O diário de Bridget Jones*, embora eu duvide que seja tão "explícito" quanto os sites "Abu Ghraib" ou "Enfia nela à força", mas deixo esse tipo de pensamento guardado no meu cérebro para não traumatizá-la. Ela própria folheia um livro sobre todos os lugares maravilhosos que podemos visitar na cidade de Munique e arredores.

A vovó Sadie reservou uma refeição kosher, o que na realidade não sei o que quer dizer, a não ser que é para judeus. A mamãe agradece baixinho a Deus pela refeição e come tudo o que veio na bandeja dizendo que é uma refeição gratuita e que é melhor aproveitar e, além disso, é o seu primeiro voo transatlântico, então é preciso comemorar. Claro que a refeição é impossível para mim, mas, graças ao fato de que o papai já está na Europa e não pode criticá-la, a mamãe preparou um saco com todo tipo de coisas moles para eu beliscar. Cada vez que sinto vontade, coloco a mão no saco e tiro alguma coisa, um sanduíche com pasta de amendoim, uma fatia de queijo, uma banana, deslizo esses alimentos entre meus lábios e faço-os derreter contra as minhas gengivas, liquidifico e controlo todos eles, esperando que façam a parte deles, que se transformem em um cocô bem homogêneo em vez de se revolverem e fomentarem uma revolução, sendo então esguichados por minha boca sob forma de vômito.

Durante a noite, enquanto sobrevoamos o oceano Atlântico, a mamãe precisa se levantar duas vezes para ajudar a vovó Sadie a ir ao banheiro. É uma grande expedição.

Quando chegamos a Munique, o ar se enche de palavras incompreensíveis. Acho ofensivo e sufocante então me agarro nos braços da mamãe e me concentro totalmente na sua conversa com a vovó Sadie. Sou onipotente e onisciente, mas, por enquanto, nesse imenso aeroporto moderno, continuo a me comportar como um garotinho normal e permaneço com o meu ar desorientado. Quando enfim atravessamos as portas corrediças, o papai está ali nos esperando do outro lado; ele colou no seu rosto um sorriso imenso que quer dizer que ele preferia não ter que passar pelos próximos dias. Ele nos leva até o carro que acaba de alugar no aeroporto, empurrando a cadeira de rodas da sua mãe com uma mão e puxando uma mala com a outra, ouvindo a esposa com um ouvido e a mãe com o outro, vigiando o filho e cuidando para que a sua avó adorada não se afaste.

Eu me coloco entre a mamãe e a Bisa no banco traseiro do carro e a vovó Sadie fica na frente, com um mapa no colo pois o papai não entende nada das placas de sinalização.

– Rápido, me diz o que eu faço! Viro à esquerda?

– À direita! À direita! – responde a vovó Sadie, que fala alemão fluentemente.

– Merda – exclama o papai dando uma guinada para a direita na última hora, e a mamãe diz:

– Oh, Randall, que língua é essa? – mas a piada é um fiasco.

– *Merda!* – repete o papai. – Você quer dirigir, Tessie?

A mamãe fica vermelha e se encolhe no banco.

Eu também não gosto nada do fato de que as placas estejam em alemão, é como se fossem portas batendo na minha cara uma atrás da outra, e eu me recuso a perguntar à vovó Sadie o que elas significam, não quero admitir que ignoro alguma coisa. De agora até a minha maioridade, seria preciso que todos os habitantes da Terra começassem a falar inglês e, se isso não acontecer, é uma das primeiras leis que vou impor quando estiver no poder. O caráter estrangeiro desse país me dá arrepios e a minha cicatriz ainda está feia, mesmo que eu a esconda com o meu quipá. Eu me esforço para recobrar o meu brilho, provar o meu valor, lembrando-me de que sou o menino de seis anos mais genial da Terra, mas não é nada fácil neste carro cheio de tensões entre os adultos; pelo menos a mamãe aperta a minha mão para me encorajar.

Chegamos enfim na cidade de Munique, procuramos o nosso hotel, e a vovó Sadie, com uma voz muito alta que toma conta de todo o carro, começa a encher o nosso saco com a história dos diferentes prédios e fala também dos diferentes bairros que foram aniquilados pelos bombardeios aliados, o que quase não dá para acreditar porque tudo parece tão limpo e tão moderno. Vejo que a Bisa não para de mexer as mãos, ela retorce os dedos magros uns nos outros e me dou conta de que ela não disse uma só palavra desde que pisamos na sua terra natal. Observo-a disfarçadamente. Ela está olhando para o nada, com o ar distante, eu diria que ela se tornou muito velha de uma hora para outra.

– Você reconhece alguma coisa? – pergunta a vovó Sadie repentinamente, interrompendo-se a si mesma. Ela está se dirigindo à sua mãe, é claro, afinal de contas, ninguém mais no carro poderia reconhecer algo em Munique, pois ninguém tinha vindo para cá antes. Mas a Bisa não responde. Continua olhando para frente, retorcendo as mãos e envelhecendo a olhos vistos.

É a primeira vez na minha vida que durmo num hotel e isso não me agrada nem um pouco pois a vovó Sadie vive tentando fazer economias e, mesmo que a viagem fosse toda ideia dela, a vovó não consegue se segurar e fica nos lembrando que isso está lhe custando uma fortuna, então o hotel que ela escolheu é miserável e nós três temos que dormir no mesmo quarto. A vovó Sadie e a Bisa também estão dividindo um quarto, o que deve ser algo, mas não tenho a menor vontade de imaginar o quê. Comemos uma refeição péssima no restaurante do hotel cujo cardápio diz que muitos pratos são os piores, *worst*: mas eles escrevem *wurst* e Sadie afirma que *wurst* significa salsicha (o que faz a mamãe rir), mas isso tira o meu apetite e a única coisa que eu consigo comer é uma fatia de pão branco sem a casca. Sadie acrescenta que quando as pessoas querem dizer "não estou nem aí para isso" em alemão dizem "não dou nem uma salsicha por isso", o que o papai acha engraçado, mas para mim é completamente idiota. A seguir, a vovó Sadie se vira para a Bisa, que ainda não abriu a boca, a não ser para fazer o seu pedido.

– Mamãe – ela diz, o que soa engraçado para uma velha como a vovó Sadie, mas ela está tentando cair nas boas graças da sua mãe e deixá-la de bom humor, pois é impossível não notar como ela ficou silenciosa. – Mamãe, lembra daquela canção que você me ensinou uma vez, a história de Johnny Burbeck? O cara que virou recheio de tomate porque caiu na sua própria máquina de fazer molhos? Como era mesmo a melodia?

– Por favor! – a mamãe exclama, achando que uma canção dessas poderia me causar pesadelos ou uma indigestão.

De todo jeito, Erra não responde, ela fixa o olhar na toalha enquanto bebe pequenos goles de cerveja. Ninguém sabe o que ela tem.

– E depois você me perguntou: "O que é uma bolonhesa?", lembra?

Nada de resposta.

– O que é uma bolonhesa, Solly? – a vovó repete virando-se para mim.

– Não sei – respondo.

– É um molho para o espaguete – responde rindo o papai, que visivelmente já conhece a piada.

– Que nada, seu bobão, é uma senhora que vive na Bolonha! – a vovó Sadie diz, e os dois caem na risada.

Depois a vovó Sadie continua:

– E o que é um hambúrguer, Solly?

– O negócio que a gente compra no McDonald's – respondo sem grandes convicções.

– Não, bobão, é um senhor que mora em Hamburgo!

E a vovó e o papai se matam de rir outra vez.

– E depois tinha a... ai, me ajude, Randall... Era o que mesmo, a terceira?

Felizmente, o papai também esqueceu a terceira piada, e eles deixam de lado esse assunto.

Erra se mantém em silêncio durante toda a refeição.

Durmo como uma pedra.

De manhã, novos problemas porque nesse hotel miserável só tem ovo duro (frio), mas eu só gosto de ovo mole (quente). A mamãe vai até a cozinha para tentar explicar o problema aos empregados, mas como ela não fala alemão, a mensagem não é captada. Ela pede à vovó Sadie que venha traduzir, mas a Sadie, que já começou o café da manhã, responde com uma voz de amplificador sem parar de se empanturrar:

– Pare de mimar o seu filho, Tessa! Se ele estiver com fome, vai comer os ovos de qualquer jeito. Se não está com fome, não vale a pena ir reclamar.

A mamãe vem em minha direção levantando os ombros com um ar tão aborrecido que o meu sangue ferve de raiva dessas pessoas que a humilharam, a tal ponto que eu mesmo quase poderia cozinhar meu ovo.

Infelizmente, a irmã da Bisa que já está com um pé no túmulo não mora na cidade de Munique, mas no vilarejo em que elas cresceram, a duas horas de viagem, o que me deixa desesperado.

– É *longe!* – choramingo à mamãe.

– Não temos escolha, meu querido.

– Duas horas – o papai diz – é o tempo que eu levo todas as manhãs para chegar ao meu trabalho.

– Você não pode comparar, Randall – a mamãe responde. – Para uma criança é interminável.

– Você está enganada. Para mim também é interminável.

Retomamos os mesmos lugares de ontem. A Bisa à minha esquerda e mamãe à minha direita no banco traseiro. Levamos um tempão até conseguir sair da cidade, mas finalmente pegamos uma estrada cercada de campinas verdes.

– Estamos indo em direção ao leste – a vovó Sadie diz –, na direção da fronteira austríaca. Berchtesgaden fica por aqui, vocês sabem, aquele famoso Reduto Bávaro, o retiro preferido de Hitler. Ele mandou cavar uma espécie de labirinto incrível na montanha para ele e os seus amigos, onde estocaram quantidades suficientes de champanhe, charutos, guloseimas e vestimentas para poder resistir por várias décadas! Agora estão transformando o labirinto em hotel de luxo.

– Então estamos pertinho de onde o governador Schwarzenegger nasceu! – a mamãe diz, contente por essa ocasião de mostrar que ela estudou os mapas.

– É – responde a vovó Sadie –, acho que você até pode dizer “pertinho”... para um gigante! Schwarzenegger nasceu em Graz, 250 quilômetros a sudoeste de Berchtesgaden.

– Ufa! – diz o papai. – Ainda bem que *alguém* está a par disso neste carro!

– Não, não – diz a vovó Sadie conciliadora. – Para dizer a verdade, a observação de Tessa foi muito pertinente. A família de Schwarzenegger tinha uma grande inclinação pelos nazistas.

Esse era justamente o assunto que a mamãe queria evitar a qualquer preço, então ela se vira para a Bisa e pergunta:

– Deve ser estranho para a senhora rever esta paisagem, não? – Depois ela acrescenta, baixando repentinamente a voz: – Puxa, ela adormeceu!

A cabeça da Bisa caiu para trás, sua boca está aberta e ela está roncando baixinho. Não consigo me livrar da impressão de que ela está envelhecendo a cada minuto que passa. Vista assim de pertinho, a sua pele parece um pergaminho transparente coberto com um milhão de rugas e ela é tão pequenininha, tão delicadinha, e eu nunca tinha notado que ela era tão frágil, parece até um fantasma ou um pardal morto... E se ela estivesse morta? Não, ela está roncando, então não pode estar morta, mas eu me afasto dela e me enrosco no braço da minha mãe, pensando *por favor Deus, não quero que um dia a mamãe fique muito velha, por favor, Deus, faça com que ela fique sempre jovem e bonita...*

Rodamos rodamos rodamos

Quando pergunto se ainda falta muito, a mamãe me dá conselhos tirados diretamente do seu curso de yoga budista ou algo do gênero:

– Não fique pensando o tempo todo na chegada, meu anjo. Pense que você *já* chegou. O *agora* é um verdadeiro momento da sua vida! Aproveite-o plenamente! Veja só que paisagem bonita!

Eu me obrigo a olhar a paisagem. Campos ondulados. Vacas, granjas. Tudo isso parece miniaturizado, como aquelas fazendinhas idiotas que às vezes tem no jardim zoológico para dar uma ideia para as crianças da cidade de como é o campo. Até as estradas não são de nada se comparadas às da Califórnia.

Por enquanto essa viagem não é de nada.

A Bisa acorda bem na hora em que entramos no vilarejo da sua infância. Ela acorda como eu, feito uma luz que se ilumina: sem transição, sem cansaço nos olhos, no mesmo segundo, totalmente acordada e em vigília.

Parece até que o seu silêncio contagiou todo o carro. Ninguém diz nada. Dez lábios imóveis. Meu pai dirige superdevagar em direção ao centro da cidadezinha.

De repente, a vovó Sadie faz algo inesperado, ela desliza uma mão para trás e pega a mão da Erra. Ainda mais inesperado: a Bisa segura a mão da filha e a acaricia suavemente.

É ela quem diz:

– É aqui, Randall. Você pode virar à esquerda e estacionar. É. É aquele edifício ali. Ali mesmo.

Depois é a confusão de sempre: é preciso tirar do porta-malas a cadeira de rodas, abri-la, ajudar a vovó Sadie a sentar-se nela, fechar as portas do carro e assim por diante, as pessoas que passam na rua ficam nos olhando de olhos arregalados, como se fôssemos um bando de saltimbancos, sou superconsciente do quanto o nosso grupo anglófono é chamativo e singular, comportando, entre outros, uma deficiente física de peruca, uma bruxa miúda de cabelos brancos e um garotinho de quipá *Guerra nas estrelas.* Bem que eu queria atingir os olhos deles com um raio laser para fazê-los olhar em outra direção... Enfim, a gente entra no prédio.

Depois da claridade do exterior, o corredor está escuro como breu, mas a vovó Sadie, avançando com a cadeira de rodas, mostra-nos o caminho. Enquanto caminhamos atrás dela, de mãos dadas, a mamãe se inclina para mim e me diz baixinho:

– Talvez fosse melhor você tirar o chapéu, meu anjo.

A Bisa pega o braço do papai, o que ela normalmente não faria, mas hoje ela está caminhando devagar, tão devagar que eles ficam bem para trás da gente, e ela acaba parando totalmente.

– O que está acontecendo? – grita Sadie, que está nos esperando na frente do elevador no outro lado do corredor.

– O coração dela está batendo rápido demais – o papai grita em resposta. – Ela vai tomar um comprimido. Você pode esperar um segundo?

– Claro que podemos esperar um segundo – responde a vovó Sadie. – Bem, vamos esperar um segundo.

A Bisa tira um frasco da bolsa, sacode-o colocando algumas pílulas na palma da sua mão, leva-as à boca e espera. Depois de um tempo ela acena com a cabeça e se agarra novamente no braço do meu pai.

Estamos todos reunidos em frente a uma porta com a indicação 3W. Para tornar esse momento ainda mais solene do que ele já é, a vovó Sadie lança para cada um de nós um olhar pesado antes de tocar a campainha.

Em seguida, ouvimos o barulho de várias trancas sendo abertas e uma forma feminina maciça aparece enquadrada pelo vão da porta. A vovó Sadie faz uma pergunta em alemão e a pessoa responde em alemão e eu penso comigo que, se vou passar toda a tarde ouvindo alemão, vou morrer, mas logo a seguir a vovó traduz:

– Ela está dizendo que infelizmente a enfermeira dela está de folga então ela está sozinha. Devido à doença, ela não pode nos acolher como gostaria, mas o almoço está pronto à nossa espera. É a Greta.

Greta diz algo em alemão novamente, mas a Bisa a interrompe:

– Hoje – ela diz com uma voz clara e forte – nos comunicaremos em inglês.

Com um gesto teatral, ela larga o braço do meu pai e dá um passo adiante.

As duas irmãs estão frente a frente, a cinquenta centímetros uma da outra, e elas se olham. O mínimo que se pode dizer é que não são nada parecidas. A Greta tem os traços grosseiros; rugas profundas como entalhes cortam em fatias avermelhadas as bochechas e o queixo atarracado, seus cabelos grisalhos estão trançados e enrolados na nuca e seu corpo imenso oscila e ondula sob um conjunto esportivo rosa-bebê.

– Kristina! – ela murmura, estendendo o braço para a Bisa. – Para mim esse nome é completamente novo, mas como sou o único a parecer surpreso, esse deve ser o antigo nome da Bisa na época em que ela era alemã. – Kristina! – ela repete, e vejo uma lágrima brilhar no canto dos seus olhos, quase afundados na gordura do rosto.

Em vez de se jogar nos braços estendido da Greta, a Bisa segura nos punhos dela, puxa-os em sua direção e diz num cochicho feroz e preciso:

– E se nós entrássemos?

– Mas é claro – responde a Greta, com um sotaque. – Vocês me desculpem. Por favor, entrem, entrem. Tirem seus sapatos, por favor, há muita poeira nas ruas.

A vovó Sadie apresenta todo mundo, e a Greta aperta a mão de cada um de nós; ao ver a cicatriz na minha têmpora ela franze a sobrancelha em forma de W.

– Foi um acidente? – ela pergunta, fazendo um gesto em direção à sua própria têmpora.

– Ah, não é nada – dizem os quatro adultos ao mesmo tempo, o que os faz rir, também ao mesmo tempo, o que os faz rir de novo, mas eu acho que isso não tem absolutamente nada de engraçado.

Sobre a mesa posta: dezenas de coisas que eu não posso comer. Frios emoldurados de gorduras, pepinos em conserva e rabanetes, ovos mimosa, queijos fedorentos, salada de batatas com cebolas, pão preto e duro... Por sorte, ao passar pela cozinha, a mamãe nota uma caixa de cereais matinais e ela pergunta à Greta se eu posso comer uma tigela de cereais, sabendo que diante de uma desconhecida o papai não teria coragem de contrariá-la com relação ao meu regime alimentar.

A mamãe sugere que todos se deem as mãos ao redor da mesa e ela agradece a Deus por essa reunião extraordinária de duas irmãs depois de seis décadas de separação, mas ninguém parece especialmente contente, nem mesmo a vovó Sadie, que foi quem teve a ideia de nos trazer até aqui. Depois da reza, esquecem de me aplaudir e de me beijar e começo a pensar que essa viagem toda foi um grande erro. Como os meus cereais o mais lentamente possível porque a mamãe me proibiu de sair da mesa:

– Não estamos em casa, então você precisa se comportar como um cavalheiro hoje, certo?

O meu olhar navega de lá para cá, tenho a impressão de estar trancado numa espécie de casa de bonecas.

Em qualquer lugar que ponho os olhos: móveis e bibelôs, almofadas e paninhos bordados, tigelas de cristal talhado, estatuetas, fotos e quadros emoldurados, tudo sobre o papel de parede florido, cada centímetro quadrado é preenchido e decorado e eu gostaria de ser uma tartaruga Ninja para dar pontapés e murros de direita e de esquerda e ir embora daqui, *pum! paft! poft!* – ou, melhor ainda, Super-Homem: basta você levantar os braços para ser propulsado no espaço como um foguete, o teto se despedaça e você avança em velocidade máxima rumo ao céu límpido. Ar! Ar!

– Então você ficou aqui – a Bisa diz.

– Fiquei – a Greta responde. – Criei meus filhos nesta casa.

Silêncio. É claro que a Bisa não tem a menor intenção de lhe fazer perguntas a respeito dos filhos.

– A escola fechou? – ela pergunta depois de um tempo.

– Oh! Faz muito tempo. Todo o prédio se tornou residencial desde... foi nos anos 60, eu acho. Um pouco depois da morte da mãe.

A Bisa continua com o seu silêncio relutante. Por que ela veio? É o que estou me perguntando. Se ela não tinha vontade nem de ver a sua irmã nem de reavivar as lembranças do passado, por que votou *sim* para vir à Alemanha? Nada do que a Greta diz sobre a família delas parece interessá-la.

– Fiquei sabendo quem foi que nos denunciou, sabia? À agência que mandou a senhora americana para tirar você daqui... Foi a nossa vizinha, a sra. Webern, lembra? O marido dela era comunista...

A Bisa não responde nada.

– O pai volta em 1946 – continua a Greta, e a vovó Sadie acena violentamente com a cabeça para que ela continue, sem dar atenção ao silêncio obstinado da Bisa. – Ele volta depois de ter sido prisioneiro dos russos durante um ano. A mãe conta para ele que vocês desapareceram, você e o Johann, e ele chora a noite toda. Ele ainda é professor aqui e, depois, diretor da escola, e, enfim, nos anos 60, prefeito do vilarejo até se aposentar. Mas o vovô não, ele nunca mais volta do... do... você sabe. Daquele... hospital.

Ouço tudo o que essa mulher gorda e rosada diz, guardando tudinho num canto do meu cérebro para uma utilização futura, porque nada deve escapar ao meu conhecimento do universo, mas, por enquanto, não entendo nada do que ela está contando, e a pessoa *para quem* ela está contando (ou seja, a Bisa) nem está ouvindo. Agora a Bisa faz uma coisa bastante chocante que é acender um cigarro na mesa antes que todo mundo tenha terminado de comer. Mas ninguém tem coragem de repreendê-la, nem mesmo a mamãe, porque a gente não está em casa.

O silêncio toma conta. O papai deixa escapar um arroto de toda a cerveja alemã que ele bebeu desde que chegamos, e vejo a mamãe lhe dar um pontapé debaixo da mesa pelo seu comportamento grosseiro.

– Acompanhei a sua carreira, Kristina – a Greta diz enfim, tentando uma outra tática para derreter o gelo incompreensível nos olhos da sua irmã. – Tenho quase todos os seus discos, veja!

Ela aponta para os CDs e todo mundo se vira, menos a Bisa.

Novo silêncio.

A vovó Sadie decide intervir para aliviar o clima.

– É muito feio da sua parte, Greta, me torturar com todos esses presuntos e embutidos de porco!

– Ai, meu Deus! Não fiz de propósito!

– Não, não, é óbvio que estou brincando. Tenho diversas outras opções – diz a vovó Sadie amontoando no seu prato uma segunda montanha de salada de batatas.

– Você quer um pouco de... Leberwurst, Kristina? – a Greta oferece.

A Bisa recusa fazendo um gesto com o cigarro, e a Greta, querendo nos fazer rir, diz com uma voz forte:

– Vocês conseguem acreditar que essa mulher magra queria ser a Gorda do circo?

A mamãe e o papai riem, mesmo já tendo ouvido mil vezes essa história e eu também.

– Já eu – diz a vovó Sadie falando de boca cheia – poderia *quase* que postular para esse emprego agora, hein? – o que provoca um riso geral.

Devo dizer que, olhando para o corpo imenso da Sadie, é difícil imaginar que tenha saído do corpo da Erra, pequeno e frágil como o de um duende.

– O relógio de pêndulo desapareceu? – pergunta a Bisa repentinamente. – Havia um muito bonito ali, no canto...

Novo silêncio. A mamãe e eu nos olhamos, porque dessa vez é um silêncio estranho.

– Você não lembra? – a Greta pergunta incrédula. – O vovô o quebrou...

– Ah, ele quebrou o relógio de pêndulo? Não, eu tinha esquecido.

– Como é que você pode... como... foi no dia em que... ele quebrou tudo... e... você quer dizer que você não…?

– Não, sinto muito. Sem dúvida vivi muitas outras vidas nesse intervalo de tempo. As minhas lembranças dessa vida aí são... humm... no mínimo lacunares. E não se esqueça de que sou mais jovem do que você. Você tinha... quanto? dez anos? No final da guerra, eu não tinha mais que seis e meio. Faz uma grande diferença.

– É verdade – a Greta diz. Empurrando o próprio prato, ela se levanta com dificuldade. – Por favor, Tessa – ela pede à mamãe –, você pode fazer o café para a sua família? Preciso me deitar por alguns instantes.

Suas pernas vacilam. Avança dois passos, vacila outra vez. Não sabemos o que fazer. A Sadie não pode ajudá-la, e para a gente é uma desconhecida, não ousamos tocar no corpo dela. Enfim, a Erra se levanta.

– Deixe-me ajudá-la, Greta – ela diz. E as duas velhas deixam a sala juntas, manquejando.

– Que bela porcelana! – a mamãe exclama, tirando as xicrinhas e os pires floridos do armário da cozinha.

– É delicada mesmo, não é? – responde Sadie. – Vem de Dresden, é claro.

Continuam assim, não sei como as mulheres fazem para não enlouquecer de tanto gorjear e piar, *é mesmo delicado, não é? Que bela porcelana, não é mesmo?* e assim por diante, mas agora não sou obrigado a ficar na mesa para o café, então me afasto nos corredores e procuro um banheiro onde possa transferir os meus dados.

O meu cocô está perfeito, moldado como um míssil, firme sem ser duro. Ao fazê-lo sair, não paro de pensar: como a internet me faz falta! Como o Google me faz falta! Tenho certeza de que nem ouviram *falar* da internet neste buraco!

Voltando para a sala, andando suavemente com as minhas meias pelo tapete florido espesso do corredor, lanço um olhar para o meu relógio digital e vejo que já são três e quinze. Joia, a mamãe disse que a gente voltaria lá pelas quatro, então daqui a uma meia hora poderei começar a puxá-la pela manga, fingindo estar indignado: *Você disse, você prometeu...*

Bem na hora em que me imagino dizendo isso, ouço a Bisa pronunciar exatamente as mesmas palavras no mesmo tom indignado:

– Você disse! Você me prometeu!

Greta lhe diz alguma coisa em alemão.

A porta do quarto está entreaberta. Quando espio pela fresta para ver o que está acontecendo, não acredito no que vejo: as duas velhas brigando por uma boneca. A Bisa a aperta em seus braços – é uma boneca comum, com um vestido de veludo vermelho – e a raiva contrai todos os seus traços.

– Ela é *minha*! – ela mia. – *Sempre* foi minha. Mesmo sem isso tudo... Mesmo se ela não fosse minha... Você *prometeu*, Greta!

Greta responde outra vez em alemão. Parece esgotada. Vai até a sua cama e se deixa cair, tão pesadamente que as molas rangem. Depois ela solta um suspiro e não se mexe mais.

Ainda apertando a boneca contra o peito, a Bisa chega ao pé da cama. Fica ali um tempão, contemplando a irmã – mas, infelizmente, ela vira de costas para mim e não consigo ver a expressão do seu rosto.

II
RANDALL, 1982

Nesta primavera entendi pela primeira vez a duração de um ano. Quando as folhas começaram a brotar das árvores, lembrei muito de como elas brotaram na primavera passada e pensei comigo: *Então um ano é isso.*

Cada estação tem as suas brincadeiras para que a gente possa esquecer da vida. Na primavera, assim que a laje do piso está seca o bastante para que se possa brincar, são as bolinhas de gude. Piparotes tão fortes que a unha do dedão fica amortecida. O barulho gostoso da colisão das bolinhas. Saltar num pé só com as outras crianças do prédio. Ir ao *playground* e escalar os túneis e as grades. Ficar suspenso pelos joelhos de ponta-cabeça. Me agarrar nas barras paralelas e avançar com uma mão depois da outra, e ver que agora já consigo ir até o fim, os meus braços se fortaleceram e não me deixarão mais na mão como no ano passado, quando, no meio do caminho, fiquei fraco de uma hora para outra e tive que largar a barra e me deixar cair no chão. No verão, são os jogos de beisebol com o papai no Central Park. Lanço uma bola atrás da outra até ficar com dor no meu ombro e, de vez em quando, o pai consegue pegar alguma. Como o meu pai não é das pessoas mais esportivas, ele erra com bastante frequência e, quando perde a bola, não corre feito um louco para pegá-la, como fazem os outros pais, ele se contenta em correr atrás da bola num trotezinho tranquilo, então eu me encho um pouco, mas pelo menos ele parece estar se divertindo. Depois é a vez de ele lançar a bola e a minha de pegá-la, a luva está grande demais para mim, mas no início do ano letivo vão me comprar uma do meu tamanho. Assim que a bola toca na palma grossa de couro, fecho os dedos enormes estofados e pronto, peguei a bola e grito: "*strike!*" Quando canso, a gente vai para o diamante, engancho os meus dedos na grade e subo para ver os grandes jogando beisebol de verdade, com uma bola dura. Tenho que ficar atrás das grades pois a mamãe tem medo que eu receba uma bolada nos dentes, o que é um medo estranho, mas dá para entendê-la: já perdi os meus dentes de leite da frente, então estes aqui são os últimos, e se eu perder eles estou ralado.

No outono, são os enormes montes fofos de folhas mortas, como um travesseiro crepitante onde podemos nos jogar e depois rolar.

No inverno, são as guerrinhas de bola de neve – aquela dor glacial aguda de quando a gente leva uma bolada de neve na base do pescoço e a água começa a escorrer nas costas por baixo das roupas. Saltar por cima dos outros, esfregar a neve no rosto deles, lutar e se dar encontrões e se empurrar até perder o fôlego. Fazer bonecos de neve. Enterrar alguém ou ser enterrado na neve. Brincar de tobogã em Catskill. O tobogã range quando você começa a descer muito rápido, fazendo com que o barulho do vento assopre nas suas orelhas, depois você passa por um terreno congelado e a madeira do tobogã começa a vibrar e você pensa que vai se machucar, mas não, ufa, o tobogã desvia na direção de um monte de neve, para bruscamente, e então vem o choque surdo e todos os corpos ficam empilhados juntos. A gente se levanta aliviado, arfando e cambaleando e caindo na risada.

Prefiro brincar a qualquer outra atividade porque brincando você pode esquecer completamente de tudo. No resto do tempo, você sempre precisa ficar se perguntando se está fazendo tudo certinho.

Uma coisa é certa: nunca mais vou desenhar pessoas sem tronco. Na primavera passada, trouxe do maternal uma pilha de desenhos, estava todo orgulhoso, mas quando os mostrei à mamãe ela disse:

– Mas, Randall, onde estão os troncos? Você se esqueceu dos troncos!

Olhei os desenhos e vi que ela tinha razão, os braços e as pernas saíam diretamente da cabeça das pessoas, então, na semana seguinte, fiz outra série de desenhos e na sexta os trouxe para casa. Mas bem quando estava tirando eles da minha pasta me dei conta: "Essa *não*! Me esqueci de novo dos troncos!" Não conseguia nem acreditar que tinha feito exatamente o mesmo erro. Estava tão decepcionado que nem mostrei os desenhos à mamãe, fiquei com medo que ela me achasse um débil mental.

Não é que os seus pais não gostem de você como você é, mas quando você é pequeno e tem tantas coisas para aprender, você pensa que quanto mais aprender, mais eles vão amá-lo, e talvez só no dia em que você chegar em casa com um diploma universitário você poderá parar de se preocupar com isso. Nem todo mundo tem a oportunidade de ir à universidade como a mamãe e o papai, que se conheceram em Bernard-Baruch, onde o papai fazia uma residência como dramaturgo e a mamãe, como sempre, estava estudando história, mas também fazia parte de um grupo de teatro. Montaram a peça *Alice no País do Espelho*, em que a mamãe interpretava o Arganaz e o papai, Tweedle-Dum. É fácil imaginar o papai de Tweedle-Dum porque tem tudo a ver com ele, redondo e engraçado, em compensação é quase impossível imaginar a mamãe fazendo o papel do Arganaz. De Rainha de Copas, que dá as ordens, fala e grita o tempo todo sem deixar os outros responderem e berrando "Cortem-lhes as cabeças!", isso sim. Mas a minha mãe, tensa e hiperativa, de Arganaz, aquele roedor preguiçoso e distraído que o tempo todo adormece e precisa ser transportado de um pires para o outro pelo Chapeleiro Maluco e pela Lebre de Março… isso é inacreditável. Mas foi assim que eles se conheceram e se apaixonaram. É engraçado imaginar os pais da gente se apaixonando, já falei sobre isso com outras crianças na escola e cada vez que eu vou à casa de um amigo e encontro com os pais dele, tento imaginá-los se apaixonando, com alguns pais eu consigo, mas com os meus não. Meu pai é *tão* tranquilo e a minha mãe é *tão* estressada, o que será que um viu no outro? Como será que imaginavam o casamento deles? Como podiam *acreditar* que se dariam bem?

Eles não se dão bem, isso é certo. Nesses últimos dias, eles têm brigado toda hora e o assunto preferido das brigas são os judeus. A mamãe se interessa muito mais pelo assunto do que o papai, o que é o cúmulo, afinal de contas foi o papai que nasceu judeu e a mamãe era gói e foi ela que insistiu para se converter quando se casaram. O papai não está nem aí para a religião, mas estava tão apaixonado pela mamãe que acabou aceitando todo o teatro da cerimônia religiosa e então eu também sou judeu, porque isso é uma coisa que depende da mãe, mesmo que ela tenha nascido gói. Como ele deixou ela se converter, o papai teve o direito de escolher o meu nome e agora eles brigam por causa disso, porque ele escolheu me chamar de Randall em homenagem a um amigo que morreu. A mamãe diz que isso não é nome para um menino judeu, enquanto o papai (ele próprio se chama Aron) diz que, pela forma como os judeus têm sido tratados nos últimos milênios, não é uma má ideia que as crianças judias sejam discretas durante alguns séculos, enquanto se sente como são as coisas. A mamãe diz que em Israel os judeus não se escondem mais, todo mundo sente orgulho de ter um nome judeu, e o papai diz que tem tanta vontade de voltar a viver em Israel quanto em uma caverna.

– É ainda mais autêntico, não é? – pergunta. – Por que parar em quatro mil anos se podemos voltar quarenta mil anos no tempo? Poderíamos ir ainda mais longe, poderíamos voltar ao nosso estado de molusco – ploft! – e nos instalar no fundo do oceano. As pessoas se davam extraordinariamente bem naquela época, faziam cada festa... – e a mamãe pega e vai embora, pois os judeus não deveriam comer moluscos.

É só um exemplo do tipo de briga que eles têm.

Sentada na penteadeira, a mamãe se prepara para a conferência que vai apresentar daqui a pouco. Ela não sabe que está sendo observada por mim, pois finjo que estou brincando com os meus carrinhos, deitado de barriga para baixo no corredor. Primeiro, passa o batom bem vermelho, esfrega os lábios um no outro, se inclina em direção ao espelho e olha bem os dentes para ter certeza de que estão bem brancos e brilhantes, sem o menor rastro de batom. Depois ela sacode os cabelos e abana a cabeça, atravessa o quarto para pegar um maço de papéis, volta, senta-se novamente, segura a escova de cabelos como se fosse um microfone, limpa a garganta, sorri para si mesma no espelho e começa. "Senhoras e senhores", diz, mas não fica satisfeita com o tom de voz e exclama "Merda" e bate na própria boca, sujando a escova de batom e então repete "Merda" ainda mais alto. Limpa a escova com um lencinho e recomeça dizendo outra vez, mas mudando de tom, "Senhoras e senhores, fico feliz em ver tanta gente reunida hoje à noite...".

Depois ela fica só murmurando, lê o seu texto levantando os olhos de tempos em tempos em direção ao espelho, como se o reflexo fosse o público, e olhando de vez em quando para o relógio para ver quanto tempo resta. Não ouço o que ela está dizendo, mas, à medida que as páginas vão passando, ela vai ficando cada vez mais estressada e isso me deixa preocupado, então vou brincar com os meus carrinhos um pouco mais longe no corredor, para não ouvi-la, mas, quando volto, ela continua assim e parece ainda mais irritada. Finalmente, ela corre até a caixa de remédios do banheiro e toma umas pílulas, se apoia na pia e se olha no espelho e depois se dá um tapa de verdade na cara, um só em cada face, mas bem forte, eu não quero que ela faça isso, então digo com uma voz queixosa:

– Mã-nhêêê – e ela dá um pulo e se vira para mim com um ar acusador, mas eu repito:

– Mã-nhêêê, estou com dor de barriga.

Então ela vem na minha direção e diz:

– Pobrezinho – o que me agrada bastante. – Pobrezinho, você deveria descansar um pouquinho. Vou pedir para o seu pai preparar um chá, eu preciso sair daqui a trinta segundos.

Uma vez sonhei que cheguei perto da mamãe, que estava sentada na sua escrivaninha, e puxei a manga dela para chamá-la, mas ela nem virou a cabeça para mim, apenas disse com uma voz de pedra:

– Não. Vá embora, está me ouvindo? Não quis você. Não me incomode mais.

Mas na vida real ela nunca falou assim comigo. Sempre passei muito mais tempo com o meu pai do que com a minha mãe, o que não é muito comum. O papai cozinha bem e por sorte trabalha em casa, a profissão dele é dramaturgo. Às vezes as suas peças são montadas, mas até agora nenhuma delas fez sucesso, o que um dia vai acontecer e o talento dele finalmente vai ser reconhecido, ainda bem, porque ele já chegou à casa dos quarenta, enquanto que a mamãe só tem 26. Ela dá conferências em universidades de quase todo o país sobre o Mal. O Mal é uma especialidade bastante esquisita que não sei explicar direito, e quando as mães dos meus amigos me perguntam o que a minha mãe faz, respondo que ela ensina história e que ela também está fazendo um doutorado. Com isso elas calam a boca, embora eu não saiba exatamente o que é um doutorado, pois ela não quer ser médica.

O fato é que a minha mãe é o ganha-pão da família, o que também não é comum, e o resultado é que o papai e eu ficamos bastante sozinhos. Fico com saudades da mamãe quando ela viaja, mas ao mesmo tempo é legal pois com o papai faço um monte de coisas que ela não aprovaria, e, graças ao nosso "juramento de camaradas", como o papai diz, isso fica entre a gente. Por exemplo, podemos tomar banho quando nos dá na telha, ir dormir a qualquer hora, comer vendo tevê, beber coca-cola e colocar ketchup na comida sem falar no glutamato de sódio, que agora é proibido até nos restaurantes chineses, porque pode dar câncer.

O cheiro do café da manhã se insinua no meu quarto e embora seja um cheiro *maravilhoso* ele me deixa todo angustiado porque certamente vai desencadear uma nova briga. O papai está preparando ovos com bacon e a mamãe prefere que a gente respeite o costume judaico de não comer porco. Ela não tem nada pessoal contra os porcos, aliás, quando era pequena acreditava que os Estados Unidos tinham enviado milhares de porcos para invadir Cuba, o que na verdade não aconteceu, e agora ela acha isso engraçado, mas mesmo assim ela gostaria que a gente tentasse respeitar as regras da cozinha kosher enquanto que o papai prefere inventar as suas próprias regras.

O papai tem uma história engraçada de um homem pobre que se senta todas as manhãs num banco diante de um boteco. Ele não tem dinheiro para comprar um café da manhã, mas adora o cheiro do bacon fritando, então fica horas ali enchendo o peito com a fumaça. Mas o dono do restaurante se dá conta disso e depois de uns dias começa a se irritar, então sai com um prato de latão e lhe diz:

– Vai ter que me pagar por todo prazer que o meu bacon tem lhe dado.

O homem pobre põe uma mão no bolso, tira uma moeda de prata e a deixa cair no prato. Depois, pega a moeda de volta e coloca no bolso.

– Isso não é o que eu chamo de pagar! – diz o dono, furioso.

E o pobre responde sorrindo:

– Isso me parece justo: eu ganho o cheiro do seu bacon e o senhor ganha o barulho do meu dinheiro!

O papai tem outra história engraçada, a de um pobre que mendiga na frente do Katz's, na Houston. Tem uma cara tão miserável que um grande negociante fica com pena dele e coloca uma nota de cinco dólares no seu chapéu. Mas alguns minutos depois o grande negociante passa na frente do restaurante outra vez e vê o pobre enchendo o bucho de salmão com nata e mal consegue acreditar. Ele entra no restaurante e diz ao pobre:

– O que você está fazendo? Eu lhe dou cinco dólares e você gasta tudo num piscar de olhos comprando salmão com nata?

O pobre ergue os olhos para ele e diz (é muito legal como o papai imita):

– Eu não posso comer salmão com nata quando estou duro, não posso comer salmão com nata quando tenho dinheiro, *então quando é que posso comer salmão com nata?*

Cada vez que o papai conta essa história nós dois nos matamos de rir, mas a mamãe não ri e sei que no fundo, no fundo ela concorda com o grande negociante, ou seja, não se deve desperdiçar dinheiro.

Saio do meu quarto e tudo acontece conforme o esperado: a mamãe está sentada à mesa do café da manhã com a cara do Golem das histórias que de vez em quando ela me contava.

– Quer ovos com bacon, Randall? – pergunta o papai e eu respondo:

– Claro que sim! – afinal há dois argumentos em favor dessa resposta, o primeiro é que meu estômago está morrendo de vontade e o segundo é que o papai vai ficar contente, enquanto que só há um argumento em favor da outra resposta, agradar à mamãe. Mas o melhor seria eu não me sentir atormentado cada vez que me levanto de manhã.

– Você quer transformar o nosso filho em porco! – fulmina a mamãe, enquanto o papai enche o meu prato, e eu penso outra vez na Rainha de Copas, que transforma o bebê que estava nos braços da Alice em um porquinho. Talvez as mães de verdade olhem algumas vezes para os fedelhos se contorcendo nos seus braços e pensem *"Eca, mas de onde vem esta coisa?"* Talvez a mamãe tenha se feito essa mesma pergunta quando eu era bebê e não conseguia deixar de me achar nojento.

– Ei, ei, Sadie – diz o papai com uma voz amigável e brincalhona, como se ela não pudesse estar falando sério (ele gosta menos do que ela de brigar; nunca vi ele levantando a voz).

– Você lavou as mãos? – pergunta a mamãe e eu digo que sim, porque não quero que os ovos esfriem.

– Deixa eu ver? – ela pede e, quando estendo as mãos, com as palmas voltadas para cima, o meu coração fica apertado, porque talvez ela veja que eu menti e que, na verdade, não lavo as mãos desde ontem à noite, mesmo se não entendo muito bem como é que eu poderia sujá-las enquanto dormia. Ela pega as minhas mãos e as vira.

– Randall, você continua roendo as unhas?

– Sadie, deixe o Randall tomar o café da manhã. As unhas vão crescer.

– *As unhas vão crescer!* – a mamãe diz, virando-se na direção do papai, indignada, o que pelo menos me dá tempo de engolir um pouco de comida. – *As unhas vão crescer!*

– Deixe-me esquentar o seu café, Sexy Sadie – diz o papai, o que (traduzido) quer dizer: não é um bom começo para um dia perfeito de verão no início do mês de julho de 1982 e o melhor seria começarmos tudo de novo, o que você acha?

A mamãe aceita o café e até agradece porque não quer ser um mau exemplo de educação para mim.

– Então, Randall – ela diz –, quais são os seus planos para hoje? – e eu me pergunto baixinho: será que ela não lembra como era ser uma menininha durante as férias de verão e não ter plano algum a não ser brincar e vagabundear e curtir com os amigos a liberdade sublime de dias intermináveis?

Mas antes que eu possa responder, o papai vem em meu socorro:

– Não se preocupe, ele tem um programa bem cheio: estudos, biblioteca, leitura, exercícios físicos, isso entre nove e dez da manhã, depois...

– Aron, se *uma em cada dez vezes* você pudesse nos poupar da demonstração de seu senso de humor irresistível, eu agradeceria.

A cadeira arranha o chão quando ela se levanta. Não quero que ela vá embora de mau humor, então eu digo com um tom apaziguador, mas vago:

– Não se preocupe, mamãe, tenho um monte de coisas para fazer. Preciso arrumar o meu quarto e de tarde o Barry me convidou para ir brincar na casa dele.

– Melhor assim – a mamãe responde –, pois não gostaria que você ficasse na rua. De acordo com a previsão do tempo, a temperatura vai chegar aos 38 graus hoje à tarde.

Pego o último minúsculo pedaço de bacon salgado com a ponta do dedo, coloco-o na boca e lambo os dedos, mas, de costas, ela me olha no espelho e diz:

– Não coma com as mãos! – a única diferença é que agora ela diz isso distraidamente, porque está concentrada na sua aparência, ela mexe e remexe na franja para fazer com que caia corretamente.

A mamãe nunca sai de casa enquanto a sua aparência no espelho não fica do jeito que ela quer, o que às vezes leva muito tempo e eu não consigo entender isso: todo mundo acha a minha mãe lindíssima, menos ela. Olha-se de perfil para ter certeza de que a barriga está encaixada; está sempre com medo de estar gorda demais, mas ela não é nada gorda, é simplesmente bem-feita, como o papai diz. Ela recomeça a mexer na franja. Ah! Enfim:

– Ok, rapazes, comportem-se. Até logo.

Ela nem manda um beijo antes de fechar a porta.

Sinto que o papai solta um suspiro de alívio, mesmo que ele não faça o menor barulho. A verdade é que a atmosfera fica mais leve cada vez que a minha mãe sai de um lugar e mais pesada cada vez que ela entra, é sempre assim. A minha mãe é uma pessoa formidável, gosto um monte dela e daria qualquer coisa para ela ser feliz e tranquila e acho que o papai pensa exatamente como eu. Nossos olhares se encontram por um instante por cima da mesa do café da manhã e dizem isso. Depois, o papai se levanta e começa a tirar a mesa assobiando, e eu volto para o quarto para me vestir.

O papai diz que ela é dura com todo mundo, mas sobretudo com ela mesma, isso porque ela tem um alto nível de exigência, então a gente precisa tentar estar à sua altura, porém sem se preocupar demais. Pelo menos progredi um pouco e nunca mais vou me esquecer de desenhar os troncos.

Faço a minha cama e coloco o meu urso Marvin no lugar dele, em cima do travesseiro. Uma vez, a mamãe pegou o Marvin e jogou fora, eu encontrei ele no cesto de lixo debaixo da minha mesa ao voltar da escola e não conseguia acreditar no que os meus olhos estavam vendo. Comecei a berrar.

– Quem foi que jogou o Marvin no lixo?! – perguntei soluçando, não apenas de raiva, mas também com o sentimento de perda que eu teria sentido se não tivesse encontrado ele a tempo. – Quem foi que jogou o Marvin no lixo?!

E, nesse dia, a mamãe ficou constrangida. Me pegou nos braços e me pediu desculpas, dizendo que tinha feito aquilo porque ele estava muito velho e puído.

– Mas é justamente por isso que eu *gosto* dele! – respondi continuando a soluçar, porque, mesmo já me sentindo melhor, gosto da rara sensação de estar por cima em uma discussão com a minha mãe.

Peguei o urso nas minhas mãos e estendi ele na direção da mamãe até que ela se desculpasse outra vez. Mas o pior é que o que eu tinha dito era a pura verdade: gosto do Marvin não apesar de ele ser um ursinho todo velho e puído, mas justamente por isso. Não tem mais os pratos que estavam presos nas suas patinhas da frente, nem nas costas a chave com a qual podíamos dar corda para ele funcionar, ele parece cego de um olho porque uma das duas bolinhas de gude marrom que serviam de olho está toda estragada e turva. Mas a coisa que eu mais gosto no Marvin, e essa é provavelmente a verdadeira razão para a mamãe jogar ele fora, é que ele era da vovó Erra quando ela era pequena.

A vovó Erra é outro motivo de briga entre os meus pais e no geral um assunto delicado lá em casa: o papai e eu adoraríamos que a mamãe tivesse, digamos assim, sentimentos ambíguos em relação a ela. Temos a coleção completa dos discos dela, e as pessoas geralmente ficam impressionadas quando eu digo que a cantora Erra é mesmo a minha avó. É verdade que à primeira vista é difícil de acreditar que ela seja avó, sobretudo quando ela está no palco, maquiada, com a luz dos refletores e de longe. Ela só tem 44 anos, mas parece menos porque é graciosa e leve e viva, e o mais engraçado de tudo é que o seu sonho de criança era se tornar a Gorda do circo. No palco ela parece uma menina ou uma fada sem peso nenhum e os sons que saem da sua boca são únicos e surpreendentes. Ela trabalha com um grupo de músicos, eles ensaiam e viajam e fazem shows juntos, mas é a Erra que fica sozinha no meio do palco, sob a luz dos refletores, nos momentos críticos, com as mechas loiras brilhando como se fossem a coroa de uma fada e com milhares de olhares voltados para ela e milhares de ouvidos seguindo os loucos meandros da sua voz suave e sublime.

Quanto a mim, tenho uma ligação especial com a vovó Erra porque nós dois temos a mesma marca de nascença redonda e marrom, a dela fica na dobra do braço esquerdo e a minha, na base do pescoço – ou melhor, entre o pescoço e o ombro esquerdo. Uma vez quando eu estava passando o fim de semana na casa dela, um loft no Bowery, comparamos os nossos sinais e ela me disse que o dela a ajudava a cantar, então eu disse que o meu me fazia companhia, que era como um morceguinho encravado no meu ombro esquerdo, que me cochicha conselhos no ouvido quando eu preciso. A Erra bateu palmas de alegria dizendo:

– É formidável, Randall. Prometa para mim que nunca vai perder o contato com esse morceguinho!

E eu prometi.

Ela é tão *calorosa*.

Não sei exatamente o que a mamãe tem contra a vovó Erra, a não ser que seja ciúmes pelo fato dela ser famosa e admirada por todo mundo. Na minha opinião, ela vê a mãe dela como uma sonhadora e uma vez ouvi ela chamando a vovó de avestruz às avessas porque em vez de enterrar a cabeça na areia ela enterra nas nuvens, ou seja, nega as duras realidades do mundo. A mamãe se mantém informada de todas as guerras e fomes da Terra, ao passo que a Erra não tem nem televisão. Além disso, a mamãe também acha a mãe dela imoral porque ela foi para cama com um monte de gente. A meu ver é bacana ser imoral. A mamãe nunca conheceu o pai dela, o que era super-raro naquela época, então, de certa forma, ela é uma bastarda, mas a gente não deve dizer bastarda, e sim criança ilegítima. Durante algum tempo, ela teve um padrasto chamado Peter que ela adorava e que levava ela todos os domingos ao Katz, que ficava bem pertinho da casa deles, mas depois um certo Janek apareceu e a vovó Erra decidiu ir morar com ele, então mandou o Peter embora de casa e a mamãe ficou inconsolável. Não suportava esse novo padrasto porque ele não dava a menor atenção para ela e porque ele roía as unhas e rangia os dentes e ficava em silêncio dias a fio, sentado na cama, bebendo gim e olhando para a parede. Para terminar, ele se suicidou na cozinha, o que é algo absolutamente maluco. Felizmente a mamãe, que tinha dez anos na época, estava na escola e não viu os respingos de sangue e miolos no piso. Depois disso, elas se mudaram para um loft no Bowery, a algumas ruas dali, e a Erra teve uma longa série de namorados diferentes e atualmente ela vive com uma mulher, uma coisa que acontece e que se chama homossexualismo. A mamãe acha tudo isso muito instável para um menininho, então eu fui proibido de dormir na minha avó.

Passo a manhã vendo televisão, sei que isso vai fazer a mamãe perder a paciência, mas com o papai eu posso; ele diz que as pessoas inteligentes precisam conhecer a estupidez do mundo por isso ele me deixa ver televisão, mas isso fica entre a gente. A programação desta manhã está muito bacana, com *Garfield* e *Comandos em ação* e sobretudo o *Homem-Aranha*, que é meu programa favorito; às vezes o papai vem assistir comigo e isso o diverte porque faz ele lembrar dos quadrinhos da sua infância.

Depois do almoço, começa a ficar quente no apartamento e o papai sugere que a gente vá se refrescar na piscina do bairro, então vestimos o calção debaixo da roupa. Quando saímos para a rua, sentimos um cheiro de asfalto derretido no ar e é como se a gente entrasse num forno. Adoro ficar de mãos dadas com o papai quando atravessamos a rua, daqui a um ou dois anos serei grande demais para isso, então quero aproveitar o máximo possível.

A piscina está uma balbúrdia incrível com cerca de mil crianças de todas as cores e todos os tamanhos jogando água e gritando, com as suas vozes ecoando nas paredes, me dá até um pouco de medo, mas o papai me pega no colo na hora de entrar na água e fica tudo bem. Ele me leva quase até o fundão e me deixa subir nos seus ombros para mergulhar, infelizmente, o salva-vidas apita para a gente porque isso é proibido. Uma coisa que eu gosto com o pai é que ele não leva todas as regras em consideração, ele diz que é preciso jogar sempre *com* as regras e não *segundo* as regras, porque uma vida sem perigos não é vida. Depois de um tempo, ele sai da água todo escorrendo e vejo que com sua pele branca e flácida e os cabelos achatados na careca ele não é tão bonito como outros pais mais jovens e esbeltos e bronzeados, mas não estou nem aí, pois ele é o melhor pai do mundo. Ele coloca uma toalha nos ombros e se senta numa cadeira, com as mãos cruzadas por cima da sua bela barriga, como ele gosta de chamar, e fica me olhando brincar sozinho na piscina das crianças. Ainda não sei nadar, mas inventei um jogo em que eu me agacho na água respirando pelo nariz e pela boca, depois dou um pulo no ar inspirando, depois mergulho expirando e assim por diante – subo e desço, subo e desço – e me sinto esquisito com a leveza e o barulho da água e o ritmo do movimento, eu poderia ficar horas assim, mas o papai me pega no colo e diz que precisa voltar ao trabalho.

Ele me deixa na casa do Barry, que mora a duas quadras da gente, e passo a tarde lá. O Barry tem todos os tipos de brinquedos de guerra que são superdivertidos, Comandos em Ação e Mestres do Universo e metralhadoras que parecem de verdade. A mamãe do Barry é sempre simpática comigo porque é fã da Erra, então, para o nosso lanche, além de uma tigela de cereais, ela nos deixa comer aquele pó de limão que estoura na boca e podemos até lamber diretamente da palma da mão. A mamãe jamais me deixaria comer isso, diz que dá câncer. O papai vem me buscar às seis horas e na volta a gente faz as compras, ele escolhe um badejo e uma garrafa de vinho branco, esperando que isso deixe a mamãe de bom humor, mas quando ela volta do trabalho às sete da noite é óbvio que nem a quantidade nem a cor do vinho serão suficientes. Vou para o quarto brincar com os meus Playmobil, estou proibido de ter soldados porque a mamãe é contra a guerra e não quer que eu me torne um machão bruto e tacanho como a maioria dos homens.

– As pessoas ignoram *tudo* sobre essa história, Aron – posso ouvi-la dizendo de longe, e a sua vez está tão cheia de emoção que chega a me assustar. – Elas conhecem os campos de concentração, mas não isso. Nada, nada.

Não ouço a resposta do papai e a seguir ela diz:

– Duzentas mil crianças! Raptadas! Roubadas! Arrancadas das suas famílias no Leste Europeu...

E começo a ficar muito nervoso. O meu morceguinho me sugere que eu faça sons de explosão com a boca, transformando os meus Legos em helicópteros e aviões de bombardeio e em mísseis terra-ar para apagar a voz da minha mãe, é o que faço e dá certo.

Quando o papai me chama para comer, a mamãe está com os cotovelos em cima da mesa e está segurando a cabeça com as duas mãos, como se ela pesasse uma tonelada. Depois de ter tirado o avental, o papai traz uma vela e diz meio brincando:

– Sadie, é sexta-feira de noite, você gostaria de acender as velas de Shabat?

Mas a mamãe se endireita rapidamente e a mão dela se mexe involuntariamente, derrubando a vela no chão.

– Se você não consegue seguir a tradição, pelo menos poderia se abster de ridicularizá-la!

Não creio que ela tenha quebrado a vela de propósito, mas o fato é que ela se quebrou, e o papai junta os pedaços e coloca tudo no lixo sem dar um pio.

Enquanto a gente come o peixe que o papai corta em filés, pois tenho medo que um espinho fique preso na minha garganta e me sufoque, a mamãe se vira para mim e me diz:

– Randall – num tom que me dá vontade de me transportar para a casa do Barry e ficar lambendo o pó de limão em minhas mãos sem a menor preocupação.

– O que é, mamãe?

– Randall, vou ter que viajar de novo. Para a Alemanha. Sei que você deve ter a impressão de que estou sempre viajando... Mas os documentos para a minha tese estão quase todos na Alemanha, não posso fazer nada.

– Sadie, o Randall não entende nada do que você está dizendo. Ele seria incapaz de encontrar a Alemanha num globo terrestre.

– Pois bem, já está na hora de ele saber onde fica a Alemanha, pois ele tem sangue alemão nas veias! Você sabe disso, Randall? Você sabe que a vovó Erra nasceu na Alemanha?

– Não sabia – respondo. – Pensei que ela fosse canadense.

– Ela *cresceu* no Canadá, é verdade, e ela nunca fala dos seus primeiros anos de vida, mas o fato é que ela esteve na Alemanha. É realmente importante para mim saber tudo o que eu puder sobre isso. Também estou fazendo isso por você, sabe como é... Não podemos construir um futuro se não conhecemos a verdade sobre o passado. Não é mesmo?

– Pelo amor de Deus, Sadie – o papai diz –, o menino só tem *seis* anos!

– Tudo bem – a mamãe diz, com uma voz surpreendentemente baixa – só que... eu tenho *muitas* perguntas sobre esse fragmento especial do nosso passado... E a vovó Erra não *quer* ou não *pode* responder. É por isso que... eu preciso ir à Alemanha.

– Isso você já disse – observa o papai.

– Sim, eu sei, Aron – a mamãe diz, ainda sem levantar a voz. – Se estou me repetindo é porque eu ainda não disse a coisa mais importante... e se eu ainda não disse, é porque ela me deixa tonta. Hoje recebi uma carta... da *irmã* da Erra. Ela me diz que se eu for vê-la em Munique vai me contar tudo o que sabe.

Um silêncio pesado segue essa declaração. Olho para o papai. Ele parece desesperado e além disso mal tocou na sua comida, o que é muito raro.

A conversa deixa todo mundo desconfortável. Quando estou indo para o meu quarto na ponta dos pés, para não chamar a atenção, ouço o papai dizer à mamãe:

– Você está tão obcecada com o sofrimento dessas crianças de quarenta anos atrás que não está vendo o do seu próprio filho que está ao seu lado. *Deixe isso para lá*, Sadie. Você não consegue deixar essa história de lado?

– Não, não consigo – a mamãe responde. – Você não entende? Para mim, esse mal não é uma espécie de abstração. Está ligado à minha mãe! Mesmo agora, ela se recusa a me falar da sua infância na Alemanha. Foi preciso quinze anos para ela admitir que o Janek era uma criança roubada, e não adotada; vinte anos para arrancar o nome da irmã alemã dela e o da cidade em que ela mora; preciso saber *mais*, você não pode entender isso? Preciso saber quem eram os meus avós! Se deram a eles um menino polonês para substituir o seu filho morto, é porque eles deviam ser nazistas ou pelo menos estar nas boas graças dos nazistas, *preciso saber!*

Fecho a porta e retomo a minha guerra de Playmobil e de Lego bem onde eu tinha parado.

Os meus pais lavam a louça e, quando chega a hora de me deitar, o papai tenta fazer eu esquecer o que aconteceu me dando uma palmada no bumbum de brincadeira. Ou seja, eu me deito de pijama de barriga para baixo e ele percorre todo o meu corpo me batendo com a palma da mão e cantando bem alto. Esta noite, ele canta canções cujas letras são incompreensíveis.

A tchireiu paunuga totô masuga tô tô
Nãmo reu-reu
Donaxica cá dimirousê sê
Duberrô duberrô quiu gatudeu

Nem parecem palavras de verdade, mas logo depois o papai repete cantando muito devagar:

Atirei o pau no ga-to-tô
Mas o ga-to-tô
Não morreu-reu-reu
Dona Chi-ca-cá
Admirou-se-se
Do berro, do berro
Que o gato deu

Depois ele canta tudo de novo bem rápido e, dessa vez, dá para entender tudo. Muitas vezes eu gostaria que os adultos se sentassem e me explicassem tudo bem devagar, como essa música faz.

Como sempre, eu me mato de rir com as palmadas do papai e suplico que ele continue, mas bem nessa hora a mamãe entra no quarto e diz que isso me deixa muito agitado, que eu preciso me acalmar para dormir. Então o papai me abraça e me beija na testa e a mamãe senta na cama perto de mim e me conta uma história que eu também adoro. Quando ela tinha a minha idade, sabia ler, mas eu ainda não sei, o que é mais um bom exemplo de como não estou à altura dela por mais que eu tente. Hoje à noite, ela me conta *Little black Sambo*, e ela nem precisa do livro porque sabe a história de cor, de quando era pequena. Eu também memorizei quase toda a história, o que é outra forma de se dizer saber de cor, e sou eu que digo todas as falas do Sambo:

– Ah, por favor, senhor Tigre, não me coma! Eu vou lhe dar o meu lindo Manto Vermelho – e assim por diante até que todos os tigres derretem e se transformam numa poça de manteiga no chão e Sambo diz: – Oh, manteiga derretida! Vou levá-la para casa para dar à Mambo Negra (que é a sua mãe)!

E depois a Mambo Negra faz panquecas e o negrinho Sambo come 169 delas pois está *morrendo de fome*. Quando a história termina, a mamãe me abraça e me nina cantando bem baixinho, a pele dos seus braços é suave, mas seu jeito de me segurar não é.

No dia da sua partida, me levanto de manhã bem cedo, ainda são seis e meia. Gosto de dizer que horas são, aprendi na primavera passada no maternal. O papai costuma contar a seguinte piada:

– Por que o imbecil jogou o despertador pela janela? Porque ele queria ver o tempo voar.

A piada até que é boa, mas ao mesmo tempo eu me preocupo de verdade quando vejo o tempo voando. A mamãe diz que quanto mais a gente envelhece, mais rápido o tempo passa, e eu tenho medo que, se eu não prestar atenção, a minha vida passe debaixo do meu nariz como um raio e um dia eu acorde num caixão; tudo estará terminado antes de eu ter tempo de aproveitar. Sei que os mortos na verdade não se dão conta de que estão no caixão debaixo da terra, mas, puxa vida, é realmente assustador se dar conta de que a gente coloca eles ali dentro, como aconteceu com o vovô, quando fomos ao seu enterro em Long Island. Acho insuportável a ideia de que o pai do meu pai estava realmente naquela caixa enquanto todo mundo parecia achar tudo aquilo muito normal. Os coveiros colocaram o caixão em cima de umas cordas, amarraram as cordas em torno dele, levaram o caixão até um buraco e desceram ele até o fundo, e então desfizeram os nós e retiraram as cordas. Ou seja, eles não estavam nem aí para o fato de deixar uma pessoa humana no buraco, mas não queriam perder duas boas cordas! Era óbvio que tinham o costume de fazer aquilo, faziam todo dia e para eles aquilo não passava de rotina enquanto que para mim a pessoa que eles estavam enterrando era o meu único avô (já que a mamãe nunca conheceu o pai dela), eu não o veria nunca mais, e foi aí que eu entendi o sentido da palavra *jamais*.

Olhando de relance para o despertador, vejo que três minutos se passaram enquanto eu estava pensando na morte.

Depois da morte do vovô, a vovó teve que vender a casa de Long Island. Era um dos meus lugares preferidos no mundo, com um monte de cantos e recantos e de armários, despensas, mas a vovó disse que ela nunca conseguiria cuidar de tudo aquilo sozinha, então ela foi viver numa outra casa com outros velhos. Agora não tenho nenhum lugar para me encontrar com os meus primos, a gente não pode brincar de esconde-esconde nos apartamentos de Manhattan como fazia na casa dos meus avôs. Uma vez me escondi no porão deles no fundo de uma enorme caixa de papelão e quando os meus primos desceram ouvi eles gritando:

– Randall! Randall!

Mas o meu esconderijo era tão bom que eles não me encontraram e acabaram desistindo. Foram jogar *frisbee* no jardim e esqueceram de mim completamente. Durante todo esse tempo, fiquei na minha caixa, esperando, esperando e, quando eu finalmente saí, estava congelado e todo dolorido, e quando os meus primos me viram nem me disseram: "Onde você estava? Procuramos você *por toda a casa*!"

Estava chateado por que eles não sentiram a minha falta e pensei comigo que a morte devia ser bem assim: a vida segue tranquilamente sem você.

Agora são sete horas e ouço o despertador da mamãe tocar, então já posso ir ao quarto deles se tiver vontade, como é o caso. Entro rastejando pelo chão como uma serpente e me colo ao pé da cama, onde eles não conseguem me ver. A coberta caiu no chão, eles estão cobertos apenas com o lençol e os quatro pés estão para fora. Os pés do papai são imensos e um pouco sujos, pois ele adora caminhar descalço pelo apartamento. O que mais me fascina é a pele espessa e amarela que ele tem na borda dos calcanhares, quando a gente toca parece mais madeira do que pele. Os pés da mamãe estão mais limpos, mas ela tem umas protuberâncias ósseas na base do dedão que também não são nada bonitas. De maneira geral, acho os pés dos adultos feios e essa é uma das razões pelas quais não estou com pressa de crescer, não gosto da ideia de ver os meus pés ficarem cada vez mais feios a cada ano que passa.

Com a unha do meu dedinho faço cócegas na pele amarelada do calcanhar esquerdo do papai, tão delicadamente que no início ele não sente nada. Depois, avanço devagarzinho em direção ao peito do pé – pronto, ele está reagindo! Mas como ele ainda não sabe que eu estou aqui, deve estar achando que foi uma mosca que pousou ali por acaso, então ele sacode o pé para espantar a mosca. Depois eu faço cócegas para valer e ele se senta na cama gritando.

– Porra, o que você está fazendo? – a mamãe exclama, pois quando o papai se sentou, levou junto com ele o lençol.

Ela está com o peito nu e com os seios dependurados me olhando, então ela se vira violentamente na cama para pegar a camisola.

Quando eu era pequeno, sempre tomava banho com a mamãe e ela não era nada envergonhada com os seus seios, eu podia inclusive brincar com eles, mas, de uns meses para cá, eles se tornaram proibidos e agora é só o papai pode vê-los, além da mamãe, é claro. (Fico me perguntando se teve *um dia* em que fiquei grande demais para ver eles e como é que ela fez para decidir *qual era o dia.*) Os seios das mulheres são algo esquisito: no início da vida você vive com o nariz enfiado neles e depois, pouco a pouco, vai se afastando e chega um dia em que você não tem nem mais o direito de vê-los. Mas na tevê e nos filmes as mulheres mostram os seios para todo mundo, tudo menos o mamilo, como se o mamilo contivesse um segredo sagrado, o que não é o caso, pois no geral nem leite eles têm. Quanto ao que elas têm entre as pernas, a mamãe sempre ficou de calcinha quando tomava banho comigo, então nunca vi essa parte do corpo de uma mulher, a não ser nas estátuas dos parques em que elas não têm absolutamente nada, então perguntei para o papai, e ele me disse que elas tinham várias coisas apaixonantes nesse lugar, a única diferença é que, nelas, essas coisas não saíam para fora como na gente.

A mamãe sai para fazer o café na cozinha e eu vou mijar junto com o papai no banheiro. Ficamos lado a lado diante da privada e os nossos dois arcos amarelos se encontram e se misturam na água clara, é interessante como no início ainda dá para ver a separação entre o amarelo e o claro, mas, depois de alguns segundos, tudo fica da mesma cor. Agora sei mirar direitinho, mas quando era pequeno, algumas gotas de pipi sempre caíam no chão e a mamãe me obrigava a limpá-las com uma esponja e depois a enxaguar a esponja na pia, e eu ficava com nojo de pensar que estava tocando com as mãos o meu próprio pipi.

O avião da mamãe só decola às sete horas da noite, mas sei que todo o dia será tomado pela ideia da sua partida. Ao tomar o café, ela está com a cuca cheia de malas, passaportes, vistos, mapas e vejo que não tem espaço nenhum para mim ali dentro.

– Não é incrível, Aron? Em menos de 24 horas estarei na Alemanha. Que *loucura*! Bem, vejamos. Uma lista, é isso que eu deveria fazer. Lembre-se, Randall: sempre que você se sentir sobrecarregado, deve fazer uma lista. Você deve pensar em todas as suas obrigações e listá-las em ordem decrescente de prioridade. É preciso começar pela tarefa mais penosa, a que temos *menos* vontade de cumprir. É o que se chama pegar o touro pelos chifres.

– Eu nunca passo desse estágio porque o touro sempre me espeta e a multidão salta aos pés dele vibrando de alegria e eu fico ali, estendido na poeira, perdendo todo o meu sangue.

– Aron!

– Não, não, sério, Ran, a sua mãe tem razão. Nunca deixe para hoje o que você pode fazer amanhã.

– É o contrário! – eu respondo rindo. – Não deixe para amanhã...

– Ah, é? Sim, é mesmo, desculpe... Sempre me confundo com esse provérbio, sei lá eu por quê. Então qual é o touro de hoje, Sadie?

– Como?

– Qual o touro que você vai pegar pelos chifres hoje?

– Ah... Fazer as minhas malas. Essa é a prioridade número um: as malas.

Enquanto o papai lava a louça do café, ela vai para o quarto e começa a pegar as roupas no armário e a colocá-las em cima da cama para pensar. Dá para ouvir ela falando sozinha: "Bem, vejamos, isso aí está começando a me apertar na cintura, esse pulôver não combina com essa calça, será que preciso de duas saias ou de três?, será que vendem meia-calça na Alemanha?...". Isso não seria propriamente um problema se, no meio dessas reflexões todas, não ouvíssemos uma *segunda* voz dizendo: "Então por que você a comprou, idiota?" e "E de quem é a culpa?" e "Você tem medo de subir na balança, não é mesmo?" e "Você precisa de quanto tempo para responder?" Depois de um tempo, o papai vai e discretamente fecha a porta do quarto deles, pois é bastante perturbador ouvir a sua própria mãe falando com duas vozes diferentes.

As viagens da mamãe geralmente duram dois ou três dias, uma semana no máximo. Dessa vez, vão ser uns *quinze* dias porque, mesmo se duas vezes sete é igual a quatorze, contamos o primeiro *e* o último dia e então dá quinze. Já sinto saudades dela, sob a forma de dor de barriga. Fico me perguntando se ela também sente falta de mim: quando ela se levanta longe, num quarto de hotel, será que ela também se pergunta o que estou fazendo?

Os dias passam e, apesar da ausência da minha mãe, eu diria que o meu verão está bastante bom.

A mamãe nos telefona, a ligação é interurbana, e sou eu que atendo, ela me diz:

– Olá, querido – e mais duas ou três coisinhas, mas sinto que está ansiosa para terminar a conversa porque a ligação custa caro e ela prefere falar com o papai.

Falam bastante tempo, e embora o papai não levante a voz, sinto que ele não está gostando nada do que está ouvindo, o que me leva direto ao banheiro com uma baita diarreia. Depois ele me diz que a mamãe está agitada com tudo o que a irmã da vovó Erra contou para ela em Munique.

No dia seguinte, a própria vovó Erra nos liga e sou eu que atendo. Mesmo se não sou eu quem está bisbilhotando o passado dela, me sinto culpado. Ela fica surpresa quando digo que a mamãe está viajando, percebo então que ela não estava sabendo de nada sobre a sua irmã, daí acrescento rapidamente:

– Acho que ela está fazendo uma turnê de conferências.

– No meio do verão? – pergunta Erra. – Impossível, todas as universidades estão fechadas.

– Pode ser que seja no hemisfério sul – digo, aproveitando para exibir os meus conhecimentos e para parecer verossímil.

Erra cai na risada:

– Então está bom! Que tal fazermos um piquenique nós quatro no domingo?

Quando ela diz *nós quatro* percebo que enfim vou conhecer a amiga dela, o que vai ser mais um segredo a ser acrescentado à longa lista de segredos do "juramento de camaradas" que tenho com o papai.

Ao chegar em casa no sábado à noite, o papai está com os braços cheios de sacos de supermercado, e no domingo ele passa a manhã preparando o piquenique, mas bem na hora em que começa a pôr tudo na cesta, o céu desaba. Não se trata de uma garoa, nem de uma chuva de verão que depois que passa deixa o céu limpo e azul, mas de um dilúvio. São trombas-d'água que caem de nuvens de aço que parecem ter vindo para ficar. Fico arrasado porque é óbvio que ninguém vai pôr uma toalha na grama do Central Park com esse tempo, o que para mim seria uma festa. O papai liga para a vovó Erra e lhe diz:

– Deus tinha outros planos...

Mas ela diz uma coisa que eu não ouço e ele responde:

– Joia. Daqui a uma hora estaremos batendo na sua porta.

Vira-se para mim e diz:

– Vamos fazer um piquenique no Bowery.

Chegamos lá encharcados. A vovó e a amiga dela saltam em cima da gente com toalhas e esfregam as nossas cabeças até nos deixar tontos. A tempestade se tornou o elemento dramático do dia, encarnou uma espécie de dragão que quis estragar o nosso piquenique, mas, por sorte, conseguimos escapar das garras dele. As duas estenderam uma toalha direto no chão, na parte central do loft, e colocaram os pratos de papel e os talheres de plástico. A amiga da Erra é baixinha com os cabelos e os olhos escuros pois ela vem do México, chama-se Mercedes, como o carro de luxo. Apertando a minha mão ela diz:

– É um imenso prazer, Randall – como se ela o pensasse de verdade.

A vovó Erra, que é mais forte do que parece, me abraça, me levanta e me dá beijos em todo o rosto, me olhando com um sorriso entre cada beijo. Ela tem os olhos azul-safira cercados por rugas que podemos ver de perto, e seus cabelos são quase completamente brancos com umas poucas mechas loiras que ficaram.

– Ah, meu homenzinho – ela diz. – Há quanto tempo, hein?

E eu respondo:

– É.

Então sentamos de pernas cruzadas, cada um de um lado da toalha, e devo dizer que, para velhas que já passaram dos quarenta, a Erra e a Mercedes são muito mais flexíveis do que o meu pai, que ainda nem chegou aos quarenta; ao final de alguns minutos, ele fica com câimbras e precisa ir buscar uma almofada. Não apenas a comida está deliciosa, mas há um ambiente especial por causa do céu lá fora, cinza-escuro como um antigo castelo, e, por causa da chuva que bate nos vidros como uma cauda de dragão, é um pouco como se estivéssemos em uma peça de teatro. Mercedes acende duas velas, deixa o clima ainda mais teatral, e, quando terminamos de comer, a vovó Erra se inclina sobre uma das velas para acender o cigarro.

– Então é assim – ela pergunta com uma voz maliciosa –, a minha filha foi passear no hemisfério sul?

– *No hemisfério sul?* – pergunta o papai, perplexo, e fico supervermelho e olho para ele com urgência para que endosse a minha mentirinha.

– Ah, o Randall deve ter se confundido. Ela está no Sul, era isso que ele queria dizer. No Sul da Alemanha, na verdade. Para as pesquisas dela.

– Pesquisas, pesquisas e mais pesquisas – suspira Erra. – Fico me perguntando se ela vai acabar encontrando alguma coisa.

Mercedes cai na risada, mas logo põe uma mão na frente da boca, afinal estou ali e ela não deveria zombar da minha mãe na minha frente.

– Na Alemanha – Erra repete. – Puxa vida. Se eu soubesse que isso aí se tornaria uma tal obsessão... Não deixa de ser uma profissão estranha, você não acha, Aron? Ir futricar a vida dos outros?

– Sei lá – o papai diz. – A minha profissão é ainda pior: eu *roubo* a vida dos outros para criar os meus personagens. Quem tem telhado de pedra não joga vidro no vizinho.

– É o contrário, papai! – exclamo, mesmo sabendo que ele fez de propósito.

– Não tem nada a ver – a vovó Erra diz. – Você é um artista.

Franzindo os olhos por causa da espiral de fumaça que sobe do seu cigarro, ela se dirige ao piano em um canto do loft.

– Vem cá, Randall – ela diz (e obedeço com prazer). – E se tocássemos um pouco de música juntos?

– Não sei tocar – digo.

Ela me levanta, me põe em cima do banquinho e alisa os meus cabelos que ainda estão desgrenhados por causa da toalha.

– Deixe-se guiar pelo morceguinho do seu ombro... Preciso que você toque algumas notas aqui nos baixos... Apenas nas teclas pretas, ok?... e bem *suave,* muito *suave*... E acima de tudo *escute* o que está tocando, escute até que a música agrade você...

No outro lado da sala, o papai e a Mercedes ficam tão quietos que poderíamos ouvir uma mosca voando, como se costuma dizer. Com os meus dedos, aperto suave e lentamente as teclas pretas. De pé ao meu lado, a vovó me ouve abanando a cabeça. Depois de um tempo, ela apaga o cigarro e ouço uma espécie de zumbido que começa a sair do peito dela, continuo tocando e ela responde a cada uma das minhas notas com outra, ora em harmonia, ora em dissonância, como se caminhássemos em câmera lenta na floresta, nos escondendo atrás das árvores. Pouco a pouco os meus dedos vão ganhando velocidade e a sua voz também, mas continuamos respeitando a regra da *suavidade*, então tudo parece um número de sapateado na neve.

Depois de um tempo, sinto que o fragmento está chegando ao fim, paramos os dois ao mesmo tempo e o papai e a Mercedes aplaudem entusiasmados – mas de um jeito *suave*, tão suave que não ouvimos nada, o que faz a gente rir. A vovó Erra me faz rodopiar no banquinho e me pega no colo outra vez.

– Você viu? – ela pergunta. – Você tocou!

E ela atravessa toda a sala comigo nos seus quadris, sem nenhum esforço.

– Acho que reconheci algumas palavras, Erra – o papai diz. – Pelo menos uma sílaba aqui e acolá... Será que você estaria se humanizando, por acaso?

– Sempre fui humana! – a vovó Erra responde com um sorriso enorme. – Mas é verdade que agora estou introduzindo algumas palavras no meu canto, graças à Mercedes. A Mercedes é uma mágica com as palavras.

– Sério? – pergunto para a Mercedes enquanto a vovó me coloca em uma poltrona.

– Ah! – a Mercedes diz –, a magia não está em mim. Ela nunca está nas pessoas, mas no que acontece *entre* as pessoas. Aprender a utilizá-la é antes de tudo uma questão de concentração.

– Esse é o meu grande problema – o papai diz.

– Psiu... – faz a Mercedes, colocando um dedo sobre os lábios.

Silêncio total. Então ela acrescenta com uma voz baixa e rouca:

– Às vezes, basta fechar os olhos e escutar com atenção, então a mágica se produz. Você está pronto, Randall?

– Estou.

– Bem. Então ouça. No seu cérebro tem uma nuvem toda branca, como uma bola de algodão... Você está vendo?

– Estou.

– Pois bem... há um fio saindo dessa nuvem, não tem? Se você puxar o fio suavemente, você vai ver várias fitinhas coloridas, como o rabo de uma pandorga... As fitinhas estão amarradas umas nas outras... São palavras... E se você continuar puxando devagarzinho, nossa, veja só o que elas estão trazendo para você, do outro lado da nuvem!

Abro os olhos, mas a Mercedes diz sorrindo:

– Não, quando digo "olha", estou falando de olhar para *dentro*, e para isso é preciso manter os olhos fechados. Bem. Então. Agora a magia vai se produzir. As imagens vão passar do meu cérebro para o seu. Tudo o que eu disser, você vai ver.

Ela continua falando, com uma voz baixinha, fazendo uma pausa depois de cada palavra:

– Veja... um corvo morto... Aqui tem... uma fada com asinhas coloridas... uma tigela de mingau... Você consegue ver, Randall?

Faço que sim com a cabeça, porque é realmente verdade. O silêncio é tão longo e pleno que posso penetrar completamente nele, vejo o corvo imóvel com um dos olhos semiaberto e embaciado, vejo um diadema que cintila nos cabelos dourados da fada, vejo o vapor que sobe da tigela de mingau quente que o papai às vezes me prepara nas manhãs de inverno com açúcar mascavo, creme e até algumas uvas passas, é uma delícia.

Quando abro os olhos novamente, os adultos estão me olhando e sorrindo.

– Na verdade – a Mercedes diz –, isso acontece o tempo todo. A magia é estar consciente disso.

– Você é poeta? – o papai pergunta, e a Mercedes cai na risada mais gostosa que já ouvi, como uma fonte que espalha mil gotas d'água cintilantes.

– Não – ela diz. – Sou terapeuta. Faço psicoterapia com imagens.

Mesmo que eu não saiba o que isso significa, tenho certeza de que deve ser muito agradável fazer isso aí com a Mercedes.

– Demonstração fascinante – o papai diz, acendendo um cigarro, o que mamãe não apreciaria de jeito nenhum. – Mas o teatro é outra história. Não se pode escrever uma peça sobre um corvo morto ou uma fada colorida ou uma tigela de mingau. É preciso encontrar um meio de articular tudo isso.

– E depois – continua a vovó Erra – a mágica da Mercedes só funciona se falamos a mesma língua que ela. Se ela tivesse dito *cuervo muerto* em vez de corvo morto, Randall não teria visto nada. É por isso que eu gosto da voz pura: todo mundo entende. Meu canto é perfeitamente transparente, não é Randall?

– Não sei – digo com sinceridade. – Mas ele é lindíssimo.

Eles caem na risada porque eu disse "lindíssimo", que não é uma palavra de criança, embora os adultos digam "lindíssimo" o tempo inteiro na nossa frente.

– Obrigada, meu amor – a vovó Erra diz, baixinho.

Depois eles se lançam em uma conversa de gente grande sobre o presidente Reagan (aquele atorzinho de filmes de quinta categoria, segundo o papai), que atualmente está mandando tropas para Beirute. Enrosco-me numa grande almofada que está no chão e começo a cochilar um pouco, pensando que sou o Arganaz, como a minha mãe, e que talvez eles derramem chá por cima de mim. Chega uma hora em que adormeço de verdade, mas logo acordo porque todos estão dando gargalhadas, mas não ouvi a brincadeira, e de repente a vovó Erra declara com uma voz superforte que o instrumento que sempre acompanhou o seu canto é o lude. O papai e a Mercedes se olham perplexos como se dissessem *Do que ela está falando?* e o papai diz:

– Desculpe, mas acho que nunca vi nenhum tocador de lude entre os seus músicos.

E Erra responde sorrindo:

– Talvez ele seja invisível, mas está ali, aliás, é o único que realmente está ali...

Mas talvez eu tenha sonhado, não sei se ela realmente falou de um lude, à beira do sono muitas vezes a gente deforma as palavras das pessoas.

No final da tarde, todos nós tentamos plantar bananeira. O papai se dá mal em todas as tentativas, a Mercedes consegue pôr as pernas no ar, mas não as deixa alinhadas com o tronco, eu faço um pouco melhor a cada vez, mas é a vovó Erra quem se sai melhor. Fico me perguntando se a vida dela é sempre alegre desse jeito, ou se essa é uma ocasião especial por causa do nosso piquenique no chão.

Na minha cama essa noite, tento fazer a mágica da Mercedes com as palavras. Fecho os olhos murmurando: *cão... gato... prato...* e assim por diante, mas não dá muito certo, é melhor quando outra pessoa diz as palavras para você, porque são palavras que você não está esperando. É difícil surpreender a si mesmo. É difícil fazer cócegas em si mesmo, como o papai me explicou há muito tempo.

– Não consigo rir quando eu é que me faço cócegas – ele me disse –, mas consigo quando penso que tem alguém tentando se fazer cócegas e não consegue.

A mamãe liga para a gente outra vez. No início da conversa, o papai parece contente em falar com ela, mas a seguir parece que vai ficando cada vez menos.

– Como assim? – pergunta.

Ele fica ouvindo e balançando a cabeça, embora ela não possa vê-lo, e depois diz:

– Inacreditável. Ucraniana, é?... É, você tem razão. Eles faziam alguns pequenos *pogroms* aqui e ali para se divertir, mas não é um povo do tipo solução final... Escute,

Sadie, tudo isso é, claro, muito impressionante, mas não me casei com os seus ancestrais, me casei com você, *você*, e eu ficaria contente em vê-la de vez em quando.

Alguns minutos se passam com a mamãe bradando do outro lado da linha e enfim o papai a interrompe outra vez:

– *Chicago*? O que está acontecendo em Chicago?... Não, mas peraí, será que estou sonhando? Você virou detetive ou o quê?... O que me incomoda não é a quantidade de dias, mas esse seu jeito de ficar enchendo a cabeça com essa…

Mas ele não consegue terminar a frase e depois de um tempo ele diz “tchau” e desliga o telefone.

– A sua mãe vai passar por Chicago na volta – ele me diz. – Vai voltar na próxima quarta.

No intervalo, antes da volta da mamãe, um amigo do papai que se chama Jacob e que também é dramaturgo passa aqui em casa sem avisar. Adoro o Jacob porque ele tem uma barba preta comprida e uma voz grossa possante e toda sorridente. Uma das suas peças está sendo apresentada em um palco a céu aberto em Vermont e ele quer que o papai vá assistir com ele.

– Ah, bem que eu gostaria, mas preciso cuidar do meu anãozinho aqui.

– Não por isso – o Jacob diz –, vamos levar o anãozinho conosco! Quanto mais gente, melhor…

Então a história termina que, sem contar nada disso para a mamãe, saímos de Nova York no sábado de manhã aos solavancos no velho micro-ônibus do Jacob (que provocaria um ataque de epilepsia na mamãe se ela o visse, de tão imundo e cheio de porcarias que ele é), e a gente se põe a caminho de Brattleboro, o que significa uma boa esticada. Para passar o tempo, o Jacob e o papai cantam árias de musicais da juventude deles – mas, como já esqueceram a metade das letras, eles inventam um jogo. Um começa uma canção e outro deve continuá-la com um verso de uma outra e assim por diante, alternadamente, a única regra é que a tonalidade deve ser a mesma e fazer mais ou menos sentido.

If I were a rich man, Ya ha deedle deedle, bubba bubba deedle deedle dum. All day long I'd Follow the Yellow Brick Road. Follow the Yellow Brick Road Wa-doo – Zim bam boodle-oo Hoodle ah da wa sa Scatty wah. Yeah! It ain't necessarily so. To get into Hebben, Don't snap for a sebben Beneath the Broadway lights! Oh, moon of Alabama If I were a biddy biddy rich Yidle-diddle-didle-didle man New York, New York, a helluva town, The Bronx is up, but the Battery's down, The people ride in a hole in the groun' Li'l David was small, but oh my! L'il David was small, but oh my! You'll find he is a whiz of a Wiz! If ever a Wiz! there was. If ever oh ever a Wiz! there was, the Wizard of Oz is one becoz, Becoz becoz becoz becoz becoz Moses supposes his toeses are Roses, But Moses supposes erroneously. Hooptie doodie doodle Li'l Moses was found in a stream L'il Moses was found in a stream He floated on water Till ol Pharaoh's daughter said show me the way to the next whisky bar Oh, don't ask why, oh, don't ask why.... Eles cantam superalto, com os vidros abertos, e devo confessar que faz muito tempo que não via o meu pai tão exuberante.

Quando enfim chegamos ao teatro, o papai me coloca no colo e durmo durante quase toda a peça que, de todo jeito, eu não entendo. Depois oferecem um jantar em homenagem ao Jacob e fico me perguntando se o papai está com ciúmes do amigo dele, mas não parece, ele brinca com todo mundo e pergunta quem é que preparou todos esses pratos maravilhosos. Depois nos avisam que não há mais quartos disponíveis no B&B pois o Jacob apareceu com a gente de imprevisto e todos os outros quartos de hotel da cidade estão reservados para os turistas.

Jacob diz que então não tem problema, basta conseguirmos uns sacos de dormir e ficaremos ao ar livre mesmo. Então, embora sejam duas horas da manhã, pegamos o micro-ônibus outra vez e rodamos até encontrar um lugar tranquilo, o papai desce e abre uma porteira e a seguir, enrolados nos sacos de dormir sobre o chão, ficamos olhando as estrelas. É lindo e não tem muitos mosquitos. Antes de adormecer, ouço o papai e o Jacob se lembrando dos tempos hippies da juventude deles, quando todos queriam estar o mais próximo possível da natureza, tinham cabelos compridos e andavam de peito de fora, eram realmente bons aqueles tempos.

De manhã, sou o primeiro a acordar. Tudo está tranquilo. Vejo que dormimos num prado e é tão cedo que o ar está fresco e ainda há gotas de orvalho brilhando sobre o capim. Ouvem-se os mugidos de algumas vacas numa fazenda vizinha. Eu me levanto e caminho de pés descalços na grama molhada e, quando chego ao final do campo, entro em uma moita. Os raios de sol mal estão começando a passar pelos galhos. Sento-me em uma velha raiz pensando comigo que felizmente a mamãe não fez essa viagem com a gente, ela ficaria toda preocupada porque podemos pegar um resfriado ou porque não escovamos os dentes. Acaricio suavemente o morceguinho do meu ombro e ele me sussurra no ouvido que agora posso fazer mágica, então eu tento. Penso na palavra *orvalho*... penso na palavra *aurora*... penso na palavra *verão*... e funciona.

Alguns instantes depois, com os freios cantando, um carro para perto do micro-ônibus do Jacob e desce um homem armado com um fuzil. Ele se dirige com passos largos em direção ao papai e ao Jacob, que ainda estão dormindo, não me vê por causa da moita, mas eu o vejo e ele parece furioso.

– Que porra vocês estão fazendo aí? – pergunta gritando.

O papai e o Jacob meio que se levantam esfregando os olhos e vestindo distraidamente algumas roupas.

– Levantem-se, porra! – grita o homem cutucando eles com a ponta do fuzil para mostrar que não está brincando. Ele parece incapaz de falar sem gritar.

– Vocês viram aquela placa ali? Está escrito PROPRIEDADE PRIVADA. Não sabem ler?

– Sabemos sim – responde o papai. – Vimos a placa, mas...

– Claro que vimos a placa – disse o Jacob. – Afinal se nós a empurramos, é porque a vimos. Mas não a roubamos.

– O quê?

– Não roubamos a sua placa – disse o papai. – Como estava escrito PROPRIEDADE PRIVADA, pensamos cá conosco que devia ser de alguém, então a deixamos ali mesmo...

– Embora ela pudesse ter sido muito útil para fazer um fogo – disse Jacob com uma voz calma, enquanto calçava as sandálias. – Estava bem frio, de noite.

– Mais uma brincadeira imbecil e eu chamo a polícia.

– Onde está o seu filho, Aron? – pergunta o Jacob.

– O quê? Você trouxe um *pentelho* ainda por cima? Que *merda*!

– Estou aqui, papai – digo saindo da moita, com uma voz aguda e fraca que eu não consigo controlar por causa do fuzil.

– Vocês vão cair fora daqui agora mesmo, ouviram?

– Calma, calma – o Jacob diz, juntando os sacos de dormir. – Estamos indo.

– Estou esperando! – grita o senhor. – Estou de olho em vocês! Vou contar até dez!

Enquanto o Jacob dá marcha a ré com seu micro-ônibus para sair do campo, o papai abana para o senhor para provar que não está se sentindo humilhado. O homem fica roxo de raiva, ele levanta o fuzil outra vez e estremeço, quase que sentindo a explosão do nosso para-brisas.

Alguns instantes mais tarde, o papai se vira para mim e diz com toda suavidade:

– Tudo bem, Ran?

– Tudo... Mas você não precisava ter abanado para ele daquele jeito, né?

– Você tem razão. Foi uma idiotice minha.

Nem é preciso dizer que toda essa expedição fará parte do nosso "juramento de camaradas".

Na quarta-feira seguinte, vamos buscar a mamãe no aeroporto que se chama JFK em homenagem a John Fitzgerald Kennedy, um presidente dos Estados Unidos que foi assassinado quando a mamãe tinha apenas sete anos, ela viu tudo na tevê. Ela ainda se lembra de Jackie Kennedy, a mulher do presidente, vestida com um *tailleur* cor-de-rosa, se abaixando no carro novinho deles, um Lincoln blindado, para juntar pedaços dos miolos dele, e a mamãe diz que não tem por que comprar um carro blindado novinho se é para andar no meio da multidão com a capota aberta (ainda bem que esse fazendeiro de Vermont não atirou na gente, pois o micro-ônibus do Jacob *não* era blindado!).

Esperamos durante um bom tempo, olhando os passageiros do voo de Chicago passarem pela porta automática. É estranho olhar para o rosto das pessoas um atrás do outro, descartando-os como se não fossem ninguém assim que você vê que não é o rosto da sua mãe, enquanto que, para quem está esperando essas pessoas, elas é que são o centro do mundo e a sua mãe não é ninguém. Enfim, clique, "Ali está ela!", exclama o papai.

É ela de verdade vindo na nossa direção, puxando a sua mala, mas o seu rosto não se ilumina ao nos ver como aconteceria com a vovó Erra, limita-se a constatar a nossa presença, como se dissesse *Ah, tá, vocês estão aí, vamos para casa.* Mesmo assim, ela se abaixa ao lado da sua mala para que eu possa me jogar nos seus braços, mas no instante em que os nossos peitos se tocam, ela exclama "Merda!" e é meio decepcionante ouvir essa palavra quando você abraça a sua mãe pela primeira vez depois de semanas, mas é que um dos botões da sua cintura saltou fora e ela acha que isso quer dizer que ela engordou, mas não é necessariamente isso, todo mundo tem umas gordurinhas quando se abaixa. Ela junta o botão, se levanta e começa a se agitar em torno do seu zíper bem na hora que o papai estava com vontade de beijá-la, então ele se contenta em pegar a mala dela, e a gente se dirige para o estacionamento.

Seguro a mão da mamãe, a mão dela está comigo em Nova York, mas a cabeça dela ainda está nas nuvens: sem nem ao menos nos perguntar como estamos, ela se põe a falar como uma metralhadora. A voz dela não promete nada de bom, então deixo as palavras se produzirem ali em cima, no nível da boca das pessoas adultas, enquanto fico perto do chão, estudando os milhares de pés que correm em todos os sentidos. Fico pensando no que aconteceria se uma bomba fosse largada no JFK e todas essas pessoas fossem subitamente mortas ou desmembradas chafurdando em poças de sangue. O meu morceguinho me diz para aumentar o som dos aviões de bombardeio o mais alto possível na minha cabeça e mergulhar nos gritos, nos gemidos e no estrondo de vidros quebrados, no zumbido e no assobio agudo das bombas e depois na explosão, mais e mais.

No carro, a voz da mamãe está completamente excitada, ela não para de falar sobre o que ficou sabendo da srta. Mulyk em Chicago, uma senhora que trabalhava na Alemanha depois da guerra para uma agência que ajudava pessoas deslocadas e que se encontrou com a Erra nessa mesma época. O papai se limita a acenar com a cabeça resmungando de tempos em tempos pois ele não consegue abrir o bico. Penso na Mercedes e no seu jeito de pronunciar uma palavra de cada vez, penso nos seus três exemplos e tento muito ver as asas da fada, mas as palavras da minha mãe preenchem o ar do carro e embaralham tudo. Algumas palavras se repetem: *fonte de vida... inacreditável... nazistas... arquivos destruídos... fonte de vida... inacreditável... sangue... minha própria mãe... fonte de vida...*

– O que é uma fonte de vida, mamãe?

Silêncio no banco traseiro.

– Mamãe?

– Sadie – o papai diz, soltando um suspiro –, talvez essa conversa possa esperar um pouco, o que acha?

– Sim, é claro – diz a mamãe abruptamente.

Ela se vira no banco e me dá a mão para que eu possa segurá-la de novo, o que eu faço, mas o nervosismo dela me embrulha o estômago, é como se fosse acontecer algo terrível. Ela ainda não nos perguntou: "E aí, e vocês? O que vocês fizeram durante todo esse tempo?" Ela se contenta em olhar para os carros passando na ponte de Manhattan. Depois de um tempo, ela começa a contar para o papai tudo o que ficou sabendo sobre a Greta, a irmã da Erra, e principalmente sobre essa tal srta. Mulyk. Parece que os pais alemães da Erra não morreram num bombardeio como a Erra sempre tinha dito, e inclusive eles nem eram os pais dela, na realidade ela é ucraniana, mas primeiro os alemães a raptaram, depois essa agência a encontrou graças à sua marca de nascença, então ela foi adotada no Canadá, os pais que morreram eram os seus pais biológicos ucranianos.

– Espera – o papai diz –, não estou entendendo. Se os pais verdadeiros dela estivessem mortos, a agência não saberia da existência deles. Como fizeram para encontrá-la? *Quem* falou do sinal?

– Ainda não sei – a mamãe diz. – As minhas pesquisas estão apenas começando. Fui à Alemanha para encontrar respostas e voltei com um monte de novas perguntas!

É complicado demais para mim, não entendo como é que uma só garotinha pode ter tantos pais, então adormeço no carro e nem sei quem me leva para a minha cama.

O que acontece com os adultos é que eles tomam todas as decisões sozinhos e as crianças não podem dizer nada.

No dia seguinte, no café da manhã, a mamãe diz:

– Sabe do que mais, Randall? – nem pergunto "O quê?", pois não tenho a mínima vontade; sei que vou ter que aguentar essa resposta, querendo ou não.

E lá vem ela. É como se o teto estivesse desabando sobre a minha cabeça.

O "*o que*" é que vamos nos mudar. Vamos sair de Nova York, não consigo nem acreditar. A família inteira precisa se mudar por causa do trabalho da mamãe, nem perguntam a minha opinião. Olho para o papai, mas em vez de contradizer a mamãe, ele a defende. Tento aniquilar a situação com uma fabulosa aura atômica cintilante, como no primeiro episódio do *Homem-Aranha*, mas não funciona, é a verdade verdadeira. Vamos morar em Israel em uma cidade chamada Haifa. A tal srta. Mulyk que a mamãe infelizmente encontrou em Chicago lhe falou de um professor da universidade de Haifa que é um dos grandes especialistas das fontes de vida. Embora eu ainda não saiba o que é isso, essa é a nova paixão da minha mãe, porque a vovó Erra teria passado uma temporada ali quando era bem pequena, entre a sua família ucraniana e a alemã. Talvez seja uma espécie de fonte da juventude, o que explicaria por que a Erra parece ser tão jovem. O que aconteceu é que a mamãe quer ir trabalhar com esses arquivos em Haifa. Tudo acontece tão rápido que não entendo a ligação entre as coisas, nem sei o que é um arquivo. Para mim, em Haifa, haverá uma escola que se chama Hebrew Reali e vou passar o resto do verão tendo aulas de hebraico, pois se você não fala hebraico, não pode ir a essa escola.

"E os meus amigos?", tenho vontade de berrar, mas eles estão pouco se fodendo.

Não se deve dizer "estar pouco se fodendo", mas eu estou pouco me fodendo. "É só um aninho", eles dizem, mas para mim parece uma eternidade. Daqui a um ano, vou estar com SETE anos. Quando voltarmos para Nova York, não terei mais amigos, estarei com SETE ANOS e completamente excluído. Não tenho a menor vontade de sair de Nova York e tenho certeza de que o papai também não tem, mas ele faz tudo o que pode para brincar, dizendo que vamos passar do Reagan ao Begin, ou seja, vamos manter a poesia. Diz que não temos muitas alternativas, então é melhor ver isso como uma aventura. Diz também que não se incomoda em arrastar a sua angústia da página em branco para o outro lado do Atlântico, desde que a mamãe pague o transporte, êh, êh, êh, pois ela pesa uma tonelada.

Estou furioso com a minha mãe. Poderia matá-la.

Começo a desenhar pessoas sem tronco de propósito.

Desenho mulheres com os seios cortados.

Desenho grandes punhos afundados em costas femininas, mas sempre tendo o cuidado para que as mulheres não se pareçam com a minha mãe, para o caso de ela topar com um desenho.

A mamãe encontra um professor de hebraico para mim e a minha expectativa é que essas aulas estraguem todo o meu verão.

– Não se preocupe, Randall – ela me diz, ao me ver sentado na entrada esperando o meu tutor de braços cruzados sobre o peito.

Ela me faz um carinho na cabeça para me mostrar que até que ela se preocupa com os meus sentimentos, mas nem respondo pois estou com vontade de fazer beiço e ainda mais vontade de fazer ela se sentir culpada. Ela vai para a universidade procurar mais um pouco de Mal, então, quando o professor bate na porta, é o papai que vai abrir. Ele se chama Daniel e é bastante magro e fraco com uma barba castanho-clara e uma voz suave e mãos incrivelmente expressivas que voam por aqui e por ali como se fossem pássaros.

Vamos para a mesa da sala de jantar e ele me estende a mão direita sorrindo e me diz "Shalom", a mamãe sempre me disse que Shalom quer dizer paz, mas entendo que nesse caso quer dizer "Olá", então eu respondo "Shalom", apertando a sua mão comprida e branca e de pele lisa. Ele abre a sua pasta e penso: "Puxa vida, vai ser como na escola", mas não, na verdade a pasta explode de jogos e imagens. Começamos por um jogo de damas, e como sou bom nisso, acabo com ele em cinco minutos, o que lhe dá a ocasião de me ensinar palavras como vocês (atem), eu (ani), aqui (kan), ali (sham), sim (ken), não (lo), ajuda (ezra) e obrigado (todá). No final do jogo, ele parece estar tão espantado com o meu talento que eu caio na risada, então ele me ensina a palavra rir, que é tshaq. Depois olhamos algumas imagens, e em vez de coisas idiotas, como flores ou gatinhos, o Daniel trouxe fotos de carros e bicicletas, calças jeans e botas, soldados e bolinhas de gude, ou seja, todo o vocabulário que será útil para mim. As mãos dele se movem o tempo todo e não consigo tirar os olhos delas, de tão expressivas que são. Pergunto como se diz morcego e ele me responde, e assim fico sabendo o nome secreto em hebraico da minha marca de nascença: atalef.

O mundo não é exatamente o mesmo quando cada objeto tem dois nomes diferentes; é estranho pensar nisso.

Depois de alguns dias, começo a aguardar as minhas aulas com impaciência; quando consigo memorizar o que o Daniel me ensinou, ele me enche de elogios e sorrisos, e ele fica impaciente para que eu passe para a próxima etapa. No início de agosto, começo a fazer frases completas do tipo "O tempo está uma droga" ("Mezeg avir garoua") e "Estou com fome" ("Ani raev") e "Que tal darmos um passeio?" ("Netayel ktstat?"). Gosto da sensação dessa língua na minha garganta, sobretudo os sons *ayin* e *chet*, que são ásperos e agressivos.

Gosto cada vez mais do Daniel e começo a perguntar a ele palavras difíceis como por exemplo morte (mavet) e solidão (bdidut); ele sabe que são assuntos sérios, então ele me faz perguntas sobre eles. Como é proibido falar inglês, quando não sei uma palavra em hebraico, faço mímicas, ele acena a cabeça e me diz a palavra que está faltando. Conto para ele sobre o enterro do vovô, sobre o jogo de esconde-esconde em que os meus primos me abandonaram, a vovó Erra que fuma cigarros e planta bananeira e até a história do Janek, o segundo marido dela que estourou os miolos. Ele corrige gentilmente os meus erros, acenando sempre a cabeça, como que para dizer *Sim, sim, é isso mesmo*, e repetindo a minha frase com a correção para que eu possa repeti-la sem erros. As lições de hebraico se tornam o meu momento predileto do dia, e queria que o verão nunca acabasse porque eu deixaria de ver o Daniel.

Um dia, eu pergunto como se diz fonte de vida em hebraico, porque não paro de ouvir falar nisso. Seu sorriso se evapora lentamente e as suas mãos delicadas caem sem fazer barulho em cima da mesa, como se fossem plumas de aves.

– Como? *Ani lo mevin* – ele diz, o que significa "Não estou entendendo".

Então pergunto de novo acrescentando em inglês:

– A mamãe acha que a vovó Erra esteve em uma fonte de vida na Alemanha, mas ainda não sei o que é.

O Daniel fica em silêncio tanto tempo que fico assustado. Nem me olha, olha para as suas mãos em cima da mesa, imóveis como pássaros mortos. Enfim, ele pega todos os seus papéis, dá uma pancadinha neles em cima da mesa da sala para emparelhá-los e guarda tudo na pasta. Depois, atravessa o corredor e bate no escritório do meu pai. Quando o papai abre a porta, o Daniel diz em voz baixa:

– Vim aqui dar aulas a um garotinho judeu, e não a um rebento da SS.

Então ele vira as costas e vai embora. Seu passo é suave e elástico como de costume, mas certamente não o verei mais porque ele não disse "Leitraót" ao sair.

Eu me sinto péssimo, perdi um amigo e não sei nem por quê, mas deve ser culpa minha, então caio no choro. O papai me abraça, enrosca as minhas pernas em torno da sua cintura e me deixa chorar no seu ombro sem me fazer nenhuma pergunta.

Saímos para dar uma volta na quadra e decidimos que nem vale a pena contar para a mamãe sobre a demissão do Daniel, porque estamos indo para Israel no domingo seguinte e de todo jeito as aulas iam terminar. Enquanto isso, fingiremos que ele continua vindo, e eu vou estudar o hebraico que aprendi, o que já é muito.

À noite, ao chegar, a mamãe está de ótimo humor porque foi eficaz, o que sempre a deixa contente. Durante a refeição, nem nota a excelente lasanha que o papai preparou e anuncia que tudo está pronto para a viagem.

– Parece que Haifa é uma bela cidade – diz. – Encontrei um apartamento para a gente na rua Hatzvi, bem pertinho da escola do Randall. Poderei pegar um ônibus para ir à universidade, e o papai terá toda a tranquilidade que precisa para escrever.

– De fato – diz o papai. – Israel está numa fase muito tranquila, já que mandou todos os seus soldados para o Líbano.

– Oh! E você sabe do que mais, Randall? – a mamãe pergunta. – Tem um jardim zoológico no bairro! Poderemos ir ao zoológico juntos. Bacana, não é?

Nem respondo porque tem um zoológico aqui também, no Central Park, e ela não me levou lá nem uma vez. Sem falar que, segundo o papai, não se joga muito beisebol em Israel e não se pode andar de tobogã porque não neva no inverno.

Ao ir para cama essa noite, abraço Marvin bem forte. Vou levá-lo comigo a Israel e espero que ele me proteja, já que pertenceu à vovó Erra. Se ao menos a própria Erra pudesse vir com a gente! Mas ela está fazendo uma turnê e também acho que não conhece a razão da nossa estadia em Israel, ou seja, que a mamãe quer verificar as conexões da vovó com as fontes de vida.

Sonho que estamos todos juntos num café em que uma mulher foi assassinada. Ela está caída no chão sobre uma poça de sangue, as pernas presas entre os pés das mesas e dos clientes, mas ninguém parece notá-la. "Papai!", eu digo. "Papai, veja! Tem uma mulher morta no chão!"

Mas o papai está muito ocupado conversando com a mamãe e não presta a menor atenção, então vou ficando cada vez mais ansioso. Bem nessa hora chega um garçom de uniforme branco que se debruça sobre a morta e começa a pôr panos brancos sobre a mancha vermelha e, quando o sangue foi absorvido, torce os panos em uma bacia. "Ah!

Então você estava sabendo!", pergunto a ele. "Mas é claro, rapaz", ele responde. "Fazemos tudo que está a nosso alcance para garantir um serviço impecável."

Estamos no avião, é o primeiro voo da minha vida, a mamãe e o papai estão lendo e estou sentado entre os dois, doente de medo, abraçado no Marvin. Enfim o papai se dá conta de que não estou bem, então ele pega o seu caderno e começamos a jogar forca e jogo da velha. Quase não há crianças no avião, a não ser alguns bebês que berram o tempo todo. O papai pergunta à aeromoça se ela não poderia colocar um pouco de heroína na mamadeira deles para que eles parem de se lamentar. A aeromoça cai na risada, mas a palavra *lamentar* remete mamãe ao muro das lamentações, cuja descrição ela acaba de ler em um guia: um lugar onde os judeus podem ir para se lembrar de todas as catástrofes ocorridas ao longo dos séculos.

– Chega de lágrimas e lamentações – diz o papai. – Dois mil anos está bom! Vou escrever uma peça chamada *O muro das gargalhadas*, é isso mesmo. Um lugar santo em que as pessoas possam se consolar contando piadas e curtindo. Uma hora por dia de risadas obrigatórias – ele diz. – Uma história engraçada antes de cada refeição. A igreja da hilaridade e da leveza.

– Eu tinha um cachorro que se chamava Hilário quando eu era pequena – a mamãe diz, mas a seguir a refeição chega e, entre nos distribuir os talheres de plástico, me vigiar para que eu não derrame nada e contar as calorias de cada garfada que ela engole, ela acaba esquecendo completamente de contar a história do cachorro.

Depois da refeição, ela manda eu ir escovar os dentes usando o meu indicador como escova de dente.

No aeroporto de Tel Aviv, avançamos em meio a uma bruma de calor e de vozes fortes. Duas senhoras da universidade de Haifa vieram nos buscar e elas falam comigo em hebraico.

– Baruch habá – elas dizem. – Ma schlomchá?

E quando respondo com uma voz hesitante:

– Tov meod – os rostos delas se iluminam.

Se levanto as orelhas, posso captar algumas coisas do que dizem em volta de mim, graças ao Daniel. Ele fez entrar na minha cabeça um número impressionante de palavras em hebraico até o dia fatal.

Haifa é uma cidade branca e brilhante cercada de água azul. Você tem a impressão de que o mar está de um lado, mas logo depois ele já está do outro também, é que a cidade foi construída na encosta íngreme de um promontório, então você pode ver as coisas dos dois lados. O sol bate forte, e a Hatzvi, para onde as senhoras estão nos levando, no alto da colina, é uma rua completamente bordejada de árvores, tranquila e cheia de pássaros cantando. Não estava esperando por isso, mas não sei exatamente o que estava esperando; o sol infiltra-se nos galhos dessas árvores da mesma forma que o significado em uma língua: por clarões. Tudo isso reluz, a língua hebraica e a rua Hatzvi; na verdade, é muito bonito aqui. As duas senhoras nos ajudam a subir as malas até a nossa casa, onde tudo está limpo e calmo, o mínimo que podemos dizer é que não se parece em nada com a 54th Street East. Um ponto negativo: não tem televisão.

O papai logo começa com a coisa mais importante para ele, ou seja, as compras: ele me leva junto a um supermercado de corredores estreitos. Ao chegar aos caixas, vemos os carrinhos fazendo fila sozinhos, as pessoas deixam o seu carrinho ali e vão fazer as compras correndo para não perderem o lugar na fila. Acho isso surpreendente, mas o papai diz que teremos muitas outras ocasiões para ficar surpresos morando aqui.

Quase todos os habitantes de Haifa são judeus, a não ser alguns árabes, só que, segundo o papai, não devemos dizer árabes, porque os árabes podem ser qualquer coisa, cristãos, judeus ou muçulmanos, mas a mamãe diz que nem por isso eles deixam de ser árabes. Negro, não há nenhum.

Em uma semaninha devo prestar o meu exame de admissão para a Hebrew Reali e estou ficando nervoso. De manhã, o papai me ajuda a revisar as listas de palavras porque, como a mamãe diz, é melhor pegar o touro (shor) pelos chifres. A pronúncia e o vocabulário do papai estão longe de serem tão bons quanto os meus, e ele diz que é porque quando a gente envelhece as células do cérebro já estão tão habituadas à rotina que fica difícil ensinar coisas novas a macacos velhos. A seguir, antes que faça calor demais, saímos para passear pelo bairro tentando nos lembrar dos nomes de tudo o que vemos, anotamos os pontos e sou eu que ganho, de longe. Sentados em um banco do parque da rua Panorama, vemos toda a cidade espalhada aos nossos pés, carcada pelo mar Mediterrâneo.

– Olha só – o papai me diz –, lá, bem na nossa frente... Está vendo aquele pedaço de terra todo branco lá à esquerda? Aquilo lá é o Líbano. Está acontecendo uma guerra terrível lá neste momento. O Reagan e o Begin enviaram tropas para os combates. Chamam-se forças de manutenção da paz, pois é preciso manter o senso de humor.

Ficamos bastante tempo no banco, contemplando o mar e os navios no porto e as colinas verdes que ondulam ao longe, tudo parece tão calmo que fica difícil acreditar nessa história de guerra.

É hoje. Nem falamos no que acontecerá se eu for reprovado na prova, mas sem dúvida me mandariam para um maternal com os bebês e eu me sentiria um idiota durante o ano todo, então é realmente superimportante. A mamãe me acompanha à escola que fica bem pertinho da nossa casa, na rua Haiam, só que ela não fica na própria rua, mas no fundo de um barranco, então é preciso descer uma escada comprida de madeira para chegar lá. No alto da escada, a mamãe me aperta a mão tão forte e levanta o queixo de um jeito tão decidido que fico com dor de barriga, então decido contar os degraus em voz baixa. Lá pela metade da descida, chego ao número 44, o que me faz lembrar da vovó Erra por causa da sua idade, e de repente me lembro da promessa que fiz a ela de nunca perder contato com o meu morcego, então começo a acariciar o meu sinal, dizendo atalef, atalef, atalef, enquanto tento me acalmar. Noto que a escada está cercada de grandes eucaliptos que têm um odor açucarado e folhas verdes finas dependuradas. Na minha cabeça, penso na Mercedes, então pronuncio bem devagar, em inglês e em hebraico, o nome de todas as árvores que reconheço: palmeira (tamar), laranjeira (tapuz), oliveira (zaít), figueira (teena), eucalipto (eukaliptus) – e me sinto melhor. Lá embaixo, é como se o pátio da escola fosse todo colorido, crianças correndo e saltando, gatos fugindo pelos cantos, potes com flores rosas altas, ouço de longe o canto de um galo, e a mamãe me diz que deve vir do zoológico que fica ali do outro lado do vale.

Não estou mais com medo. Sei que vou passar na prova, e não me engano.

De uma hora para outra me sinto como se fosse outra pessoa. Forte e autoconfiante, como se o mundo me pertencesse. O papai me leva para comprar o uniforme da escola, que é muito elegante, com uma calça e uma camisa cáqui e um pulôver de lã azul, por cima da camisa há o emblema da escola, ou seja, um triângulo azul-escuro no peito esquerdo com a frase "Vehatznea Lechet", que quer dizer "Seja modesto em teus gestos". A cada dia, a língua hebraica se abre um pouco mais e a sua música transforma o mundo ao meu redor. A professora e as outras crianças se interessam por mim porque sou americano, e a América é um amigo especial de Israel, o que eu ignorava antes de vir para cá. Eles competem para serem gentis comigo, me explicar as coisas, me ter em seus times de basquete e me fazer perguntas sobre os Estados Unidos. Nunca tinha recebido tal tratamento de príncipe.

Estou começando a adorar a Hebrew Reali. Depois de alguns dias, a mamãe me diz que posso ir sozinho à escola, se prometer esperar o sinal verde antes de atravessar a rua Haiam, então eu prometo e depois fico me sentindo gente grande. Durante a primeira semana, a gente aprende o alfabeto; em casa, passo horas desenhando as magníficas letras e dizendo os nomes delas com o tom mágico da Mercedes. (E também ensino isso tudo ao Marvin.)

A mamãe vai à universidade todos os dias para pesquisar nos seus importantes arquivos com o seu importante professor e ela está sentindo que está prestes a fazer uma descoberta importante. Assim que ela pensa que não estou ouvindo, ela começa a chatear o papai com as fontes de vida, mas é difícil não ouvir uma voz como a da minha mãe.

– Eles eram *incríveis*, esses lugares, Aron – ela diz. – É algo sem precedentes na história humana. Eram verdadeiros palácios de fertilidade! O país estava sendo bombardeado, a população faminta, aterrorizada, doente... Dia após dia, as pessoas contemplavam caminhões trazendo provisões valiosas a essas putas. Para *elas,* havia de tudo: café, frutas e legumes frescos, aveia, carne, óleo de fígado de bacalhau, balas, biscoitos, manteiga, ovos e chocolate, enquanto, ao redor delas, as pessoas estavam passando fome. Enquanto esperavam o nascimento dos seus filhos, essas mulheres se enfeitavam como princesas, tomavam banhos de sol e ficavam à toa, esperando o tempo passar. Não havia casamento nem batizado, nada além de uma cerimônia de recepção no Grande Reich. Em 1940, os prisioneiros de um campo de concentração esculpiram *dez mil candelabros de madeira* para as festas de aniversário nesses centros, você já pensou?

A mamãe sempre fica feliz quando pode discursar contra o Mal.

O papai, ao contrário, não parece estar se adaptando bem à vida de Haifa. Pelo que vejo, ele passa o tempo fumando e lendo jornais, e, além do mais, parece estar perdendo o senso de humor. Não conta mais histórias engraçadas, não quer mais jogar damas comigo, e as suas costas estão começando a se curvar como se ele estivesse desencorajado. Diz que não está gostando do que está acontecendo lá em cima no Líbano e que não pode escrever comédias em um país que está em guerra. A mamãe diz que foram os árabes que começaram tudo, ao fazer incursões terroristas no norte de Israel, então dava para ficar de braços cruzados? O papai diz que se queremos brincar de "quem é que começou", podemos recuar bastante: a Hitler, ao tratado de Versalhes, ao assassinato do arquiduque Ferdinando, à *mãe* do assassino, por que não? É culpa *dela* se as pessoas estão se matando no Líbano! A mamãe diz que ele não devia ficar se torturando com o Líbano, mas pensar na festa de Rosh Hashaná que está chegando e o que vamos fazer para comemorá-la. O papai diz que não está se fodendo porra nenhuma para Rosh Hashaná e a mamãe diz que ele deveria ter vergonha de falar assim na frente do filho deles. Tento imaginar o que é "não estar se fodendo porra nenhuma", mas não consigo entender.

A cada dia saio de casa um pouco mais cedo para fugir das brigas dos meus pais, que estão piores do que o normal, porque agora o assunto é política. Assim que o papai e a mamãe começam a levantar a voz, passo, na minha cabeça, ao hebraico, o que encobre as palavras deles. Agora já consigo pensar frases completas.

O ar da manhã está uma delícia. Estou adiantado para a escola, tão adiantado que a escada está vazia, então me lanço a toda velocidade, saltitando e pulando, descendo os degraus de quatro em quatro – mas no último voo aterrisso em cima de uma azeitona seca ou de uma pedrinha que rola debaixo do meu pé esquerdo e faz com que eu perca o equilíbrio e acabe me espatifando no piso do pátio. Choque brutal. Fim do júbilo. Fôlego cortado, ouvidos zumbindo. Quando me viro lentamente para me sentar, vejo que o meu joelho está sangrando e que as palmas das minhas mãos estão em carne viva, cheias de pedrinhas grudadas nelas. Os passarinhos continuam cantando nas árvores como se nada tivesse acontecido e ouço um burro zurrando no zoológico. Estou tonto, meu joelho está doendo tanto que nem consigo me levantar e fico com medo desmaiar de dor aqui sozinho...

De repente, sinto uma presença atrás de mim, alguém toca no meu ombro.

– Você estava querendo voar, Randall? – pergunta em inglês uma voz suave.

Ao me virar, vejo, ajoelhada perto de mim, como se eu estivesse sonhando, a garota mais bela do mundo. Ela deve ter uns nove anos, os cabelos pretos e longos trançados, olhos enormes repletos de doçura, a pele morena dourada. Nela, a camisa e a saia azul-clara do uniforme da escola parecem diretamente saídas da Saks Fifth Avenue. É tão linda que esqueço completamente da dor no meu joelho.

– Você sabe o meu nome? – pergunto.

– E quem é que não sabe? Você é o super-herói americano que acaba de chegar de Nova York.

Ao dizer isso, tira um lenço do bolso do uniforme, mergulha ele num regador perto das floreiras e retira cuidadosamente as pedrinhas e o sangue do meu joelho. Acompanhando com os olhos os movimentos simultaneamente firmes e suaves das suas mãos, me apaixono perdidamente por essa menina, mesmo ela sendo mais velha do que eu.

Pergunto como ela se chama.

– Nouzha – ela me diz, estendendo a mão para me ajudar a levantar.

– Sorte minha que você chegou adiantada à escola.

– É que o meu pai me deixa aqui quando sai para trabalhar. Sou quase sempre a primeira, mas hoje você me ganhou.

– Como é que você fala tão bem inglês?

– Morei em Boston quando era pequena, o meu pai estudou lá para se tornar doutor.

– A minha mãe também vai ser doutora – digo, basicamente para ter alguma coisa em comum com ela.

– Ah, é? Muito bem, então ela vai poder cuidar do seu joelho.

– Não, não é bem esse tipo de doutora... Uma doutora especializada no Mal.

– Para expulsar os maus espíritos, é isso que você quer dizer?

– Acho que sim... Algo assim.

– Ah, tá.

Nouzha acena a cabeça muito seriamente e eu gostaria que a nossa conversa nunca terminasse, mas, nesse meio-tempo, o pátio começou a se encher. De repente, o sino toca e precisamos ir cada um para a sua sala. Ela está na quarta série.

Ao meio-dia vejo-a de longe no refeitório e ela sorri para mim, nunca recebi um sorriso como esse, e o meu estômago se derrete. O que preciso fazer para que essa menina se interesse por mim? Faria qualquer coisa. Morreria. Comeria os meus sapatos. Eu me casaria com ela.

Nouzha. Nouzha. Nouzha. Que nome extraordinário.

No final das aulas, vejo que ela se dirige para a escada. Azar dos meus amigos se eles zombarem de mim por estar falando com uma menina mais velha – eu alcanço Nouzha e digo a primeira coisa que me vem à cabeça.

– Hãã... Você pode me dar uma mãozinha? Ainda estou morrendo de dor no joelho.

Ela me segura delicadamente pelo cotovelo e começo a pular de um degrau para o outro, da forma mais lenta e laboriosa possível, apoiando-me nos seus braços e sorrindo-lhe, agradecido.

– Fico contente de encontrar alguém que fale bem inglês – digo. – O hebraico é superdifícil quando não é a sua língua materna.

– Também não é a minha.

– Ah é?

– Não, não é. A minha língua materna é o árabe.

– Ah! Então nós dois somos estrangeiros! – digo, feliz de enfim ter encontrado um ponto em comum.

– De jeito nenhum. Aposto que você nem sabe em que país você está vivendo. O verdadeiro nome deste país é Palestina. Sou árabe da Palestina, é o meu país. Os estrangeiros aqui são os judeus.

– Achei... que era...

– Os judeus invadiram. Você é judeu e nem conhece a história do seu próprio povo?

– Oh, não sou tão judeu assim – respondo, notando com angústia que já estamos no último lance de escadas.

Nouzha ri.

– Como assim não é tão judeu?

– É que a minha mãe não é judia de nascimento e a minha família não respeita muito as festas judaicas.

– De todo modo, os Estados Unidos estão do lado dos judeus.

– Pois eu não estou do lado de ninguém a não ser do *seu*, o que é uma boa porque sem isso não conseguiria subir esta escada.

Tenho bastante orgulho dessa minha fala, mas, nesse ponto, infelizmente, chegamos ao final da escada. Estou molhado de suor de tanto saltar como um louco e Nouzha me olha sorrindo. Na verdade ela não é *tão* maior do que eu. Ficando na ponta dos pés eu poderia beijá-la sem problemas.

– Se você não se importar, vou ficar esperando o seu pai com você. Como você é a primeira árabe que conheço, acho muito interessante conversar com você.

– Você não pode esperar aqui comigo. O meu pai não quer que eu ande com judeus fora da escola.

– Ah, é? Então... me desculpe, mas então por que ele colocou você na Hebrew Reali?

– Porque é a melhor escola do bairro, só isso. Ele quer que os filhos dele tenham diplomas e lutem para recuperar o seu país. Vocês americanos não sabem de absolutamente nada.

– Então me ensine! Juro que tenho realmente vontade de aprender, Nouzha. Me dê uma aula de história.

– Amanhã a gente pode se encontrar no recreio, se você quiser... no hibisco depois da colina, sabe? Mas agora vá embora, é o carro do meu pai parado lá no sinal.

Nouzha.
O olhar da Nouzha.
O sorriso da Nouzha.
A mão da Nouzha no meu cotovelo.
Estou apaixonado, digo ao Marvin.

Os galhos repletos de folhas do hibisco se curvam em direção ao solo, formando uma espécie de nicho, um esconderijo perfumado onde ninguém pode nos ver. Ficamos lado a lado, com os joelhos dobrados até o queixo, o olhar voltado para o fundo do vale.

– Bom, agora vou contar para você a verdadeira história de Haifa – a Nouzha começa, e sinto que ela vai me fazer um longo discurso que a obrigaram a decorar, mas não tem problema, porque a voz dela é morna e dourada como um xarope de bordo. – Há muito, muito tempo – ela prossegue –, no século passado, todos tipos de pessoas moravam juntas nesta cidade. Primeiro foram os palestinos, como é o caso da família do meu pai e a da minha mãe, que estão aqui desde sempre, e depois, por causa do porto de águas profundas, chegaram muitos drusos do Líbano, depois, judeus da Turquia e da África do Norte, depois, alguns alemães malucos que fundaram uma colônia de templários aqui e que virou o bairro alemão, e também os bahaístas, que construíram um templo com um jardim bem no meio da colina para não passarem despercebidos. Mas depois o sionismo surgiu. Sionismo é quando os judeus decidiram voltar para Palestina onde moravam antes, esquecendo de um pequeno detalhe, ou seja, que vários milhões de palestinos viviam ali com os seus costumes e as suas tradições. Decidiram tomar conta do país. Às vezes eles entravam nas cidades árabes e assassinavam todo mundo, como em Deir Yassine. O meu pai tinha oito anos em abril de 1948 quando carros de judeus atravessaram Haifa gritando: "Deir Yassine! Deir Yassine!" e pelos alto-falantes dava para ouvir os gritos das pessoas de Deir Yassine sendo mortas. Então os palestinos de Haifa entraram em pânico e abandonaram a cidade aos milhares e os judeus se instalaram aqui. A família do meu pai foi separada, a maioria das suas tias e dos seus tios e primos fugiram para o Líbano, mas os pais dele foram parar perto de Nablus, na Cisjordânia... A minha avó ainda mora lá.

– A minha avó é uma cantora famosa – eu digo, para que a Nouzha também se interesse pela minha história. Mas ela fica me olhando sem expressão então eu acrescento: – Ela se chama Erra. Você a conhece?

Ela faz que não com a cabeça. Para dizer a verdade, ela nunca nem *ouviu o nome* da Erra! Isso me deixa mudo; eu tinha certeza de que ela era famosa no mundo todo. Como levar a conversa adiante? Fica difícil.

– Ela faz mágica com a voz – eu digo. – E... ah... ela acha que eu também posso fazer mágica.

– Como assim?

– Bom, é meio que um segredo. Mas posso contar se você não me acha judeu demais para ser seu amigo.

Abaixando a gola da minha camisa, lhe mostro o sinal perfeitamente redondo sobre o meu ombro.

Nouzha o estuda com atenção.

– Você o utiliza em cerimônias?

– Hããã... não, não é bem isso – digo acariciando o meu atalef. – Mas para mim ele é quase algo vivo, como um morceguinho que conversa comigo e me diz o que devo fazer.

– Parece um mandal – ela murmura.

– Como?

– Um círculo desenhado no solo em que se faz rituais de magia. Eu também tenho um sinal, um zahry.

Ela estende para mim a mão direita, com a palma voltada para cima, e vejo no centro, bem acima da linha da vida, uma pequena mancha violeta.

– No mês passado – ela diz, abraçando outra vez o seu joelho – os meus pais me levaram para ver a minha avó perto da cidade dela, perto de Nablus. Fica apenas a algumas horas de Haifa, mas é outro mundo... Quando a minha avó viu que a minha mão tinha um zahry, deu um grito de alegria. Gosto *tanto* da minha avó... Você também, não é?

– É.

– Ela me diz que sou um nazir, o que quer dizer que posso ver o malak, o anjo que dá ordens e faz perguntas. Parece que somente as crianças pequenas podem ser um médium para o malak. É que a minha avó quer saber o que houve com o seu irmão Salim. Está sem notícias dele há anos, não sabe se está escondido ou se os judeus já o mataram. Então ela me levou para ver o sheik, que olhou para a minha mão bem de pertinho, balançando a cabeça com um ar sério, e disse que na minha próxima visita faríamos um mandal.

Sinto-me um pouco perdido com todas essas palavras novas, mas não tem importância, desde que ela continue pensando que somos parecidos, então continuo fazendo perguntas.

– Como ele vai fazer para colocá-la em contato com esse... anjo?

– Primeiro, ele próprio precisa se preparar com muitas rezas e cantos. E depois, no dia marcado, vai queimar incensos e colocar uma gota de tinta na minha palma e, quando a tinta tiver secado, uma gota de óleo.

Nouzha faz uma pausa. Esfrega o nariz. Adoro quando ela faz isso.

– E daí? – pergunto um pouco incrédulo.

– Em seguida a minha avó vai fazer a pergunta sobre o irmão dele, e, se eu olhar intensamente para a gota de óleo na minha palma, poderei ver o malak e ele vai responder através da minha voz a todas essas questões.

– É bastante impressionante – digo.

– É sim, mas é verdade – responde Nouzha com uma voz firme. – E certamente você também é um eleito por causa do seu mandal no ombro.

A campainha toca avisando que o recreio chegou ao fim: separadamente, em silêncio, a gente se afasta do esconderijo cintilante.

– É verdade que os judeus invadiram Israel? – pergunto com uma voz quase inaudível, e o riso da mamãe parece um latido.

– Quem pôs isso na sua cabeça? – ela pergunta, e sinto que estou ficando todo vermelho.

– Ouvi em algum lugar, nem sei mais onde foi.

– Pois bem, a resposta é não. Os judeus não *invadiram* Israel, eles se *refugiaram* em Israel.

– Na Palestina – corrige o papai.

– Palestina era o nome na época – a mamãe diz. – Eles estavam cansados de serem perseguidos e assassinados em toda a Europa há séculos, então decidiram que precisavam de um país.

– Infelizmente – diz o papai – o país em questão já estava povoado.

– Aron, não vamos entrar nesse assunto de novo – a mamãe diz com uma voz que sobe como uma sirene e me dá medo. – Depois de seis milhões de mortos em seis anos, para onde poderiam ter ido? O que poderiam fazer? Ficar ali tranquilamente sentados e dizer: "Podem ir em frente, por favor, divirtam-se matando todos nós"?

Agora ela está gritando, e como o papai se levanta sem dizer nada para tirar a mesa, as últimas palavras da mamãe, *matando todos nós*, permanecem suspensas no ar. O papai se põe a lavar a louça e, subitamente, a mamãe fica sem jeito por causa da sua explosão, então ela diz para eu ir me deitar, mesmo sendo apenas sete da noite.

Gostaria tanto que a Nouzha tivesse razão quando ela diz que sou um eleito, mas não tenho a menor ideia de quem teria me escolhido nem por que e eu me sinto ainda mais dividido do que antes, não apenas entre a mamãe e o papai, mas também entre a Hebrew Reali e a Nouzha e agora também entre a mamãe e a Nouzha, mesmo que eu goste de todos! Isso me perturba e não entendo por que as pessoas não podem simplesmente se acalmar e tentar se entender.

Sentando na minha cama, pego o Marvin e o sacudo com força.

– Você é judeu, Marvin? – pergunto e ele faz que não com a cabeça.

– Você é alemão?

Não.

– Árabe, então?

Ainda não.

Eu o sacudo cada vez com mais força.

– Vamos, Marvin – digo, enchendo ele de socos no estômago –, é muito fácil ficar aí em cima de uma cama, olhando para o teto da manhã até a noite. É preciso tomar partido, acreditar em alguma coisa e lutar para defender suas ideias, senão você morre.

Bem nessa hora, o papai bate na porta e dou um pulo e largo o meu ursinho.

– Pronto para se deitar, rapaz?

– Estou pondo o pijama – respondo, arrancando a minha camisa para que pareça verdade.

O papai entra no quarto e vem sentar na beira da minha cama dando um grande suspiro.

– Você sabe qual é o problema com os seres humanos? – ele me pergunta.

– Não, papai.

– Eles têm tripas no lugar do cérebro, é esse o grande problema. Para qualquer lugar que olhamos, é sempre esse o problema. Você quer uma palmada de brincadeira?

– Não, obrigado. Estou um pouco cansado hoje.

– Está bem, meu velho. Durma bem. E não dê muita bola aos loucos dos seus pais, ok?

– Ok, papai.

– Ok?

– É, ok.

A Nouzha passou a ser supergentil comigo desde que eu mostrei a ela o meu sinal de nascença, e, embora eu tenha um pouco a impressão de que a sua gentileza se deve a um mal-entendido, aproveito plenamente a alegria de estar ao seu lado. Ela mora na rua Abbas, na metade da colina, não é realmente muito longe, mas como a gente não pode se convidar para um ir à casa do outro, nem pensar, a gente se contenta em se encontrar debaixo do hibisco todas as manhãs no recreio.

– Você acredita em tudo isso? – ela me pergunta.

– Ah... sim. Enfim, acho que acredito.

– E você conhece mau-olhado?

– ...

– Basta olhar para alguém pensando no mal e acontecerá algo de ruim a essa pessoa. Isso se chama daraba bil-'ayn, pôr olho gordo. Você sabe fazer isso?

Hesito um instante: devo lhe responder que não, que no meu país a gente manda as pessoas ao diabo com o dedo em vez do olho? Decido que não.

– Não, acho que não.

– Tenho *certeza* que você tem os mesmos poderes, Randall, graças ao seu mandal. Aliás, até rima, você percebeu? Randall, mandal! Você deveria tentar, começando por coisas pequenas; você ficaria surpreso de ver como ele é poderoso.

– Mas se alguém me mandar um mau-olhado de volta?

– Você pode anulá-lo imediatamente dizendo Ma sa'há Allah wa kân: "Tudo o que acontece é vontade de Deus". Isso faz com que a flecha do mau-olhado seja desviada, e ela não poderá mais atingir você. Ma sa'há Allah wa kân. Repita.

– Ma sa'há Allah wa kân – eu digo, só que para mim isso significa *Nouzha você tem os olhos mais lindos do mundo e eu estou loucamente apaixonado por você.* Ma sa'há Allah wa kân.

– Muito bem, ela diz. Você aprende rápido.

A mamãe parece triunfante quando chega em casa esta noite. Os seus olhos estão brilhando.

– Achei! – ela diz. – Achei, não estou acreditando! Tem uma entrada sobre uma menininha "de mais ou menos um ano" que passou dois meses e meio no centro Steinhöring durante o inverno de 1939-1940. Ela tinha uma marca de nascença no braço esquerdo, Aron!

O papai nem levanta a cabeça do jornal. Ele diz com um tom lúgubre:

– As últimas tropas francesas e italianas acabam de sair de Beirute, seguindo o exemplo dos americanos.

– Ela era originária da cidade de Uzhhorod, na Rutênia, a região localizada no extremo oeste da Ucrânia que a Alemanha havia invadido alguns meses antes. O próprio Himmler mediu o sinal dela, com um diâmetro de dezoito milímetros na época, e registrou isso no dossiê dela. E *por que* decidiu poupá-la apesar desse defeito?

– Habib traiu. Weinberger traiu. Eles prometeram permanecer depois da partida de Arafat para proteger os refugiados.

– Por causa dos cabelos louros e dos olhos azuis dela. Afinal ela era tão linda, tão perfeitamente ariana. Você está me ouvindo, Aron?

– Reagan e Begin colocaram o seu Gemayel no poder.

– Então ele deu ela para um dos seus amigos influentes da SS, cuja filha estava querendo uma irmãzinha. A mulher dele não podia mais ter filhos.

– Os tanques do Tsahal estão cercando Beirute Oeste.

– Não é incrível, Aron? Da Rutênia para a Alemanha, e depois da guerra, pluft, foi mandada para o Canadá. Não é incrível?

– *Operação Paz na Galileia,* é esse o nome.

– Todas as peças do quebra-cabeças estão se encaixando...

– Porra, agora é que a coisa vai pegar fogo.

– Randall, vá para o seu quarto.

Fico realmente contente de ir para o meu quarto e mergulhar nos meus deveres de casa sobre as diferentes partes do corpo humano. Rosh é a cabeça, beten a barriga, gav as costas, regel o pé, berekh o joelho, kaph yad a mão, etsba o dedo, pê a boca, Nouzha uma maravilha, eu nervosismo puro, meu pai furioso, minha mãe louca, daqui a pouco é Rosh Hashaná e, porra, a coisa vai pegar fogo.

No dia seguinte, Gemayel é assassinado, como JFK, só que ele tinha acabado de ser eleito, três dias antes, o que é realmente curto para um mandato presidencial. Na escola, durante o recreio, os professores não falam de outra coisa, mas o hebraico deles é rápido demais para mim e não consigo entender o que está acontecendo. A Nouzha me fala que eles estão fora de si porque Gemayel era peão de Israel e dos Estados Unidos. Conheço a palavra *peão* do xadrez, mas não entendi o que ela está fazendo aqui. Ao atravessar o corredor, passamos na frente de um grupo de garotos maiores de quipá, um deles diz alguma coisa em voz alta que faz a Nouzha empalidecer.

– O que ele disse? – pergunto.

– Ele disse "essa porcaria desses árabes, deveríamos varrê-los da superfície terrestre".

Sinto-me cada vez mais tenso. O Marvin não está me ajudando, o meu atalef permanece fechado no seu silêncio e a vovó Erra está tão longe que é como se estivesse em outro planeta.

Tenho um pesadelo e acordo berrando. A mamãe se precipita no meu quarto de camisola dizendo:

– Randall, o que houve? O que houve?

Mas não consigo me lembrar do sonho com palavras, ele se desfaz em pequenos fragmentos que se descolam rapidamente e depois se evaporam completamente. Fico me sentindo culpado porque tirei a minha mãe da cama no meio da noite e agora nem lembro por que tive tanto medo, tento encontrar *qualquer coisa* para justificar o incômodo, mas quanto mais procuro uma história para contar, mais o meu espírito se esvazia e tudo o que consigo dizer é "Desculpe, mamãe. Desculpe, mamãe. Desculpe."

Quando me levanto no dia seguinte, o papai já está com o rádio ligado e fumando um cigarro às sete horas da manhã com a mamãe ainda em casa, o que é um péssimo sinal.

A mamãe entra na cozinha, com a cabeça toda cheia de rolos e diz:

– Aron?

Ele não escuta, está ouvindo o rádio, então ela fala mais alto.

– Aron... Quero que você saiba que sou realmente grata por você ter vindo a Haifa comigo. Sei que não está sendo fácil para você viver com uma língua estrangeira. Sei que você costuma se inspirar nas conversas que ouve nas ruas e nos parques e nos cafés de Manhattan, sei que você está com saudades de Nova York. Acredite em mim, não sou de modo algum indiferente a isso tudo. Vejo o enorme sacrifício que você está fazendo por mim, e quero que você saiba o quanto aprecio isso tudo.

Ela está meio esquisita, fazendo esse discurso todo formal com os rolos nos cabelos e sem maquiagem, fico me perguntando se ela também preparou o discurso na frente do espelho como faz com as suas conferências. Quanto a mim, ainda tenho uma torrada para terminar, mas eu engulo tudo rapidamente porque o papai ainda está ouvindo rádio e a mamãe está ficando vermelha devido ao esforço para não perder a paciência.

– Aron – ela diz. – É véspera de Rosh Hashaná e eu realmente gostaria que recomeçássemos tudo. Ouça-me, *por favor*. Rosh Hashaná é apenas uma maneira de dizer: puxa vida, deveríamos parar alguns instantes e fazer um balanço, nos livrar dos nossos pecados e estabelecer novas resoluções para o futuro.

Mas o papai nem leva em consideração a presença dela, continua com o ouvido colado no rádio e então, depois de um tempo, ela acaba perdendo a paciência, atravessa a cozinha de roupão com passos largos e desliga o rádio.

O papai liga de novo.

Ela desliga.

Ele liga outra vez.

Não estou com vontade de assistir à continuação dessa briga, então decido que é hora de voltar para o meu quarto e me arrumar para ir à escola. Bem na hora em que estou saindo da cozinha, ouço a mamãe dizendo:

– Sério, Aron, você não acha que nós dois poderíamos estabelecer algumas resoluções juntos?

Mas o papai não responde, não faz a menor piada nem me deseja um bom-dia; sai de casa batendo a porta e sei que ele vai descer à banca da rua HaNasi para comprar todos os jornais em inglês que encontrar.

Não consigo explicar direito, mas na escola o clima também está pesado hoje, como se uma tempestade horrível fosse cair, embora o céu não tenha uma só nuvem e o sol esteja brilhando, inclemente.

– Cuidado, Randall – me previne o meu atalef. – Cuidado.

Mas não sei com o que preciso ter cuidado. Ao meio-dia, a Nouzha me sussurra:

– Sharon acaba de invadir Beirute Oeste, você já pensou?

Faço que sim com a cabeça, mas não sei quem é Sharon e daria qualquer coisa para estar no Central Park jogando beisebol.

Ao voltar da escola, vou direto para o meu quarto está muito quente não suporto esse calor estou com vontade de explodir e que tudo exploda começo a rodopiar pelo quarto como um avião caindo em parafuso e a dizer "ROSH,

ROSH, HASHANÁ" e nesse momento Rosh significa cabeça e Hashaná explodir porque sinto que a minha cabeça vai explodir, não consigo entender o que está acontecendo e isso me perturba demais.

Jantamos em silêncio.

Volto para o meu quarto e começo a desenhar pessoas sem tronco pessoas sem cabeça pessoas sem braços pessoas sem pernas, coloco as pernas delas no pescoço e os braços na barriga, desenho seios voadores e o meu atalef me diz:

– Nossa, Randall! Fique alerta! – mas ele não me diz para o que eu devo ficar alerta e não sei para onde devo olhar.

Sonho que o papai vai embora para sempre e bate a porta ao sair. No meu sonho a porta fica batendo sem parar e depois me dou conta que ninguém pode bater uma porta tantas vezes e que devem ser tiros. Tanques. Bombas.

Ao me acordar na manhã seguinte, entro na cozinha com os pés descalços e vejo algo que nunca tinha visto antes, o meu pai chorando. O *Herald Tribune* está aberto diante dele na mesa e ele está lendo e soluçando alto. Nem tenho coragem de perguntar o que está acontecendo, mas quando chego perto, ele me pega e se agarra em mim, como se precisasse que eu o protegesse, enquanto que, na verdade, são os pais que devem proteger os filhos, então não sei o que fazer. Mal dá para reconhecer ele de tanto que está com o rosto congestionado e os olhos vermelhos, deve fazer um bom tempo que está chorando. Não consigo distinguir quais são as manchetes de jornais que o deixam desse jeito, mas também começo a soluçar, dizendo com uma vozinha aguda:

– O que houve, papai? O que houve?

Em vez de me responder, ele me aperta com mais força ainda e começa a me sufocar, então fico bastante aliviado quando a mamãe enfim entra na cozinha.

– Shaná Tová! – ela exclama, pois era isso o que estava preparada para fazer e, antes que ela se dê conta da situação, as palavras saem sozinhas da sua boca sem que ela possa engolir elas de volta.

– Sadie – o meu pai diz –, nós vamos deixar esta porra de país.

A frase é como uma chicotada para a minha mãe e ela para no meio da cozinha, com o sorriso de Rosh Hashaná ainda nos lábios.

– Veja isto – o papai diz, mostrando o *Herald Tribune.* – Veja, veja.

E o meu coração começa a bater no meu peito enquanto que a mamãe, completamente pálida, se senta e percorre a capa do jornal. Nesse meio-tempo, com a cabeça apoiada nos braços, o papai começa a soluçar outra vez, o que é completamente insuportável. Depois de mais ou menos trinta segundos, a mamãe começa a dizer:

– Oh, meu Deus oh meu Deus oh meu... – e depois ela acrescenta – Mas é *horrível.*

Pouco a pouco começo a entender que os meus desenhos se tornaram realidade: retalharam os corpos das pessoas lá em cima no Líbano, há braços e pernas e cabeças que voam pelos ares, centenas de corpos mortos milhares de corpos mortos crianças mortas cavalos mortos velhos mortos famílias empilhadas apodrecendo.

– E isso continua – diz o meu pai. – Isso ainda está acontecendo neste momento! Eles estão massacrando todos os refugiados de Sabra e Chatila! Veja o que esta porra de país está fazendo!

– Mas, Aron – diz a mamãe, que felizmente parou de falar de recomeço e boas resoluções –, não é Israel que está fazendo isso, ou você não sabe ler? São os falangistas, os libaneses cristãos. Tudo isso faz parte da guerra civil no Líbano.

– Você não vai me dizer que não foi Israel! – grita o papai e acho que é a primeira vez na vida que ouço ele levantar a voz. – Eles expulsaram Arafat e a OLP. Para ficar com as mãos livres, convenceram as forças de manutenção da paz a irem embora. O que está acontecendo, eles ajudaram a preparar. Eles encorajaram isso. Apoiaram. Protegeram. Observaram. Ainda estão observando tranquilamente do telhado da embaixada do Kuwait, com ajuda de binóculos e telescópios. Parece que lá de cima se tem uma vista perfeita de Chatila.

– Pare de culpar Israel por tudo! – a mamãe grita tão alto que depois deve ficar com dor de garganta.

Os gritos e as brigas dos meus pais continuam durante todo o fim de semana, pontuados por momentos de silêncio em que eles ouvem rádio e leem os jornais, seguidos de novos desacordos sobre de quem é a culpa pelos corpos que se empilham no Líbano, empestando o ar com o seu cheiro infecto, e que são empurrados aos montes pelos tratores em direção às valas. O clima aqui em casa nunca foi tão ruim, e apesar de todo o amor que sinto pelo hebraico e pela Nouzha começo a me arrepender de ter vindo para Haifa.

Enfim chega o domingo, e é um alívio voltar à escola. O calor já está intenso às sete horas da manhã. Bem na hora em que estou me preparando para atravessar a rua Haiam, vejo o pai da Nouzha deixando ela no alto da escada e o meu coração pula de alegria: Nouzha é a minha única esperança, ela poderia me explicar tudo. Corro atrás dela, gritando "Nouzha!" para que ela me ouça, mas ela não para, então corro ainda mais rápido e a alcanço no terceiro lance de escadas:

– Ei, Nouzha, o que está acontecendo?

Ela se vira e me olha com uma flecha envenenada nos olhos e esqueço a fórmula mágica para fazê-la desviar, sei que é Allah alguma coisa, mas fico chocado demais com o seu olhar para poder entender o resto.

Quando chegamos no terceiro patamar, ela enfim para e diz, sem me olhar, com o seu belo perfil congelado e duro como se fosse de pedra:

– Vim buscar as minhas coisas. O meu pai está me esperando lá em cima. Acabou-se a Hebrew Reali. Acabaramse os judeus. Mesmo você, acabou. Sim, Randall. A sua mãe acabou, o seu pai acabou, todos vocês são culpados e serão para sempre meus inimigos. Dezenove membros da minha família moravam em Chatila.

O seu rosto se fecha e é a última palavra que ela me dirige: Chatila. Desce os últimos degraus a toda velocidade para não ficar mais comigo e eu me seguro na rampa porque estou tonto.

Passo o resto do dia fora do ar, andando pelos corredores como se fosse um zumbi sem prestar atenção em nada de tanto que a minha cabeça ferve com todas as coisas que não entendo e o mínimo que posso dizer é que não estou com pressa de voltar para casa.

Ninguém está em casa quando volto, então vou para o meu quarto.

Está muito quente.

– Estamos morrendo de calor, não é Marvin?

Marvin faz que sim com a cabeça.

– Você deve estar com mais calor do que eu nesse casaco de pele, não?

Sim.

– Vou ver então se posso aliviá-lo um pouco.

Vou ao quarto dos meus pais e pego uma tesoura na gaveta do escritório da mamãe. Quando volto, olho para o Marvin durante muito tempo, com a tesoura na mão. O seu olho embaçado e cego lhe dá uma aparência triste mas doce, ele inclina a cabeça para o lado e eu enterro a tesoura na barriga dele, furando completamente o seu casaco de pele.

– Vamos, vamos, só preciso tentar tirar esse negócio, está bem?

Ele faz que sim com a cabeça. Então eu corto. A tesoura é aguda e as entranhas do Marvin começam a sair. Elas são feitas de uma espécie de chumaço que se desagrega em pequenas bolas amareladas. Corto, rompo, fatio, abro-lhe a garganta.

– Você está se sentindo melhor agora, Marvin? – pergunto, e ele faz que sim com a cabeça.

Corto as suas orelhinhas e o seu rabinho e rasgo a parte de trás da sua cabeça para ver o que tem no seu cérebro, mas é igual às entranhas. É realmente um urso velho. Mais velho do que eu, mais velho até que a mamãe e o papai. Então junto todos os pedaços e os coloco num saco de plástico que levo até a cozinha. Em seguida tiro gelo do freezer e também coloco no saco dizendo:

– Você está com menos calor agora, Marvin? – e ele diz que sim.

Então eu amarro o saco fechando bem o nó, soco-o bem na lixeira, cobrindo-o com outros lixos, e digo:

– Divirta-se no Paraíso, Marvin – depois disso, lavo as mãos e me sinto um pouco melhor.

O papai chega um pouco mais tarde. Pela sua cara, vejo logo que ele decidiu se comportar de novo como um pai, o que me alivia bastante. Ele me abraça sem me sufocar e diz:

– E se a gente fosse ao jardim zoológico?

Caminhando pela rua Hatishbi, ele me pede que teste outra vez o seu hebraico e eu fico contente que as coisas tenham voltado ao normal. Hakol beseder, digo baixinho: tudo bem.

Logo fica claro que essa visita ao zoo é um pretexto para permitir ao papai me dizer uma coisa delicada. É mais fácil dizer as coisas delicadas olhando para os macacos e os tigres do que para a pessoa com quem estamos falando.

– Ouça, Ran... – ele me diz –, queria que você soubesse que a sua mãe e eu nos reconciliamos hoje de manhã. O que está acontecendo no Líbano é tão terrível... Mas não estamos querendo ter uma guerra no fronte doméstico também, não é?

– É.

– Então decidimos que o melhor é evitar os assuntos políticos, tentar aproveitar ao máximo a nossa estadia em Haifa e nos considerar felizes por a nossa família estar intacta. Temos uma família formidável, não é?

– É.

– E o mais importante é que *você* não se preocupe. Às vezes a sua mãe e eu perdemos a cabeça, mas vamos ficar bem, vamos segurar a barra e ficar juntos e *você* não precisa se preocupar. É uma crise, ok, mas as crises fazem parte da vida. Certo?

– Certo – digo, pensando no Marvin que está no lixo no meio dos gelos derretidos.

A partir daí, o clima em casa é outro, com a mamãe e o papai fazendo esforços para se falarem delicadamente e interessando-se um pelo outro, evitando o assunto da guerra. No Ano-Novo o papai tomou a resolução de obedecer a um ritmo de trabalho mais rígido, ele se fecha no seu escritório todos os dias das oito ao meio-dia e da uma às cinco, apesar de quase nunca parecer satisfeito com o resultado. A mamãe está cheia do longo trajeto de ônibus até a universidade, então ela decide alugar um carro. O papai acha que é um gasto inútil, mas a mamãe diz:

– Não é exatamente o seu dinheiro que estou gastando, Aron. Nem lembro da última vez que você trouxe um cheque para casa – o que é um golpe baixo para lembrá-lo de que ele ainda não teve nenhum grande sucesso como dramaturgo, mas, contendo o orgulho ferido, o papai pergunta que marca de carro ela está pensando em alugar e a conversa continua a partir daí.

Na verdade, o carro é uma boa para todo mundo, porque nos fins de semana a gente pode ir à magnífica reserva natural de Carmel no alto da montanha, passear por entre as árvores e os pássaros e os bosques floridos e parecer uma família normal e feliz. O único problema é que a mamãe não é exatamente um ás do volante e ela diz que os israelenses dirigem como loucos de atar, então a tendência dela é de entrar em pânico, perguntando a si mesma se tem tempo para ultrapassar, e de se indignar porque alguém não respeitou a preferencial. Às vezes, ela fica na esquerda e vemos um caminhão enorme acelerando, o papai se agarra à porta involuntariamente e a mamãe, desistindo de ultrapassá-lo, dá uma guinada para voltar à pista da direita, furiosa porque o papai ousa duvidar da sua capacidade de dirigir sendo que ele próprio nunca tirou carteira de motorista. Tudo isso acaba criando um clima meio estressante no carro, mas vale a pena por causa da reserva.

Na escola, me dedico ao basquete e a outras atividades esportivas para não pensar na ausência da Nouzha, todas as manhãs eu acaricio o meu atalef para me sentir um pouco em contato com o seu zahry, o sinal violeta na palma da sua mão. E, quem sabe, pode ser que a gente se torne amigos um dia, apesar de todos os conflitos que afligem o mundo, porque gosto dela de verdade.

Setembro termina, outubro passa assim-assim, e depois chega o dia de Halloween. Penso nas árvores do Central Park que devem estar mudando de cor nessa época, e fico me perguntando se ainda serei o mesmo quando voltar a Nova York e se conseguirei continuar sendo amigo dos meus velhos amigos como o Barry.

Remexo tudo isso na minha cabeça ao voltar da escola. Assim que chego em casa vejo que a porta do escritório do papai está bem aberta, o que é raro nessa hora do dia devido ao seu novo regime de trabalho. Vou procurá-lo na sala quando de repente ouço atrás de mim um *bum!* enorme, que me faz pular até o teto. É papai que se pintou de palhaço com um grande sorriso idiota no rosto e acaba de estourar um balão. Ele comprou um monte de balas e balões para Halloween e também um kit de maquiagem, o que é uma surpresa superbacana. Bem na hora em que ele começa a pintar o meu nariz de verde, toca o telefone e isso me incomoda, pois pode estragar todo o esforço que fizemos para nos divertir.

O papai atende o telefone na cozinha e o seu "alô?" é a única coisa que ouço da conversa.

A ligação não dura muito, mas depois de um tempo vejo que ele está discando outro número, então entro na cozinha dizendo com uma voz chorosa:

– O que você está *fazendo?*

Quando ele me diz que está chamando um táxi, eu me irrito de verdade.

– E a nossa brincadeira? – pergunto, mas o olhar que ele me lança põe fim à minha reclamação e passa para o meu corpo uma descarga de terror puro.

É óbvio que ele se esqueceu de tudo a não ser das palavras que ele ouviu no telefone e agora, enquanto me pega no colo e se dirige rapidamente à porta para pegar o táxi, as palavras saem em solavancos dos seus lábios rosa-bebê. A sua voz vai ficando mais baixa a cada frase.

– A mamãe teve um acidente. Ela foi projetada das grades de proteção sobre o bulevar Stella-Maris. Ela está no hospital. Randall, parece que é grave.

O chofer de táxi levanta as sobrancelhas ao olhar para o meu pai, e o papai se dá conta que não tirou a maquiagem de palhaço, que agora é totalmente inapropriada, então, ao entrar no táxi, tira um lenço do bolso e começa a limpar o rosto. No início, as cores só se misturam, mas ele acaba conseguindo tirar quase tudo, fica só um pouco de violeta em torno das orelhas, mas não digo nada porque sei que ele está pensando em coisas mais importantes.

Em princípio as crianças não podem entrar na sala de tratamento intensivo, mas o papai, que é um ótimo artista, decide fazer o papel do americano barulhento e brigão que conhece os seus direitos e está prestes a dar um soco no balcão da recepção até que cedam, então, no final, acabam me deixando entrar com ele. Ao chegar na frente da porta do quarto onde colocaram a mamãe, ele segura a minha mão superforte. Eu me sinto todo pequeno e assustado quando a vejo, porque ela está toda presa a máquinas e nunca tinha visto isso antes a não ser na tevê, mal consigo respirar de tanto medo que eu sinto, a minha própria mãe talvez morra. Ela está dormindo e olho para o rosto dela e digo baixinho:

– Perdão mamãe perdão mamãe perdão, fique viva, por favor, eu lhe imploro.

O papai vai para o canto com o médico, eles discutem em voz baixa e estou obcecado com a ideia de que o papai ainda está com a maquiagem violeta em torno das orelhas, será que o médico vai ver? Lembro-me de uma foto num dos jornais árabes que ele comprou na época de Sabra e Chatila em que se via a cabeça de um bebê e um dos seus braços colocados sobre o corpo de um menininho mais ou menos da minha idade, sete ou oito anos, que devia ser irmão dele. A mãe estava deitada atrás deles em meio aos escombros da casa, mas tudo que dava para ver dela era a bunda enorme em um vestido florido. Parecia que, mesmo morta, ela queria ser um muro para proteger os filhos mortos.

O papai parece atordoado depois da conversa com o médico e eu me dou conta que haverá um antes e um depois do dia 31 de outubro de 1982. Ele se coloca do lado da mamãe e pega a mão dela com cuidado porque ela está cheia de tubos saindo dos braços. Ele se debruça e beija os dedos dela, murmurando sem parar "Sexy Sadie", coisa que eu não ouvia ele dizer há um tempão. Bem nessa hora, as pálpebras da mamãe se abrem e ela sussurra os nossos nomes:

– Aron... Randall... Aron… Randall… Ó meus Deus…

Pelo menos ela não está com o cérebro quebrado. Dou o meu sorriso mais sincero e amoroso para que ela tenha vontade de reviver e penso no quanto serei comportado de agora em diante, desde que ela não morra.

Quando a gente volta para casa, o papai se põe a cozinhar, muito sério. Ele prepara um prato que eu adoro que é sopa de galinha com iogurte. Ajudo a descascar as cenouras e as cebolas, ele corta o fígado e a moela em pedacinhos e me mostra como se faz para engrossar a sopa com a gema de ovo: em vez de derramar a gema na sopa fervendo, o que formaria grumos, é preciso acrescentar um pouco de sopa nas gemas, algumas gotas de cada vez, mexendo com um batedor. Ele também pede que eu ponha a mesa e faço isso com cuidado, é algo que me parece importante pois a ocasião é solene. Brindamos à saúde da mamãe e durante um tempo tomamos a sopa em silêncio. O princípio dessa sopa é que se tome primeiro o caldo e depois se coma a carne e os legumes.

– A mamãe teve algumas vértebras destroçadas no acidente – o papai diz bem na hora que eu ia morder o pescoço da galinha. Geralmente é a parte dessa sopa que eu mais gosto, mas de repente me parece que são vértebras de verdade, então coloco de volta no meu prato.

– Não foi culpa dela. Ela estava subindo a colina perto do monastério das carmelitas, na curva um idiota apareceu bem na frente dela, completamente à esquerda, projetando ela para fora da pista. É um milagre que esteja viva, Ran. Um baita milagre. É o tipo de momento em que a gente fica com vontade de acreditar em Deus, nem que seja para agradecer a alguém.

– Mas ela vai ficar boa?

– Humm – o papai diz, apimentando devagar as cenouras para ganhar tempo. – Sim, ela vai ficar boa. Mas não completamente.

Penso outra vez na bunda florida da mãe morta e na cabeça do bebê em cima da barriga do irmão mais velho. Tenho dificuldade em terminar a minha refeição.

– Ela vai precisar de uma cadeira de rodas para se movimentar.

– Você quer dizer que ela vai ser uma deficiente?

Pousando a sua colher, o papai estende a mão direita e dá umas batidinhas suaves na minha mão esquerda.

– É isso, Ran. Ela não poderá mais caminhar. Infelizmente, as vértebras que foram atingidas são aquelas que controlam as pernas. Foi uma baita pancada. Eu mesmo estou tonto. Mas vamos ser fortes, certo? De todo jeito, a sua mãe sempre preferiu mexer a língua do que as pernas. Não é? Ela vai poder falar até cansar... fazer as pesquisas dela... e viajar... Hoje em dia existem excelentes...

Ele não termina a frase, por causa das lágrimas salgadas que lhe escorrem pelas faces e pingam no prato, mas pelo menos ele não cai em soluços como no dia de Sabra e Chatila...

Por que penso sem parar em Sabra e Chatila?

De repente, entendo. O choque é tão violento que acabo caindo da minha cadeira.

Nouzha. O mau-olhado de Nouzha, aquele dia na escada. Nouzha me atingiu com o seu mau-olhado – daraba bil-'ayn – desejando que me acontecesse uma desgraça horrível. *Foi ela que causou o acidente da minha mãe,* tenho certeza. A sua própria família foi retalhada em Chatila, ela decidiu se vingar dos judeus, e eu era o seu melhor amigo judeu. Eu estava tão perturbado que esqueci da fórmula para desviar o mau-olhado. A frase está me voltando agora – Ma sa'há Allah wa kân –, mas é tarde demais. Tudo o que está acontecendo é vontade de Deus.

III
SADIE, 1962

Você já fez a sua cama, Sadie?

– Já – já fiz a minha cama Sadie (e por isso mereço tomar meu café da manhã).

A vovó se inclina roçando nos meus cabelos com os lábios. Ela ainda está de roupão, mas, como já se maquiou, não quer tirar o batom me dando um beijo de verdade, aliás me pergunto se ela sabe o que é isso. Os cabelos dela estão penteados e escovados, estão marrom-escuros nos últimos dias enquanto a verdade é que são totalmente cinza e ela os pinta de marrom para que ninguém saiba que ela é velha. Uma questão interessante é saber qual delas é a *verdadeira* vovó: quando coloca os óculos ou quando tira, quando pinta os cabelos ou quando os deixa crescer cinza, quando está totalmente nua na banheira ou quando está vestida da cabeça aos pés. Saber o que significa a palavra *verdadeiro* nesse caso é uma questão interessante, acho eu.

Ela retira um ovo *poché* perfeito do escalfador, coloca ele no meu prato ao lado da torrada perfeita e me serve um copo de leite perfeito.

– Sadie, quantas vezes preciso lhe dizer para não vir à cozinha de pés descalços? Está menos vinte lá fora.

– Mas está fazendo vinte aqui dentro!

– Não dê uma de espertinha, senhorita. Quero que você tome para o Ano-Novo a resolução de colocar as pantufas sem que eu precise pedir, está bem? Agora vá, chispe, vou cobrir o ovo para que ele fique quentinho, rápido, rápido!

Ela não quer se enganar desta vez, o vovô e ela fizeram tudo errado com a minha mãe, foram permissivos demais e não querem cometer os mesmos erros que cometeram com a mamãe, por isso querem que eu seja disciplinada. Odeio essas pantufas forradas e enormes, presente de Natal da minha mãe, um *presente* que para variar me fala da *ausência* dela: ela tinha um show no dia do Natal (Se *ela* não era a fim de viver com os pais dela, então por que *me* deixou com eles?). Me olho no espelho do armário e deixo transparecer o meu verdadeiro eu, ficando vesga e mostrando os dentes numa careta de fúria e loucura (a vovó diz que não devo fazer isso porque um dia meus olhos podem ficar presos nessa posição), mas no meio da escada ponho de novo a minha máscara de menininha comportada porque se eu for querida e obediente e fizer tudo certinho, a mamãe me levará com ela dizendo: "Era só uma brincadeira, querida, eu só queria testar a sua força de caráter, você foi brilhante e vamos enfim poder viver juntas!"

O ovo está quentinho me esperando, uma fina película branca recobre a gema exatamente como deve ser, a clara está bem cozida e, quando furo a gema com o garfo, ela se espalha pelo prato de porcelana como se fosse ouro líquido e então eu posso limpá-lo com o meu pão com manteiga – atenção para não deixar cair uma gotinha de gema sobre a mesa, a vovó está me controlando, o Inimigo também, como sempre, o garfo de prata pesa na mão, se cortassem a mão e colocassem numa balança, será que ela pesaria mais ou menos do que o garfo de prata? As formigas conseguem carregar até cinco vezes o seu próprio peso. A vovó se pesa todos as manhãs (*depois* de ter feito pipi e *antes* de tomar o café da manhã, segundo ela, é o momento do dia em que as pessoas pesam menos pois faz horas que não comem nada), ela me ensina um monte de coisas sobre saúde e culinária e dietas equilibradas para que eu me torne uma dona de casa impecável como ela e não como a minha mãe que mora num chiqueiro cheio de baratas e de amigos em Yorkville e só faz faxina quando a bagunça ameaça submergir tudo completamente.

– Agora suba para o quarto e se prepare para ir à escola, vá, rápido, rápido!

Puxa, se ela não teria me dito eu não teria pensado nisso. Digo *se ela não teria* de propósito, afinal sei que está errado, mas estou apenas pensando em voz baixa, não digo isso em voz alta, mas bem no fundo de mim digo um monte de coisas proibidas, inclusive palavrões, como merda, porra e droga, os namorados da minha mãe falam sempre assim na minha frente (o que acho legal), dizem palavrões e criticam o governo e fumam cigarros e chamam a mamãe de Krissy em vez de Kristina e eles não estão nem aí que ela tenha uma bastardinha de seis anos chamada Sadie.

– Será que eu não poderia comer outro pedaço de pão? – pergunto com a minha voz mais suspirosa e suplicante e cheia de esperanças.

– Ora, ora, está bem – a vovó diz, caminhando em direção à torradeira prateada reluzente que ela esfrega e areia todas as manhãs assim que terminamos de tomar café –, mas é mais educado dizer uma fatia do que um pedaço.

Bem nessa hora, o vovô sai do seu consultório no subsolo que tem uma entrada independente dando diretamente para a rua Markham com uma placa que diz *Dr. Kriswaty, Consultas psiquiátricas* para que os seus pacientes possam entrar e sair sem passar pela nossa casa, afinal não querem ser vistos pois têm vergonha de serem loucos. Eu jamais pensei que houvesse tantos loucos na cidade de Toronto, mas há um fluxo ininterrupto de loucos que da manhã até a noite entra e sai do consultório do vovô (antigamente eu ficava espiando da janela para ver que cara eles tinham, mas depois parei pois tinham a mesma cara que qualquer outra pessoa), e não apenas no consultório dele, mas no de muitos outros psiquiatras, centenas, milhares talvez, não sei como se faz para formar o número exato de psiquiatras correto em relação ao número de pacientes, mas aparentemente dá certo, bom, talvez haja *alguns* psiquiatras que não encontram pacientes e passam o tempo todo fazendo cera, esperando o telefone tocar, ou então *alguns* loucos que ligam desesperadamente para todos os psiquiatras do guia telefônico e ouvem sempre a mesma resposta – Ah! sinto muito, estou lotado! –, mas eu diria que o equilíbrio entre as duas populações é perfeito. E se houver uma guerra ou outra catástrofe e muitas pessoas ficarem loucas ao mesmo tempo, será que vão começar a formar imediatamente novos psiquiatras na universidade?

Não se deve dizer *loucos*, o correto é dizer *paciente. Fatia,* e não *pedaço. Se ela não tivesse,* e não *se ela não teria.*

Como sempre, o vovô entra na cozinha dizendo:

– Então, como estamos esta manhã? – e se senta à mesa com uma cara de cansaço exagerado, e a vovó lhe serve uma xícara de café da cafeteira elétrica sem dizer nada, é o ritual das oito e meia, que ocorre todos os dias desde que nasci, só que, às vezes, em vez de dizer "Como vamos esta manhã?", o vovô diz "Ah, por que é que escolhi essa profissão? É de arrancar os cabelos!", o que é uma piada, pois o vovô é careca. Ele só tem uma franjinha de cabelos curtos que dá a volta na sua cabeça de uma orelha até a outra. O primeiro louco do vovô chega às seis e meia, então às oito e meia ele já viu dois, e, depois da pausa para o cafezinho, trabalha das nove ao meio-dia e depois das duas às cinco, o que significa oito loucos por dia, todos os dias da semana, inclusive aos sábados, o que dá 48 loucos por semana, só que alguns vêm vê-lo duas ou três vezes por semana, então fica difícil calcular o número exato. Não sei como funciona o tratamento, será que o vovô dá para eles uma dose de alegria a cada sessão, apenas o suficiente para que eles possam aguentar até a sessão seguinte? Será que pouco a pouco eles acumulam alegria suficiente para poderem ficar sem terapia? Mas acontece que o próprio vovô não é exatamente uma pessoa jovial, ele quase sempre está quieto e quando fala é quase sempre para fazer uma piada sem graça e, embora eu tenha vivido a minha vida toda com ele, mal o conheço. Agora, por exemplo, em vez de falar comigo enquanto ele toma café e eu como a minha torrada, ele está lendo o jornal que a vovó acaba de lhe trazer do vestíbulo.

– Sadie, você vai se atrasar.

Arrasto os pés quando subo a escada, detesto me vestir, mas não dá para ir à escola de camisola. Sinto o quanto sou má quando me visto, sobretudo no inverno, pois há muitas camadas de roupas para vestir e a maldade está escondida bem no fundo de mim, mas há um signo exterior dela que é um sinal marrom horroroso do tamanho de uma moeda na minha nádega esquerda. Quase ninguém sabe da existência dele, mas eu nunca consigo esquecê-lo, é uma tara e, já que ele fica no lado esquerdo, me proibi de dormir desse lado, de segurar um copo de leite com a mão esquerda e de pisar nas juntas da calçada com o pé esquerdo, e se sem querer eu pisar devo pedir desculpas em voz baixa, muito rápido, cinco vezes, uma atrás da outra, senão... A mamãe tem um sinal na dobra do braço esquerdo, mas ela não tem vergonha porque não é um lugar vergonhoso, mas para mim o fato de tê-lo na minha nádega é uma *prova* da minha sujeira, parece até que eu me limpei mal depois que fui ao banheiro e sem querer deixei ali uma ponta de cocô, é a marca do Inimigo que presidiu o meu nascimento, como se ele tivesse mergulhado o polegar no cocô e em seguida encostado meu dedo na minha nádega dizendo com a voz funesta: *Essa é minha e nunca a deixarei escapar, será sempre suja e diferente.* Talvez seja por isso que o meu pai foi embora – desde que me viu, pensou: "Eca, é nojento, essa coisa aí não é minha filha" e, virando de costas, saiu para sempre da vida da minha mãe. Não tenho lembrança nenhuma dele, só sei que se chamava Mortimer e que o apelido dele era Mort, que tinha uma barba preta e um violão e que a vovó e o vovô nunca o aprovaram. A mamãe tinha apenas dezessete anos quando começou a andar com o Mort e a banda de beatniks dele, que eram muito mais velhos do que ela, estavam na casa dos vinte e passavam o tempo todo tocando música e bebendo vinho e fumando kerouac, ela largou a escola por causa do Mort e acho que tomaram morfina juntos numa festa e a minha mãe ficou grávida sem querer. A vovó me disse um dia que eles ficaram *muito* descontentes quando ficaram sabendo pois Mort era incapaz de sustentar uma família, era irresponsável e nem conseguia sustentar a si próprio, o que era uma tragédia.

– Você está querendo dizer que eu não deveria estar aqui? – pergunto. – Você está querendo dizer que eles não me queriam? – mas todos os meus questionamentos sobre o assunto têm por resposta o silêncio.

Durante um tempo a mamãe teve outro namorado chamado Jack, que era um professor sem barba, e eu sempre vou ser grata a ele, pois me ensinou a ler quando eu tinha cinco anos, antes mesmo de começar a escola, mas depois a mamãe e ele brigaram. O Jack queria que a mamãe parasse de cantar em público e, no final, ela teve que fincar o pé (como ela mesma me explicou mais tarde), dizendo:

– Jack, há certas coisas que posso largar. A música não é uma delas, mas você é.

E estava feito.

É importante pôr a cinta-liga debaixo da calcinha porque se você a colocar por cima não consegue baixar a calcinha para fazer pipi, é bastante lógico, então a primeira coisa a ser feita é vestir a cinta-liga, que tem fivelinhas minúsculas que você deve prender pela frente, e depois virar a cinta para que elas fiquem para trás, a liga fica pendurada, daí você também precisa colocar a meia de lã antes da calcinha, senão a liga ficaria presa na calcinha. Infelizmente, coloco a segunda meia ao avesso e preciso começar tudo de novo, e, quando fico apoiada no pé esquerdo para enfiar o pé direito na meia, perco o equilíbrio e preciso me sentar na cama, mas depois o pé fica preso na meia, porque ela está toda torta e agora estou irritada e suada pois o relógio está fazendo tique-taque em cima da lareira, e o Inimigo está soltando o seu bafo na minha nuca, batendo o pé e dizendo *Você está atrasada, se apresse, você está atrasada.* Nunca consigo fazer o que preciso, porque se eu conseguisse, seria *realmente* uma menininha comportada em vez de apenas fingir e moraria com a minha mãe e o meu pai, como todo mundo.

A calcinha finalmente tapa o sinal, mas nunca consigo esquecer que ele está ali.

Depois da calcinha vem a camisa branca, é preciso ter certeza de que os botões estejam abotoados na casa certa, mas mesmo se presto muita atenção frequentemente me engano e chegando no último botão me dou conta de que tem um pedaço de tecido sobrando e preciso desfazer tudo. Depois é a vez do kilt com os botões nas costas, mas como não consigo abotoar sem olhar, preciso primeiro colocar o kilt ao contrário para então virá-lo, o que não é fácil pois está apertado na cintura e a blusa acaba ficando enroscada dentro dele e isso me deixa maluca. A vovó sempre diz que vai me comprar um kilt novo de um tamanho maior, mas sempre deixa para depois porque está ocupada com a sua jardinagem e o clube de bridge e os almoços de senhoras e, como os kilts são confeccionados especialmente para a minha escola, só podem ser encontrados em uma loja na cidade toda e ela fica longe da nossa casa.

Depois do kilt vem o blazer, o que é fácil (só tem dois botões), mas é preciso lembrar de segurar as mangas da camisa quando você enfia o braço na manga do blazer e eu esqueço então as mangas da camisa ficam todas amarrotadas e tenho que tirar o blazer e recomeçar tudo de novo e ainda preciso me pentear e escovar os dentes e já são quinze para as nove, precisamos sair de casa em cinco minutos e eu deveria encerar os meus sapatos, mas não tenho tempo (no meu sonho desta noite todas as minhas meias estavam sujas, não havia nem um par limpo e eu ficava com vergonha pois não tinha nada para pôr nos pés), bem na hora em que atravesso o quarto para pegar as minhas meias uma farpa do parquê entra no meu calcanhar, eu não deveria ter arrastado os pés no chão, deveria era ter levantado os pés e pisado com precaução.

A verdade sobre o mundo é que a dor está sempre à minha espreita e se existe a menor possibilidade de eu me machucar, a vovó diz, tenho o dom de encontrá-la (eu diria que *ela* tem o dom de *me* encontrar). A vovó não tem a menor paciência para o meu sofrimento, se choro, diz que estou querendo chamar atenção. No verão passado ela me mandou comprar um litro de leite no armazém da esquina dizendo: "Rápido, rápido!", como sempre, então apertei o passo, corri feito uma louca e pouco antes de chegar à loja tropecei no paralelepípedo e *poft*, a calçada bateu no meu peito, me deixando sem ar. Duas senhoras que estavam passando ali por acaso abaixaram-se dizendo "Oh, meu Deus, pobrezinha, você se machucou?" e me levantei, abatida, prostrada, ofegante, quase chorando, mas, sabendo que a minha avó quer que eu seja corajosa em público, esfreguei as minhas roupas dizendo "Está tudo bem", com um sorrisinho para tranquilizá-las. O meu joelho e o meu cotovelo estavam tão raspados que saía sangue, mas mesmo assim fui até o armazém engolindo as lágrimas, estoicamente consegui pedir um litro de leite, pagar e voltar coxeando para casa, ainda engolindo as lágrimas, e quando finalmente atravessei a porta, mancando, as lágrimas jorraram de uma vez só, chorei gemi solucei de dor e, quando a vovó foi até o corredor para ver o que estava acontecendo, mostrei os raspões soluçando e disse:

– Eu me controlei o mais que pude, vovó, não chorei no armazém nem no caminho de volta.

E ela me disse, pegando o litro de leite e voltando à cozinha:

– Se você conseguiu não chorar na loja, pode muito bem não chorar aqui também – e continuou fazendo o bolo para o almoço de senhoras sem me consolar nem um pouquinho. A mamãe teria me consolado se soubesse quanta dor eu estava sentindo, mas quando a vi de novo, os arranhões já tinham desaparecido e nem pude mostrar a ela.

Em qualquer lugar onde vou, os perigos me aguardam: um caco de vidro uma abelha furiosa uma torradeira fervendo, assim que passo eles me atacam e o meu corpo reage sozinho, a pele fica com roxos, a carne incha e fica cheia de pus, a pele se abre soltando um gêiser de sangue, neste exato momento, a farpa provoca pulsações de dor no meu calcanhar esquerdo, mas não dá tempo de tirar a meia e arrancá-la.

Desço a escada saltitando num pé só e odiando a vida. A vovó já tirou o carro da garagem, está esquentando o motor enquanto me espera e, quando saio do vestíbulo mancando e ao mesmo tempo tentando abotoar o meu casaco e pôr a minha manta, ela faz um sinal para que eu me apresse e parece estar irritada. Dá para ver a sua respiração no ar glacial assim como o vapor do cano de escape, ela está usando luvas de couro e quando para nos semáforos os seus dedos batem impacientemente no volante, e apesar de tudo chegamos à escola na hora, como sempre.

Cantamos *O Canada* às nove horas e *God save the Queen* às quatro e o dia inteiro entre as duas canções eu sinto dor, ora de vergonha aguda, ora de aborrecimento mortal.

No recreio da manhã, decido que não consigo mais suportar a dor da farpa então eu me fecho no banheiro, mas como as portas não vão até embaixo as outras meninas conseguem ver que eu tirei um sapato e uma meia e começam a cacarejar:

– O que está acontecendo aí dentro? Ela é uma espiã russa ou o quê? Será que ela tem um telefone dentro do sapato?

As outras meninas nunca me escolhem para ser o par delas para pular corda porque fico com os pés presos nas cordas e faço elas perderem. Cada vez que desenho alguma coisa na aula de desenho elas dizem:

– Isso aí era para ser o quê? – como se não desse para entender nada.

Quando a gente brinca de dança das cadeiras, sou sempre a primeira a ser eliminada pois a música me absorve tanto que me esqueço de correr para uma cadeira quando ela para. Durante os alertas de bomba nuclear, quando é preciso se esconder debaixo das carteiras, não consigo ficar agachada durante mais de dez minutos, mas se fossem bombas atômicas de verdade caindo em cima da gente, seria preciso ficar ali durante horas, senão dias. Todas as outras meninas são seguras de si e competentes e ágeis: elas recortam com toda calma os flocos de neve no papel enquanto eu transpiro e me aflijo porque a minha tesoura está sem fio; elas vestem suavemente as roupas de ginástica enquanto eu me debato com as minhas e fico toda vermelha; as roupas delas são bem cuidadas e obedientes, as minhas se rebelam – há sempre um botão que pula fora, uma manga que surge do nada, uma bainha que sem mais nem menos se descostura.

Como hoje é sexta-feira, tenho aula de piano, mas por causa da farpa esqueço de pegar as minhas partituras de manhã e a vovó me fulmina quando me traz para casa a toda velocidade às quatro horas, fazendo as rodas do carro cantarem sobre o gelo.

– Vamos nos atrasar. Oh, Sadie, você não consegue cuidar das suas coisas?

– Mostre-me o que você aprendeu desde a semana passada – diz a srta. Kelly, se colocando por cima mim de maneira imponente.

Ela coloca as mãos sobre os meus ombros puxando-os para trás, para me fazer endireitar as costas, depois coloca um polegar sobre o meu queixo para me obrigar a levantá-lo, depois corrige o ângulo entre os meus punhos e as minhas mãos sobre o teclado, lembrando que devo manter os dedos sempre curvados, como se eu estivesse segurando uma tangerina. Nem consigo começar a tocar, ela interrompe o trecho depois de três compassos e me obriga a fazer exercícios.

– Mantenha o dedo médio apoiado e toque os acordes, primeiro com o indicador e o anular, depois com o polegar e o dedo mínimo. Mantenha o indicador em cima do *sol* e alterne o polegar entre o *dó* de cima e o de baixo, *mas sem levantar o pulso*, Sadie!

Ela bate no meu pulso com uma régua, atingindo o ossinho do lado, o que *dói de verdade*, então eu digo "Aiê!" e lágrimas jorram dos meus olhos.

– Sadie, quantos anos você tem? – pergunta a srta. Kelly e eu respondo:

– Seis anos.

E ela diz:

– Então pare de se comportar como um bebê. Vamos, recomece.

Passamos quase uma hora fazendo os exercícios imbecis e restam apenas cinco minutos para os trechos, começo a tocar *Edelweiss*, mas estou tão nervosa que as minhas mãos começam a tremer e ela diz que na semana passada eu toquei melhor e, enquanto eu toco, ela rabisca no meu caderno com uma bic roxa, sublinhando conselhos do tipo "Dedos arredondados!" e "Punhos flexíveis!" e "Atenção com os dedos!". Daqui até a próxima semana, tenho que desenhar cinquenta claves de *sol* e cinquenta claves de *fá* e aprender a tocar as escalas de *sol maior e sol menor* – sem nem um errinho! –, escreve a srta. Kelly, sublinhando as palavras com tanta brutalidade que a caneta dela rasga a página.

– Então? – pergunta a vovó, entregando discretamente à professora um envelope com o pagamento da aula (eles gastaram tanto dinheiro com a minha educação e a minha alimentação embora eu nem seja filha deles, será que eu me dou conta? Será que eu me dou conta?). – Ela progrediu?

– Ela deve se aplicar mais – diz a srta. Kelly com um ar ameaçador.

– Mas ela não faltou nem um dia – diz a vovó –, eu controlo...

– Não basta se sentar ao piano – responde a srta. Kelly, interrompendo-a. – Ela ainda não aprendeu a *estudar*, a *se concentrar*. Ninguém pode fazer isso no lugar dela. Não é porque há talento musical na família que ela pode deixar de *estudar, estudar, estudar.*

O meu pulso ainda está vermelho no lugar em que ela me bateu com a régua e não se deve gritar com os adultos, mas estou fervendo por dentro com um sentimento de injustiça, então resolvo que vou denunciar a srta. Kelly à minha mãe da próxima vez que eu a vir. Denunciá-la à vovó não vai adiantar nada, ela diria simplesmente "Você deve ter feito alguma coisa para merecer", mas a mamãe não poderia *suportar* a ideia de que uma desconhecida esteja martirizando a sua filhinha com uma régua, ela dirá à vovó que é preciso encontrar outro professor imediatamente e se a vovó disser "Os professores de piano não brotam em árvores, a srta. Kelly tem uma reputação excelente, ela prepara os alunos para o exame de admissão do Conservatório", a mamãe responderia "Conservatório, Conschmervatório!" – adoro quando ela fala assim –, "quero que a minha filha seja feliz e se você só consegue professores sádicos ela vai ter que ficar sem piano, azar". Essas palavras vão ressoar como música aos meus ouvidos, nunca mais vou precisar estudar piano e vou poder ler até me encher. A vovó diz que estou estragando os meus olhos de tanto ler e que logo vou precisar usar óculos (quer dizer, eles terão que me *comprar* óculos), mas pelo menos quando você está lendo ninguém vem bater em você com uma régua, você pode se perder em uma página e aos poucos o mundo se apaga.

Sádica é uma pessoa que gosta de machucar os outros e não sei por que a mamãe me deu um nome desses, uma vez eu perguntei, mas ela só me disse que achava bonito. Sadie contém também a palavra *sad*, triste, e embora ela não tenha feito de propósito, o que ela tem nos braços (ou melhor, *longe* dos braços, na maior parte do tempo) é uma menininha bastante triste.

Cada dia tem o seu perfume particular de tristeza, consigo distingui-lo assim que levanto de manhã, segunda porque é o primeiro dia da semana e ainda tenho cinco dias de escola pela frente, terça por causa da minha aula de balé clássico, quarta por causa da aula de ginástica na escola, quinta por causa das bandeirantes, sexta por causa da minha aula de piano, sábado porque preciso trocar os lençóis, domingo por causa da igreja.

Com as bandeirantes tenho que aprender a fazer todos os tipos de nós imbecis que não servem para nada porque nenhuma de nós pretende se tornar marinheira. É preciso aprender a olhar durante trinta segundos para cerca de vinte objetos diferentes, depois se virar de costas e tentar lembrar de todos; eu me canso no quarto objeto. É preciso usar um uniforme marrom que é ainda mais feio do que o uniforme da minha escola e *estar sempre alerta* mesmo se nunca dizem alerta para o quê, e a piada sobre a bandeirante que se esqueceu de ficar alerta e ficou grávida não tem a menor graça. Se você é a melhor nisso ou naquilo, você ganha medalhinhas para pôr no peito, mas nunca sou a melhor em nada e o meu peito continua sem medalhas.

Para a dança clássica, é preciso ser magra e graciosa, mas tenho a barriga para fora e as sapatilhas de ponta machucam tanto os meus pés que mal consigo ficar de pé, quem dirá dançar.

Todas essas atividades são para o meu bem, o objetivo é fazer de mim uma dona de casa brilhante prendada bem coordenada e boa cidadã mas nada funciona, vou continuar sempre me sentindo rechonchuda e burra, estranha e excluída, atrapalhada e torta – resumindo: *insuficiente*. Ninguém pode mudar a minha natureza profunda, que praticamente não é humana. Os meus professores e os meus avós acham que "estou atravessando uma fase", então insistem em moldar o meu cérebro e o meu corpo para me tornar mais apresentável e dou o melhor de mim para deixá-los satisfeitos, sorrindo e abanando com a cabeça, ficando na ponta dos pés, rodopiando no meu *tutu* e me obstinando a dar todo tipo de nó, durante a maior parte do tempo consigo enganá-los, mas é impossível enganar o Inimigo, ele sabe que lá bem no fundo de mim eu sou má. Quando a pressão sobe, a única coisa que consigo fazer é bater sem parar a cabeça contra a parede no escuro.

– Sadie – a vovó me diz todas as tardes às cinco e quinze –, é hora de tocar piano.

Exatamente na mesma hora, o vovô emerge do seu consultório depois que o seu último louco foi embora e vai buscar a coleira do cachorro para que o Hilário possa sair para fazer cocô.

A vovó e o vovô compraram de propósito um cachorro de pelos curtos para ele não perder seus pelos pela casa, em outras palavras, a coisa mais importante para eles na hora de comprar um cachorro era o tamanho dos pelos, não se preocuparam em ver como era o gênio dele, que acabou se revelando muito ruim. Ele se chama Hilário o que, segundo o dicionário, quer dizer "que denota alegria, contentamento", mas é exatamente o contrário da personalidade desse cachorro, que é minúsculo e irrequieto e nervoso e, quando tento fazer carinho nele, recua estridente como se eu quisesse estrangulá-lo.

– Onde está o meu cão de caça? – pergunta o vovô hoje como ele faz todas as tardes, e, quando o Hilário se joga para cima dele, latindo e remexendo todo o seu traseiro de excitação, ele diz: – Ei, calma, senão vou ser obrigado a colocar a focinheira em você.

Toda a cena é completamente ridícula, mas é durante o passeio deles que eu devo estudar piano.

O instrumento fica em um canto da sala, preto e imóvel, não parece querer expressar coisa nenhuma, parece um móvel mudo entre tantos outros. Ligo as lâmpadas – apenas duas, afinal não se deve desperdiçar energia elétrica –, a do piano para poder ler as partituras e a luminária com pedestal para não trabalhar só num feixe de luz porque isso estraga os olhos. A parte de cima do piano é coberta de paninhos porque senão a madeira seria arranhada pelas pequenas esculturas de vidro talhado e pelos porta-retratos com fotos da mamãe quando era pequena e da vovó e do vovô quando se casaram e do vovô quando ele recebeu o diploma de medicina na universidade, usando um vestido preto comprido e um chapéu totalmente achatado, como se um livro tivesse caído na cabeça dele. Até o diploma foi enquadrado e pendurado na parede da sala entre as reproduções de quadros de buquês de flores. De vez em quando, na primavera, a vovó colhe algumas flores de verdade no jardim e coloca em um vaso sobre a mesinha de centro, mas estou proibida de chegar perto porque poderia deixar cair o vaso e derramar água no tapete e daí eu ficaria em maus lençóis. (A vovó vive com medo que a ordem da casa dela seja perturbada, em compensação a sua netinha está frequentemente perturbada e isso não faz a menor diferença.) Ela retira o pó desses bibelôs todos os dias e quando abro a tampa do piano também preciso tirar o trilho bordado que protege o teclado da poeira e não posso me esquecer de colocá-lo de volta quando termino de tocar, mesmo se de fato não entendo como é que uma poeirazinha sequer poderia se insinuar no piano quando a tampa está fechada.

Dobro o trilho com todo cuidado e o coloco perto da foto da mamãe de quando ela tinha mais ou menos a minha idade, seu sorriso é um sorriso de verdade, não uma máscara como o meu, ela está usando um vestido azulão e os seus olhos azuis estão brilhando. A menina da foto me ouve tocando piano e tento estar à altura dela, mas quanto mais eu toco, mais ela parece decepcionada e chega uma hora que não consigo nem mais olhar para ela de tão humilhada que me sinto. Começo pelas escalas, é como recitar o alfabeto pois não significa nada, me contento em repetir sem parar, tentando passar o polegar por baixo sem levantar o pulso e mantendo os dedos arredondados e o mesmo tom, depois chega a hora dos arpejos que são mesmo superdifíceis para mãos tão pequenas quanto as minhas, e quando finalmente abro o livro que contém as composições me desanimo pois as páginas estão totalmente rabiscadas pela caneta roxa da srta. Kelly. Ela desenhou arcos para o fraseado e contornou os dedilhados e sublinhou os *pp* de *pianíssimo* pois toquei forte demais na semana passada, então não consigo ver nada além dos meus erros e da minha mediocridade, todas as bobagens que eu faço, semana após semana.

No início, quando a vovó me comprou esse livro e eu virei as páginas limpas e novas e vi a ilustração de *Edelweiss* (uma menininha que se inclina para regar as flores nos Alpes), a impressão que tive foi de pureza, realçada pela brancura da neve na montanha e as florzinhas em forma de estrela no ninho de folhas verdes. A menininha da imagem era tudo o que eu deveria ser: bonitinha com a saia larga e franzida e o corpete branco e os cabelos lisos e as meias e as botinas impecáveis. Eu achava a letra da canção muito bonita também:

Edelweiss, Edelweiss,
Every morning you greet me,
Small and white, clean and bright,
You look happy to meet me!

Mas pouco a pouco a composição foi sendo estragada pelos meus inúmeros e persistentes erros – o que incitou a srta. Kelly a rabiscar os seus comentários com tinta roxa em toda a página, inclusive na ilustração – então agora quando tento tocá-la ela se desintegra nas minhas mãos. Cada compasso é um obstáculo a ser ultrapassado. Tenho tanto medo de errar que fito as barras de compasso com os olhos esbugalhados e quando termino de tocar uma os meus olhos saltam para a seguinte mas já é tarde demais, eu já errei e a voz da vovó já está gritando da cozinha:

– *Fá sustenido*, Sadie! Está indicado na clave!

(A vovó tocava piano antigamente então ela tem o direito de me corrigir embora eu nunca a tenha ouvido tocar nem uma nota.) Recomeço, mas dessa vez a minha mão esquerda esquece que é preciso segurar o *sol* até o segundo compasso porque tem uma ligadura, então eu paro e a minha mão direita bate violentamente na esquerda, que pede desculpas dizendo "perdão, perdão, isso não vai mais acontecer", mas a mão direita está louca de raiva, então ela diz: "Estou cheia da sua má conduta, não vou suportá-la nem mais um minuto, está me entendendo?" e a esquerda rasteja e recua e volta para o teclado, murmurando "Estou fazendo o melhor que posso". "O que você disse?", pergunta a mão direita com uma voz furiosa e aguda. "Eu disse que estou fazendo o melhor que posso", diz a mão esquerda com uma voz um pouco mais alta porque ela está na defensiva e afinal de contas não cometeu nenhum assassinato, só soltou a tecla *sol* um pouco antes da hora. "Então você vai ter que fazer *mais* do que o melhor que você pode, pois o seu melhor não basta!" Tudo isso acontece em uma fração de segundos, a vovó não se dá conta de nada, recomeço a tocar. Quando a mão direita se engana, a esquerda não pode xingá-la; ela se contenta em constatar o erro e resmungar, mas sem atacá-la frontalmente; toda a metade esquerda de meu corpo é inferior pois o meu sinal fica desse lado.

(A mamãe tem um piano no seu apartamento em Yorkville e ela não apenas nunca fecha a tampa, mas ainda por cima nunca usa partituras; ela se contenta em tocar os acordes que precisa para cantar e, quando não está cantando, está fumando, o que, segundo a vovó, é um hábito repugnante.)

Finalmente são seis horas e posso parar de tocar piano e começar a pôr a mesa da sala de jantar. Primeiro os três jogos americanos, que interceptarão toda e qualquer migalha errante que possa cair flutuando dos nossos dedos inábeis e ficar presa na toalha rendada, de onde teríamos muita dificuldade em extirpá-la. Depois, é a vez dos pratos grandes brancos com um contorno dourado e os pratinhos de pão do mesmo jogo, que devem ser colocados no alto à esquerda. A seguir é a prataria, que fica em uma caixa forrada de veludo na primeira prateleira do aparador. O garfo deve ser colocado à esquerda do prato e a faca, na direita, com o lado cortante virado para dentro, pois senão podemos nos cortar ao pegá-la (embora de todo jeito nunca se deve pegar uma faca pela lâmina), a colher de sopa fica à direita da faca porque a refeição começa pela sopa (e a vovó diz que durante refeições formais, quando há muitos talheres em torno do seu prato, você não precisa se questionar muito, a regra de etiqueta é começar sempre do exterior para o interior), a colher de sobremesa, virada para baixo, fica acima do prato com o cabo para direita para que você possa pegá-la mais facilmente com a mão direita (azar dos canhotos!), o copo d'água um pouco acima e à direita da faca. Nesse meio-tempo, o vovô chegou da caminhada com o cachorro, pega o Hilário no colo e seca as patinhas dele com um pano para que ele não deixe pegadas de lama e de neve derretida e depois liga a televisão para ver o telejornal. Ficamos sabendo que Diefenbaker e Pearson encontraram um novo assunto de discórdia e que o muro de Berlim está completamente terminado e que o presidente Kennedy quer punir Cuba por ter capturado todos os porcos que ele mandou para lá no ano passado. Conflitos estão sempre estourando sem parar, praticamente em todo o mundo, não consigo compreendê-los, mas a cada vez que a mamãe está aqui eles são motivo para uma briga, ela fica por exemplo indignada que os Estados Unidos gastam uma fortuna para mandar foguetes ao espaço ao passo que milhões de seus próprios cidadãos são pobres e desempregados e negros, a minha tendência seria concordar com ela, mas a dos pais dela não, eles lhe perguntam se ela não estaria se tornando uma escória comunista. A vovó e o vovô não brigam nunca, eles mal se falam. Acho que o vovô não pode dizer aos outros o que os loucos lhe dizem no divã da manhã até a noite, e a única coisa que lhe interessa fora isso é o hóquei (Gordie Howe é o seu herói), mas o hóquei deixa a vovó completamente indiferente. Já a vovó, ela teria dificuldades em transformar as suas atividades cotidianas em palpitantes relatos de aventura, então, durante a refeição, geralmente a gente se contenta em comer e dizer "Você poderia me passar a manteiga, por favor?" e "Mais um pouco de sopa?" e coisas desse tipo.

Os dias são longos mesmo no inverno, quando deveriam ser curtos; as semanas são mais longas ainda e os meses não têm fim, eu os conto à medida que vão passando mas não sei rumo ao quê estou contando, a vida é interminável.

Uma tarde de domingo, lá por meados de janeiro, peço à vovó permissão para fazer um boneco de neve no jardim. Ela diz que está muito frio, mas eu suplico até que ela ceda, soltando um longo suspiro, e ela me ajuda a colocar a minha roupa de esqui e as minhas botas de neve e o meu chapéu de lã e as luvas com um fio que liga uma à outra pelas minhas costas passando por dentro das mangas do meu casaco para que eu não as perca – e, bem na hora em que estou dando um nó na manta, me dou conta de que preciso fazer pipi.

– Perdão, vovó – digo com uma vozinha tímida –, mas estou com vontade.

Ela fica brava. Ela tira raivosamente as minhas roupas de neve, dizendo:

– Você faz de propósito para me irritar, não é, Sadie?

E eu respondo:

– Não, vovó, não, juro que antes eu não estava com vontade!

E ela diz:

– Então que isso sirva de lição. Talvez você preste mais atenção aos sinais da próxima vez.

E mesmo suplicando e implorando, ela se recusa a me deixar sair depois de ir ao banheiro.

Em fevereiro, acontece uma coisa inesperada que é o seguinte: a Lisa (uma das meninas da minha classe) me convida para a festa de aniversário dela. Sei que ela não *me* convida pessoalmente, ela convida *todas* as meninas da classe – "sem dúvida para se exibir", diz a vovó, "não é todo mundo que tem condições para dar uma festa para trinta pessoas" – e daria muito na cara se ela só deixasse de *me* convidar. Mas o fato é que a minha vontade de fazer pipi me conduz mais uma vez ao desastre. A mãe da Lisa fez Sloppy Joes, que são hambúrgueres abertos servidos com pão grelhado e mergulhados num molho grosso, nunca provei algo tão delicioso em toda a minha vida e morro de prazer. Como é esperado numa festa de aniversário, todas as crianças falam ao mesmo tempo rindo às gargalhadas e eu finjo participar da alegria geral quando de repente a limonada que eu bebi começa a se fazer sentir embaixo e fico vermelha, com medo de fazer pipi nas calças, o que seria a humilhação máxima, então me levanto e pergunto em voz baixa à mãe da Lisa onde fica o banheiro. Ela me acompanha ao corredor, sem me repreender como a vovó teria feito, como se fosse a coisa mais natural do mundo fazer pipi no meio de uma refeição, o que eu acho muito bacana. Tranco a porta e faço um litro de pipi, mas depois não consigo destrancar a fechadura. Parece um pesadelo, um pesadelo mesmo, eu me debato com a fechadura e ela se recusa a abrir, começo a entrar em pânico pensando comigo que talvez eu passe o resto da minha vida nesse banheiro então eu bato na porta para pedir ajuda. Ouço a voz das meninas no corredor:

– O que está acontecendo, Sadie?

– Não consigo abrir a porta! – respondo com uma vozinha estridente que nem reconheço.

Por fim, o pai da Lisa se ajoelha do outro lado da porta e me diz de um jeito muito amável para eu me acalmar e me dá instruções precisas para destrancar a fechadura, o que funciona. Quando enfim volto à mesa, a Lisa me diz:

– Então, Sadie, como anda a vida no banheiro? – e todo mundo cai na gaitada e tenho a impressão de que vou morrer de tanta vergonha e a festa para mim já foi por água abaixo.

Em breve vai chegar a primavera. Como todos os anos, a mamãe vai estar com a gente para a grande refeição de Páscoa que não é à noite, mas ao meio-dia, então decido fazer uma contagem regressiva até o domingo de Páscoa. Os dias se arrastam, escorregam lentamente de 42 até 1, o que quer dizer que é amanhã, e, enfim, é hoje. A mamãe não virá com a gente à igreja Saint Josaphat, a vovó diz que ela parou de ir à igreja quando encontrou a sua banda de beatniks e o vovô diz: "Pois é, jovens sem Deus destinados à danação", mas acho que é uma brincadeira. (Não sei se a vovó e o vovô *realmente* acreditam nos milagres e na ressurreição e no paraíso e na danação ou se é apenas um jeito de falar, em todo caso, eles não parecem estar esperando que um milagre mude a vida deles.)

Voltamos para casa porque a mamãe vem ao meio-dia e meia e queremos que o almoço esteja pronto. O presunto estava no forno durante esse tempo, e enquanto cantava os cânticos sobre a ressurreição de Jesus, a vovó estava preocupada se o presunto ia ou não ia queimar, o que não aconteceu. Agora Jesus ressuscitou dentre os mortos até o próximo Natal, quando nascerá de novo, e o presunto está assado e a mesa está posta e o relógio está fazendo tique-taque, é uma hora e a mamãe para variar está atrasada.

– Não adianta, ela não consegue se preocupar com futilidades como a pontualidade – o vovô diz com ironia.

As panelas ficam aquecidas no fogão, mas o pão começa a endurecer, assim como o sorriso de boas-vindas que a vovó colocou no rosto ao meio-dia e meia em ponto. Hilário nota que alguma coisa está errada e fica indo e voltando entre a vovó e o vovô, gemendo e batendo no parquê com o rabo, o vovô coça as orelhas dele e diz:

– Você nunca faria os seus pais esperarem desse jeito, não é Hilário?

Ao ouvir o seu nome, o Hilário pensa que é hora do passeio, então começa a latir e o vovô finge acreditar que isso quer dizer "Não", então ele responde:

– Claro que não.

Para ficar bonita e comportada para a chegada da mamãe eu me penteei antes de ir à igreja e prendi os meus cabelos para cima com um elástico e uma fita amarela, mas quanto mais o tempo passa, mais o elástico aperta o meu couro cabeludo e começa a me coçar, então eu me coço e alguns cabelos saem do elástico que me aperta ainda mais, então eu acabo arrancando a fita e o elástico ao mesmo tempo, arrancando alguns cabelos junto, o que me deixa com lágrimas nos olhos.

– Sadie, mas o que você está *fazendo*? – a vovó pergunta. – Você quer que todo mundo coma os seus cabelos, é isso? Suba para jogar isso aí fora e lave as mãos, rápido, rápido!

E enquanto estou no banheiro, constatando que estou tão gorducha e banal como sempre e que passei por todo esse sofrimento em vão, a mamãe enfim chega.

Eu literalmente voo escada abaixo e me jogo nos braços dela. Ela me segura e exclama:

– Ah, minha filhona, minha filha adorada – e me põe no colo e me cobre o rosto de beijos.

– Será que a gente pode ir para a mesa, Kristina? – pergunta a vovó. – É 1h35. Se a gente continuar esperando o presunto vai ficar completamente seco.

E a mamãe mergulha os olhos nos meus e pergunta:

– Como vai a minha doce Sadie?

E eu digo:

– Bem.

E a vovó me tira de maneira um pouco brusca do colo da mamãe e me coloca na minha cadeira, e o vovô, ligando a faca elétrica, faz a sua piada de costume sobre Jack, o estripador.

Não é que a mamãe seja a mulher mais linda do mundo, mas ela *emana charme*. O seu namorado Jack disse um dia essa frase na minha frente e ela ficou na minha cabeça, pois é verdade. Hoje ela está toda vestida de preto (o que a vovó sem dúvida vê como uma escolha imprópria para a Páscoa), está usando uma calça preta justinha, um pulôver preto, um lenço rosa bem vivo e argolas de prata e é só, nada de maquiagem, nada de penteados sofisticados, mas, é bem isso, por causa do seu sorriso, dos seus olhos azuis e do seu ar alerta e ardente que a mamãe sempre está com a cabeça onde está, e então me dou conta de que geralmente as pessoas *não* estão com a cabeça onde elas estão, que estão pensando em mil outras coisas, *não* em você, *não* nas inúmeras possibilidades do instante.

(Nem preciso dizer que a intensidade da presença da minha mãe torna ainda mais insuportável a sua ausência na minha vida.)

– Então, Kristina – o vovô diz, depois que todo mundo está servido de presunto e de fatias de abacaxi e de batata-doce e de ervilha torta. – Estou vendo que você tem alguns sérios concorrentes agora.

A mamãe olha para ele como quem diz *Do que você está falando?*

– Paul Anka voltou às paradas de sucesso, além do que estão fazendo um filme sobre a vida dele...

A mamãe cai na risada.

– Paul Anka e eu não trabalhamos no mesmo universo – ela responde.

– É imoral tocar no rádio canções como essas – a vovó diz. – *Kissing on the phone*, francamente!

– Eu gosto dessa música – digo baixinho.

– Bravo, Sadie – a mamãe diz.

– Puxa, o que eu posso dizer é que a humanidade parece estar em plena regressão. Quando penso que em dois séculos passamos das sublimes óperas de Mozart a... *Ahuh-ahuh*. Será que isso é para ser linguagem humana? O que você acha, Hilário?

Ele ri da própria piada e joga um pedaço de gordura ao Hilário debaixo da mesa.

– Richard! – a vovó exclama. – Você sabe muito bem que não podemos dar gordura a esse cachorro, ele está com o colesterol alto!

– Eu adorava gordura quando era pequena – a mamãe diz com um ar sonhador. – Eu queria ser a Gorda do circo.

– Ah, é? – diz o vovô. (Como é que pode ele não saber? Será que ele esqueceu?) – Mais um sonho de infância que cai por terra.

– Estou achando que você *emagreceu* mais desde a última vez que nos vimos.

– Estou muito bem – a mamãe diz.

Paro de ouvir e mergulho numa espécie de transe, estou esperando este dia há tanto tempo e agora que chegou a hora não sei direito o que fazer, só consigo devorar os olhos da minha mãe, sentada do outro lado da mesa, com o sol entrando pela janela formando uma espécie de halo dourado em torno dela, *ela está aqui, ela está aqui de verdade,* fico imóvel, paralisada, escutando a música da sua voz e olhando os movimentos graciosos das suas mãos e de repente ouço:

– Sadie, você gostaria de vir dormir na minha casa no próximo fim de semana? – e não consigo acreditar nos meus ouvidos.

No próximo fim de semana? Em apenas seis dias? A vovó e o vovô trocam um olhar que quer dizer *Ai, ai, ai, será que essa mulher não vai ser uma má influência para a nossa pequena Sadie?* Mas logo em seguida eles se lembram que essa mulher não é outra senão a *mãe* da pequena Sadie e que, apesar de ela lhes ter confiado a filha desde o nascimento, afinal com dezoito anos não poderia cuidar dela, ela agora já tem 24 e nada a impede de pegá-la de volta se assim o desejar e quem sabe se eu me comportar bem durante essa visita ela vai decidir ficar comigo. Meu coração dispara.

– Vamos combinar para sábado depois do almoço, o Peter e eu vamos vir buscá-la e a trazemos de volta no domingo à tardinha. Fica bem para vocês?

Silêncio.

– Para você fica bem, Sadie? – a mamãe me pergunta.

Me preparo para responder que eu adoraria, mas o vovô intervém.

– Quem é o Peter?

– Peter Silbermann. O meu novo empresário.

– Peter... Silbermann? – como se o nome tivesse algum problema.

– O que é um empresário? – pergunto, imaginando uma espécie de Príncipe Encantado com cabelos ondulados que põe a sua capa vermelha sobre as poças d'água para que a mamãe não molhe os pés.

– É o homem que cuida de tudo para que eu seja famosa! Ele dirige a minha carreira, organiza os meus shows.

– Você tem outros shows em vista a não ser em tavernas e espeluncas enfumaçadas? – pergunta o vovô.

– Na realidade, tenho – a mamãe responde com um sorriso adorável. – Querem que eu mande entradas para vocês?

– Você sabe muito bem que não entendo nada da sua música, Kristina – diz o vovô abanando a cabeça. – Não quero ser indelicado, mas ninguém fez uma carreira digna desse nome com canções sem texto.

– Então vou ser a primeira! – a mamãe responde. – Por que fazer o que já foi feito?

A vovó morde os lábios e fura com o garfo um pedaço de presunto como que dizendo: *quando* é que a minha filha vai aprender a encarar e realidade?

– Sadie está com apetite – ela se contenta em dizer. – Eu poderia fazer macarrão gratinado para a janta...

– Macarrão schmacarrão! – a mamãe diz sorrindo. – Sadie, você consegue aguentar um fim de semana no regime de pão seco e uísque... não é meu amor?

– E como! – busco desesperadamente algo engraçado para acrescentar, mas não encontro nada, de tão excitada que estou com a ideia de passar uma noite no apartamento da minha mãe.

– Bom, tudo bem – a vovó diz suspirando... – Vou preparar uma maleta para ela, você tem lençóis?

– Podemos colocar uma cama dobrável no teto do carro do Peter – sugere o vovô.

– De jeito nenhum! – responde a mamãe.. – Ela pode dormir no sofá... não é, meu amor?

– E como! – tenho medo que a mamãe me ache idiota por dizer sempre a mesma coisa, mas ela me lança um olhar cálido e cheio de amor.

– Bom, era isso, está resolvido. E obrigada pelo almoço delicioso, mas preciso ir, tenho um ensaio.

– Um *ensaio?* – pergunta a vovó. – No *domingo de Páscoa*?

– Você acha que Jesus vai ficar brabo comigo? Tenho certeza de que há coisas mais importantes a fazer...

– Kristina! – exclama a vovó dividida entre reprimi-la pela blasfêmia e mantê-la nas suas garras. – Você não quer sobremesa? Fiz um bolo de chocolate ontem especialmente para você.

– Você sempre se esquece que não gosto de chocolate.

E depois de uma breve tempestade de beijos, abraços e injúrias, ela some. Fico na escada e a vejo desaparecer. Depois vou para a janela e fico vendo ela se afastar com um passo vibrante e vivo, quase que dançando, com o seu lenço flutuando atrás dela até que finalmente dobra a esquina e a vovó diz:

– Sadie, venha me ajudar a tirar a mesa.

Vou me comportar vou ser perfeita não cometerei nem um errinho durante os seis próximos dias, vou pisar nas juntas da calçada exclusivamente com o pé direito, juro, ó mamãe, mamãe, mamãe, mamãe, mamãe... meu amor pela minha mãe me enche e me incha até fazer o meu peito explodir, se eu pudesse ao menos me *fundir* nela, ser *a mesma pessoa* que ela, ou então a voz incrível que jorra da garganta dela quando canta.

É verdade. A mamãe está realmente abrindo a porta com a sua chave, o Peter, o seu emprestado, está carregando a minha mala, entramos juntos, estamos dentro de casa, finalmente estou fazendo parte da vida da minha mãe. É um apartamento no subsolo, não é exatamente um apartamento, já que só tem uma peça grande, escura e misteriosa como uma caverna, com minúsculas janelas que dão para a calçada onde podemos ver desfilarem os sapatos e as botas das pessoas. No ar, um cheiro artístico de fumaça e incenso e café, os recantos estão cheios de livros e trevas.

– Fique à vontade, meu amor. O Peter e eu vamos trabalhar um pouco, você não se importa?

– Nem um pouco.

Estou toda tímida, como se a mamãe fosse uma desconhecida a quem eu devesse impressionar, enquanto que, na realidade, ela é a minha mãe. Eu me enrolo como uma bolota no sofá. O Peter (alto e desengonçado, cabelos compridos pretos, óculos) senta ao piano, a mamãe fica ao lado dele e vejo que para eles esse instrumento é tudo menos um adversário: é um colega, um amigo de verdade. Quando o Peter passa as mãos pelo teclado, as notas correm como a nascente de um rio.

– Você não quer servir de público da nossa nova composição, Sadie?

– Legal!

Acariciando o sinal na dobra do braço, a mamãe esquenta as cordas vocais com escalas e arpejos – mas para ela não é como recitar o alfabeto, é mais como uma alegria, como correr de pés descalços numa comprida praia de areia. Ela faz um sinal para o Peter mostrando que está pronta. Depois de algumas notas curtas, acentuadas, em staccato, ele entra num acorde, a voz da mamãe se mistura às notas dele, apropriando-se de uma delas e saltando até o céu: começou. Com um ritmo entrecortado, ela desce das notas agudas, cantadas com uma doçura comovente, até as águas profundas e sombrias das notas graves, quando então ela geme como se a vida estivesse indo embora, gota a gota. Às vezes ela faz um barulho suave com os lábios, como o de uma rolha pulando da garrafa, outras ela bate no peito com a palma da mão para marcar a música que está saindo da garganta dela. A impressão é de que a voz está contando uma história – não apenas a história da vida dela, mas a de toda humanidade com as suas guerras e as suas fomes, combates e provas, triunfos e derrotas, ora ela transborda em ondas ameaçadoras como o oceano cheio devido a uma tempestade, ora é como uma cascata desabando em um penhasco e ricocheteando nas rochas para então se precipitar em um caos de espuma antes de descer a um luxuriante vale sombrio. Ela desenha em torno da minha cabeça círculos de ouro como se fossem anéis de Saturno, balança loucamente o corpo de cima para baixo como na dança do cancã, se lamenta e estremece ao se insinuar em torno de um *fá* grave como a hera enroscada num tronco de árvore para mergulhar enfim nas águas azuis e cristalinas do acorde em *sol* maior que a mão esquerda do Peter está repetindo... Estou em outra dimensão. A mamãe tem razão: ninguém nunca utilizou a voz desse jeito. Ela é única e ela é a minha mãe: uma inventora, um gênio, uma deusa do canto em estado puro. Se a srta. Kelly pudesse ouvi-la, teria uma crise de apoplexia e morreria na hora, forçada a reconhecer a inutilidade da música dela.

Quando a música acaba, a mamãe está encharcada de suor (não se deve dizer *suor*, é quase um palavrão, o vovô tem um provérbio que diz "Os cabelos suam, os homens transpiram e as mulheres apenas brilham", ele tem um outro sobre as mulheres e os cavalos: "Você pode até levar um cavalo ao baile, mas não fazê-lo dançar, você pode até levar as mulheres aos livros, mas não fazê-las pensar") e a camiseta dela está grudada na pele. Saltando do piano, o Peter abraça a mamãe e gira com ela, dizendo:

– Fabuloso, Krissy! – e a mamãe deixa cair a cabeça para trás, abandonando-se ao movimento como uma boneca de pano.

– O que você acha, querida? – ela me pergunta quando ele a põe de volta no chão.

– Muito legal! (Não consigo mais pronunciar nenhuma frase inteligente.)

– Você gosta?

– E como!

– Você acha que posso chegar a algum lugar desse jeito?

– *Pode*!

– Oh, meu amor – a mamãe diz me assoprando um beijo –, a gente vai voar até o sol, você já pensou?

– Agora é a minha vez de ganhar um beijo – o Peter diz.

E ele vira a minha mãe de frente para ele e sem fazer rodeios lhe dá um beijo de língua, como nos filmes da televisão, só que aqui eu posso observá-lo tanto de um lado quanto de outro. Quando termina, o Peter não parece estar pensando que terminou, mas que continua. Os lábios dele estão úmidos e moles, remexe nos bolsos um punhado de moedas e diz:

– Estou achando que a Sadie está querendo sair para comprar balas no armazém da esquina, não está?

E a mamãe se vira para mim e diz:

– Boa ideia! Você está a fim, Sadie?

Mesmo adorando balas e sendo praticamente proibida de comê-las, a não ser um pouquinho no Halloween e no Natal já que as balas estragam os dentes, agora não estou com a menor de vontade de errar por esse bairro desconhecido em busca de um armazém desconhecido.

– Não, não, estou bem assim – respondo, mas o Peter vem colocar o dinheiro na minha mão dizendo:

– Tenho certeza que no fundo, no fundo essa menininha está morrendo de vontade de ir comprar balas.

E a mamãe diz, trazendo o meu casaco:

– Olhe só, querida, o armazém fica a quatro quadras daqui, sempre reto, e enquanto você vai lá a gente vai terminar de ensaiar, assim você não se aborrece nos escutando.

– Mas não estou me aborrecendo nada! – protesto, mas ela me acompanha até a porta:

– Vá, chispe, minha fofa. Quando você voltar nós três vamos jogar rummy.

As ruas são compridas e estou com medo de me perder ou de ser retalhada por cachorros ou raptada por um bando de assassinos, mas quero provar para a minha mãe que já sou uma mocinha e não serei um fardo para ela se a gente for viver junto, então a cada vez que o medo sobe até a minha garganta e me dá vontade de chorar eu o engulo, as minhas pernas parecem distantes, como se estivessem desligadas do resto do corpo, querem correr, mas eu as obrigo a caminhar, direita esquerda direita, colocando o pé direito nas juntas dos paralelepípedos sempre que dá. O bairro da mamãe é mais deteriorado do que o nosso, ervas daninhas crescem entre as lajes da calçada e a pintura das casas está descascando e as pessoas estão sentadas nas sacadas bebendo cerveja e jogando conversa fora pois é o primeiro dia um pouco mais quente do ano e, quando finalmente chego ao armazém, tenho a impressão de ter caminhado horas.

Empurro a porta, o que faz tocar um sininho bem em cima da minha cabeça, o que me faz pular até o teto e deixar cair as moedas do Peter, que se esparramam pelo chão. A gorda do caixa me diz "Ups!" com um jeito supersimpático. Felizmente não tem mais ninguém na loja para rir da minha atrapalhação, então me agacho e começo a catar as moedas uma por uma, elas rolaram por todos os lados, algumas debaixo das prateleiras, o que leva uma eternidade, e, quando finalmente eu me levanto, estou tremendo de angústia pensando que a gorda vai estar impaciente de tanto me esperar, mas não, ela nem está me olhando, folheia uma revista e boceja preguiçosamente. Ela deve ter alguma festa hoje à noite, pois está com rolos na cabeça e usando um vestido de lamê verde, o que destoa dos rolos, mas dá para entender, afinal depois que estiver toda penteada não vai querer passar o vestido pela cabeça e estragar tudo.

– Eu queria balas, por favor – digo da forma mais educada possível, mas digo muito baixinho e ela não me ouve, então eu repito a frase com uma voz mais alta e a senhora se levanta com um jeito pesado. Ela vai bamboleante até as caixas de balas e começa a pegar com as mãos rechonchudas caramelos duros, drágeas e balas de morangos, e fios de alcaçuz preto e vermelho, coloca tudo num saco de papel marrom e me diz o preço. Coloco as moedas em cima do balcão esperando que ela não repare o quanto as minhas mãos estão pretas e pegajosas do chão, mas, a seguir, quando estou me preparando para dizer obrigada e até logo, ela me pede:

– Você não quer fechar o zíper do meu vestido, meu anjo? – e ela se vira.

Vejo que o fecho do vestido só está fechado até a metade e que ela tem a pele branca e carnuda com a de uma baleia, os meus dedos lutam com o zíper e, para fechá-lo, preciso esmagar a carne em dobras espessas debaixo do tecido verde brilhante e fico com medo de não conseguir, então fico toda vermelha, e a senhora mexe os ombros para me facilitar a tarefa, mas não se pode colocar as costas para dentro como a barriga e quando enfim consigo chegar até o final ela diz:

– É melhor eu não respirar hoje de noite!

Depois diz:

– Obrigada, meu anjo – e me dá duas balas de anis como pagamento e fico tão nervosa que elas quase caem da minha mão, mas não caem.

Quando finalmente chego à casa da mamãe, sem ter sido retalhada por um pastor alemão no caminho de volta, ela está fazendo a cama com os cabelos despenteados e o seu rosto está diferente e o Peter desapareceu.

– Cadê o Peter?

– Ele teve que ir embora.

– Mas você disse que a gente ia jogar rummy!

– Pois é, eu sei meu amor, mas ele recebeu um telefonema, uma urgência qualquer... Ele deixou um beijão para você.

Não digo nada, mas fico decepcionada e me sentindo meio enganada.

A mamãe acende um cigarro e expira energicamente a fumaça pelas duas narinas (adoro isso).

– Você achou o Peter legal?

– Achei bacana.

– Ele gostou muito de você.

– Mas ele nem me conhece.

– Sabe o que ele me disse sobre você?

– Não.

– Ele disse: "Tem muita coisa naquela cachola ali".

– O que é uma cachola?

A mamãe ri.

– É a sua cabeça, meu anjo!

Então, para entender tudo direitinho, pergunto:

– Você vai se casar com ele?

– Como você adivinhou?

A notícia provoca uma onda de choques no meu cérebro.

– Você vai se casar com ele? – repito com uma voz minúscula e ofegante.

– Vem aqui no meu colo, meu anjo.

Sentada na beira da cama, a mamãe me estende os braços para que eu me jogue.

– Olhe, por enquanto é realmente um segredo, você não pode falar nada aos seus avós, está bem? O Peter é um cara muito legal e ele está cuidando da minha carreira, organizou uma turnê dos diabos para mim durante a primavera, vou percorrer o país de ponta a ponta, ele vai me tornar famosa, Sadie!

– Mas você o ama?

– Ah... se eu o amo... – ela me encara durante muito tempo antes de continuar: – Sabe, minha pequena, não tenho certeza de entender muito sobre o amor, mas tem uma coisa que sei com certeza: *Eu... amo... você!* Está bem? Quanto ao resto... não se preocupe, está bem? Vou cuidar de tudo.

– E, afinal de contas, se vocês casarem, talvez daí eu possa vir morar com vocês, afinal não será mais tão vergonhoso?

– Vergonhoso? Ah, filhota! Tem muitas coisas esquisitas nessa cachola, conte para mim! Nunca foi uma questão de vergonha, mas de dinheiro. E do jeito que as coisas vão, me parece que a resposta à sua pergunta é um imenso... *sim!* Mas sobre isso também, bico calado por enquanto? Promete?

Ela se levanta e dá a volta na peça acendendo as lâmpadas porque o sol está baixando e não dá para ver mais nada. Eu a sigo até o cantinho da cozinha e ela me pega no colo e me senta num dos bancos altos do balcão do bar para que eu possa vê-la cozinhando.

– Vou fazer uns hambúrgueres para a gente, está bem?

Fico me perguntando se eu deveria lhe falar dos Sloppy Joes, aqueles hambúrgueres abertos que eu tinha adorado na festa de aniversário da Lisa, mas decido que não porque ela poderia pensar que sou ingrata ou que estou criticando a culinária dela, então me contento em dizer:

– Ótimo!

Ela tira a carne do refrigerador, a corta em pedacinhos para depois passá-la no moedor, o que a faz pensar numa música – aliás tudo a faz pensar numa música –, então, enquanto continua moendo a carne, ela me canta a história de um jovem holandês chamado Johnny Burbeck que um belo dia inventou uma máquina de fazer salsichas. Os vizinhos dele tinham medo de ver todos os seus cachorros e gatos reduzidos a carne moída, o que me faz rir superalto. Na última estrofe, a máquina estraga e Johnny Burbeck entra para dentro da máquina para tentar arrumá-la, mas a sua mulher, que é sonâmbula, põe a máquina para funcionar sem querer e é divertidíssimo o jeito que a mamãe canta:

Bastou ela puxar a manivela
E Johnny Burbeck virou carne!

Ela me faz sinal para cantar com ela o refrão então eu canto com ela, toda excitada:

Ó, senhor, senhor Johnny Burbeck,
Como pôde ser tão malvado?
Disse que o senhor se arrependeria
De construir essa maquinaria!

...e assim por diante. Tento cantar alto para que a minha voz fique o mais plena e o mais rica possível, como a da minha mãe, mas não tem nada a ver, a minha parece um leitinho desnatado comparado com a nata que é a dela.

– Você sabe o que é um hambúrguer? – ela me pergunta a seguir, enquanto vai fazendo bolinhos com o guisado.

A resposta óbvia não pode ser a correta, então eu pergunto:

– Não, o que é?

– É um homem que mora em Hamburgo! E uma bolonhesa?

– Hummm...

– Ah! Ah! Ah! É uma mulher que mora na Bolonha! E um bife?

– Um garoto que mora na Bifelândia? – pergunto, para lhe mostrar que entendi bem como é que a coisa funciona.

– Não, boboca, é uma pedaço de carne!

Ela se mija de rir e tenho certeza absoluta que nenhuma menina da minha idade tem uma mãe tão bacana.

Quando ela vira as costas para fritar os hambúrgueres, lembro que eu queria lhe contar que a minha professora de piano bate em mim, então, embora seja um pouco despropositado em relação ao bom humor do momento eu lhe conto.

Ela não diz nada.

– Você ouviu, mamãe?

– Hum?

– Você me ouviu contando que a srta. Kelly bate *superforte* nos meus pulsos com uma régua quase todas as aulas?

– Ouvi, sim, meu amor... Não deve ser muito agradável – ela diz com uma voz ausente e vejo que está longe, muito longe, não sei onde, então, para tentar retomar o clima bom de antes, digo:

– Se Johnny Burbeck foi moído em pedacinhos, então deixou de ser um holandês para se tornar um hambúrguer.

E a mamãe cai na gaitada.

De sobremesa, a gente come a geleia de uva colocando a colher diretamente no vidro, o que seria completamente proibido na casa da vovó, lambuzo a boca de geleia e meus lábios ficam roxos e a mamãe põe a língua para fora e ela também está com a língua roxa, o que nos faz rebentar de rir e depois ela pergunta:

– Você consegue mostrar a língua e encostar no nariz?

Então tento fazê-lo, mas não consigo e logo depois ela diz:

– Olha só, é superfácil!

E, colocando a língua para fora, ela encosta no nariz com o dedo indicador. Fico me perguntando se adiantaria alguma coisa fazer essa piada na escola na segunda que vem ou se as meninas diriam apenas: "Que piada mais idiota!".

Mostro para a mamãe como faço para ficar vesga de propósito, mantendo os olhos fixos na ponta do meu indicador enquanto vou aproximando ele do meu nariz; a mamãe não me diz que os meus olhos vão ficar presos nessa posição, e eu gostaria que essa noite não terminasse nunca.

A gente dorme juntas na cama dela. Primeiro, o seu corpo está todo quente e colado no meu, me sinto no paraíso, mas, depois de um tempo, ela se levanta e vai ao balcão da cozinha para se servir de uísque e acender um cigarro, finjo estar dormindo, mas fico vendo-a por entre os cílios, pois não quero perder nem um só segundo da presença da minha mãe, mas depois acabo adormecendo. No meu sonho, vejo-a introduzindo um bebê minúsculo num envelope que ela coloca na caixa de correio de uma outra pessoa, depois faz a mesma coisa com um outro bebê e então começo e me sentir muito pouco à vontade com todos esses bebezinhos empacotados, totalmente nus e sem comer nada.

Quando me acordo de manhã, a mamãe está dormindo profundamente ao meu lado. Está com o braço esquerdo dobrado por cima da cabeça e fico durante algum tempo estudando a sua marca de nascença. Fico me perguntando por que é que a minha apareceu em um lugar tão vergonhoso e, assim que começo a pensar nisso, ideias ruins sobre o fato de ser suja e nula me voltam à cabeça. Meu pé direito começa a bater no meu pé esquerdo e fico com medo de acordar a mamãe, então saio da cama com toda precaução e vou ao banheiro. Depois não sei o que fazer, pois ela continua dormindo, então como balas de café da manhã e o Inimigo me irrita dizendo *Você já está gorda, garota, com as balas você vai engordar ainda mais*. Esse pensamento me obceca, então vou ver se tem livros para crianças na biblioteca da minha mãe, mas não tem, então como mais balas e depois acabo ficando enjoada por causa do cheiro de gordura na frigideira de ontem à noite então vou ao banheiro para vomitar. Não quero estragar o fim de semana na casa da minha mãe, mas devo dizer que nesse exato momento não estou me divertindo muito, lá fora está chovendo cântaros e estou morrendo de vontade que a mamãe acorde, mas não tenho coragem de acordá-la porque talvez ela tenha ficado de pé a noite toda pensando e bebendo como fazem muitas vezes os artistas. A minha garganta está queimando por causa do vômito então abro o refrigerador para ver se tem leite, mas não tem absolutamente nada, só um meio pomelo e um velho pedaço de queijo azulado que me dá ânsia de vômito outra vez então fecho rápido a porta do refrigerador.

A mamãe endireita-se na cama e fico com medo que ela esteja chateada porque eu a acordei, mas não.

– Meus Deus! – ela exclama. – Que horas são? Onze horas... Você está de pé há muito tempo, meu amor?

Ela se vira na cama para se levantar e o mundo se torna habitável outra vez porque a minha mãe está aqui, fumando o seu primeiro cigarro do dia, passando um café e colocando a sua calça preta, me abraçando e ligando o rádio e falando comigo.

– Que droga de tempo! – ela diz. – É mesmo uma pena, estava com vontade de levar você ao zoológico.

O Peter chega com uma sacola de compras e me despenteia toda, o que acho meio chato porque tinha acabado de me pentear, depois um casal de amigos aparece sem avisar e em menos de uma hora o apartamento da minha mãe está lotado, com seis desconhecidos fumando, conversando e rindo, entre os homens há dois de barba e fico me perguntando se o meu pai Mort ainda é barbudo também e se essas pessoas o conhecem. Talvez, se cruzarem com ele, lhe digam que encontraram a sua filha Sadie e quem sabe ele fará perguntas a meu respeito. Todos parecem estar superfelizes em me conhecer mas não é o meu caso porque eles estão me roubando a minha mãe durante o meu único fim de semana na casa dela. Noto que ao falarem com ela têm uma voz especial, cheia de respeito, e assim que ela abre a boca eles se calam para ouvi-la, e se é ela que faz uma brincadeira, eles riem mais alto. Depois de um tempo, o Peter me põe no colo e começa a fazer *Upa, upa cavalinho*, o que infelizmente é uma coisa que os adultos se sentem obrigados a fazer com as crianças. Eu me contorço até que ele me deixe sair e, de repente, uma mulher diz:

– Krissy, você não quer cantar alguma coisa para a gente?

E a mamãe responde

– E por que não?

Sem sair da cadeira, ela fecha os olhos e cruza os braços. Com o polegar direito imobilizado na dobra do braço esquerdo, ela esquenta as cordas vocais, fazendo com que o som passe por cima delas de forma muito suave, para cima e para baixo, como o arco que encosta nas cordas de um violino, o Peter se senta ao piano e produz uma espécie de bordão, tocando *fá* e *lá* bemol em alternância com sons graves. No início a voz da mamãe segue esse caminho, mas a seguir ela começa a levantar voo, a preencher toda a peça, a atravessar as paredes e o teto para abraçar o céu, e também somos obrigados a fechar os olhos pois o mundo visual se tornou desinteressante, não há nada além da voz da minha mãe, tão bela e evidente quanto o ar, a água e o amor. Quando enfim ela para de cantar, não sabemos mais quem somos nem para onde fomos, e a mulher que pediu que ela cantasse está chorando. Há um silêncio longo, antes da salva de palmas.

– Krissy – um dos homens diz –, você é uma mágica. Sério mesmo. Uma feiticeira.

– Você sabia que a sua mãe era uma feiticeira? – pergunta um homem que nunca vi na vida e eu gostaria que todos picassem a mula, estão estragando o meu fim de semana, mas a mamãe não parece se dar conta disso, as nossas horas preciosas vão passando e, lá pelas três da tarde, o Peter faz ovos mexidos na frigideira de ontem que a mamãe não tinha lavado, e serve em tigelas ou xícaras porque a mamãe não tem pratos suficientes para todo mundo. Estou começando a me divertir um pouquinho quando alguém me pergunta, para puxar papo e não porque esteja realmente a fim de saber, em qual escola estudo. Eu respondo e todo mundo começa a fazer "Ah", "Ó" e "Mas que *chique*!" e fico vermelha, mesmo que não seja culpa minha ir a essa escola, mas quanto mais vermelha fico, mais constrangida eu fico, pois os outros podem *ver* que estou constrangida, então fico ainda mais vermelha, mas finalmente a mamãe diz:

– Ora, é importante que houvesse alguém respeitável na família, não é? – o que faz todo mundo cair na risada e depois mudam de assunto.

O tempo continua passando. De repente, a mamãe se levanta e diz:

– Bem, vamos lá, pessoal, tenho um show às sete horas, preciso me preparar. Sadie, meu amor, você não se importa de voltar para casa com o Peter?

Em alguns segundos a minha mala está pronta e ela a estende para mim enquanto os amigos dela vão se dispersando para porta, fico me sentindo perdida e muito pequena em meio à confusão da despedida deles, mas a mamãe se acocora perto de mim e segura o meu rosto entre as mãos e me dá um beijo breve e suave na boca.

– Então, não se esqueça de *nada* daquilo que conversamos ontem à noite, viu?

Faço que sim com a cabeça, lutando para conter as minhas lágrimas, gostaria tanto de saber quando é que vou vê-la de novo, mas fico sem coragem de perguntar. Depois, ela me assopra na orelha para que ninguém ouça:

– O que é um hambúrguer?

E eu cochicho no ouvido dela para que ninguém ouça:

– É um homem que mora em Hamburgo.

– Não, boboca, é um bife de carne moída servido em um pão redondo!

E depois de ter me dado um abraço bem apertado, bem onde vibra o canto dela, me empurra para a porta.

O Peter me deixa ir com ele no banco da frente, o que a vovó nunca faz, e enquanto atravessamos a cidade sob a chuva insistente, a rádio toca uma canção do Elvis Presley e o limpador de para-brisa segue exatamente o ritmo dela. De repente, lembro-me do olhar que o vovô e a vovó trocaram quando ouviram o nome do Peter, então pergunto para ele:

– Silbermann é que tipo de nome?

– É um tipo de nome judeu.

– E o que é judeu?

– Ah, depende. É uma longa história, com muitas reviravoltas e sem final feliz.

– Isso quer dizer que você não vai à igreja?

– Não, não, mas muitos judeus vão a igrejas que se chamam sinagogas. Não é o meu lado *judeu* que não vai à igreja, é o meu lado *ateu*.

– O que é ateu?

– Quer dizer que não acredito em bobagens como Deus e diabo.

– Mas em alguma coisa você acredita?

– Hum, claro... acredito na sua mãe: isso é certo. Acredito no dinheiro, embora eu ainda não tenha tido muitas provas da existência dele. Sem sombra de dúvidas acredito nesse limpador de para-brisa, veja só o bom trabalho que está fazendo! Humm... acredito em ovos mexidos, de preferência com bagel.

– O que é bagel?

– Hummmmmm... Muito bem, garotinha, você ainda tem muitas coisas a descobrir! Até logo, hein?

É difícil retomar a rotina com as lembranças desse fim de semana dançando na minha cabeça. É difícil acordar na segunda de manhã e me dar conta de que ainda tenho cinco dias de escola para aguentar antes do final de semana e também que, ao mesmo tempo, não tenho muita pressa de que chegue o final de semana. Cada fração de segundos me dá nos nervos, desde a vovó que me pergunta se eu fiz a minha cama até o Hilário que bate com o rabo no parquê; queria dar pontapés nos dois, mas infelizmente não é possível.

As aulas de dança me torturam ainda mais do que de costume porque as minhas sapatilhas de ponta estão muito apertadas e a vovó diz que não vale a pena comprar um par novo porque só faltam dois meses para as férias e os meus pés vão crescer durante o verão e de agora até setembro as novas vão estar apertadas, então vou ter que esperar.

Na escola brinco com a ideia de contar às meninas as piadas da mamãe sobre o hambúrguer e a bolonhesa, mas tenho medo que elas se olhem levantando as sobrancelhas e que o silêncio arrogante delas estrague as piadas para sempre. Durante a aula de desenho, vou apontar o meu lápis e quando eu introduzo ele no apontador penso na mamãe colocando o pedaço de carne no moedor, o que me faz pensar em Johnny Burbeck – *bastou ela puxar a manivela* – e, de repente, me vejo apontando o meu próprio indicador em vez do lápis, cada volta o tritura um pouco mais, a mão direita reduz a esquerda a uma papinha, arrancando e rasgando pedaços de carne, quebrando e esmagando os ossos, fazendo escorrer sangue...

– Sadie, o que você está fazendo durante todo esse tempo?

O mês de abril chega aos trancos e barrancos. Estou de olho em mim e cada dia me dou uma nota, de zero a dez. Assim que chego da escola, me planto diante do espelho do meu quarto e, se estou despenteada ou se os laços estão desfeitos ou se a bainha da minha saia está se descosturando, eu perco pontos. Outros pontos podem ser descontados se arroto ou dou um pum ou um motivo para que a vovó levante a voz comigo, ou ainda se a srta. Kelly me bate com a régua. Posso pensar em tudo que eu quiser, mas, se digo um palavrão em voz alta (mesmo sussurrando) ou se cometo um erro gramatical ou se seguro o meu copo com a mão esquerda ou se engulo o meu ranho em vez de assoar o nariz vou perdendo pontos.

Perdi um dos meus caninos superiores e passo horas chupando o buraco da minha gengiva, irritando-o com a língua, bebendo o minúsculo fio metálico do meu próprio sangue porque não quero que ele pare de correr. Eu própria me comeria se pudesse, passaria pela minha própria garganta para desaparecer no estômago. Começaria roendo as unhas e depois eu beliscaria os dedos, as mãos, o cotovelo... Não, seria melhor começar pelos pés... Mas como fazer para comer a minha própria cabeça? Abrir tanto a boca que ela se dobraria para trás e engolfaria toda a cabeça de uma só vez, assim não sobraria mais nada de mim a não ser um estômago tremelicando pelo chão, enfim satisfeito.

Vivo com fome. A vovó me diz para mastigar devagar e conscienciosamente a comida em vez de engoli-la, mas posso mastigar bem devagar e sempre vou querer que haja mais e não fica bem se servir mais de uma vez. A única refeição que a vovó não supervisiona é o meu lanche porque geralmente ela está cuidando do jardim nessa hora, então, enquanto ela está de costas, faço dois sanduíches enormes com duas camadas espessas de pasta de amendoim e de geleia de uva, que como quase sem mastigar.

Um dia, quando estava prestes a devorar cheia de culpa essa deliciosa mistura de doce com salgado, um homem entra na cozinha com um passo ágil e silencioso de gato. Ele tem sobrancelhas espessas e os olhos verdes-dourados e logo adivinho que é um dos loucos do vovô: ou ele se perdeu procurando a saída ou então pôs na cabeça que ia explorar a casa do seu psiquiatra. Quando me refaço do susto, digo:

– Oi!

E ele me responde:

– Oi! Isso está com uma cara boa!

– Você quer? – digo, oferecendo o sanduíche intacto no prato.

– Não, não, mas muito obrigado. O meu nome é Jasper e o seu?

– Sadie – digo.

– Posso me sentar? – ele pergunta.

– Por favor – respondo, com um pequeno calafrio agradável no estômago, afinal isso é um Acontecimento na minha vida tão assustadoramente pobre em acontecimentos, e ele diz olhando para os vidros sobre a mesa:

– Eu também adorava essa mistura quando era garoto.

Mas bem nessa hora Hilário, que captou o cheiro do desconhecido, chega como uma flecha na cozinha e avança nas canelas do Jasper latindo e mordendo, então eu lhe dou o pontapé que eu sonhava há meses e ele berra de dor como o cachorro de *Tom & Jerry* na televisão, mas o homem fica de pé com um ar transtornado.

– Não, não, Sadie – ele diz –, você não deve punir o cachorro. Os cachorros não têm como ser mais inteligentes do que os donos. Pobrezinho, pobrezinho...

Ele se inclina para fazer carinho no Hilário, que ainda está gritando, mas bem nessa hora a vovó sobe os degraus de quatro em quatro atrás da casa e se precipita na cozinha levantando as tesouras de jardinagem.

– Saia daqui! – ela grita. – Rápido senão eu chamo a polícia!

O Jasper se apruma com um sorriso melancólico e me diz baixinho:

– Foi um prazer conhecê-la, Sadie – e o Acontecimento terminou antes mesmo de ter começado.

Um dia no café da manhã o vovô solta um grunhido de surpresa: o jornal contém uma foto da mamãe e um artigo sobre a turnê dela.

– Veja só isso – ele diz para a vovó.

Ela chega atrás dele, se inclina e também solta um gritinho pois sua própria filha está lhe sorrindo na página do jornal.

– Céus! – ela exclama.

E o vovô responde:

– Duvido que o céu tenha alguma coisa a ver com isso. Mas não aprecio muito ver o meu sobrenome no *Globe and Mail*, associado com essas onomatopeias animalescas. O que você acha, Hilário?

Hilário late alegremente a esse anúncio inesperado de um passeio.

– Nada mal, nada mal! – diz o vovô, dando-lhe a casca do seu pão torrado. – Mais uma ou duas semanas de treinamento e você poderá se juntar à Kristina no palco!

Não sei por que eles ficam zombando da mamãe em vez de ficarem orgulhosos pelo sucesso da turnê. Eu estou orgulhosa, e muito! Sou quase célebre pois a minha mãe saiu no jornal. Na escola, ninguém parece estar a par, embora as palavras *Krissy Kriswaty* estivessem impressas em letras garrafais e me chamo Sadie Kriswaty e até onde sei não há muitos Kriswaty em Toronto. Não tenho vontade de eu mesma abordar o assunto porque ou as outras garotas não acreditariam em mim (e eu ficaria com vergonha), ou então elas me chamariam de metida (o que seria ainda pior).

Leio o artigo atentamente ao voltar da escola e, embora haja palavras desconhecidas, é estranho pensar que é da minha mãe que estão falando. Tento imaginar os espectadores em Regina ou Vancouver revirando os olhos de estupefação quando essa mulher loira e magra, toda vestida de preto, sobe ao palco, saúda os músicos, pega o microfone, abre a boca e, depois, em vez de cantar *Edelweiss* ou *My Favorite Things* ou outras bobagens do gênero, conduz todos a um passeio pelo universo. A música é o chão dela e ela dança nele, saltando as oitavas sem esforço; quando chega lá em cima nos agudos, ela consegue dividir a voz em dois e canta consigo mesma em harmonia.

"Krissy Kriswaty é incrível", diz o artigo, "e a notícia do seu talento está se espalhando rápido." Na entrevista o jornalista lhe pergunta o que tem contra as palavras e ela responde: "Tenho a impressão de que a voz já é por si só uma língua". O jornalista pergunta como ela vê o futuro e ela diz "penso em me casar num futuro próximo" (o feliz escolhido seria o seu empresário Peter Silbermann?, pergunta-se a jornalista) "e me mudar para Nova York para gravar o primeiro disco".

(o artigo não menciona o fato que ela tem uma filha mas)

No mesmo jornal há um artigo sobre Marilyn Monroe: na noite passada, usando um vestido sexy e muito justo, cantou *Parabéns a você* para o presidente Kennedy mas, quando voltou para o camarim, teve uma vertigem porque o vestido não a deixava respirar, eu me solidarizo com ela porque tem dias que o meu kilt me aperta tanto que também tenho dificuldade de respirar, e para lhe salvar a vida tiveram que retalhar o vestido, que havia custado doze mil dólares.

Leio cada vez melhor e cada vez mais rápido, leio como se a minha vida dependesse disso, ler é o meu único talento, se me dissessem que estou proibida de ler teria uma crise de apoplexia e morreria.

Histórias de cachorros que encontram os seus donos depois de terem percorrido centenas de quilômetros, atravessando montanhas, florestas e rios, chegando enfim bem na soleira da porta.

Histórias de pessoas que caminham no deserto e ficam loucas de sede, estão com os lábios rachados e a boca seca, veem um oásis lá longe mas na verdade era uma miragem, não existe absolutamente nada; quando você começa a ver miragens quer dizer que vai morrer.

Histórias de pessoas que se perdem no Polo Norte e começam a andar ao acaso na neve até que, esgotadas, deitam sobre um monte de neve na ilusão de terem enfim chegado em casa. Mas também tem *A lenda de Sam McGee,* que é exatamente o contrário: um homem morre congelado durante uma expedição ao Polo Norte e os seus companheiros jogam o seu cadáver numa caldeira e, um pouco depois, ao abrirem a porta eles o encontram tranquilamente sentado, fumando cachimbo e assando os pés no fogo:

E me diz rindo hi, hi, hi:
– Feche a porta, por favor,
Para que o vento glacial não entre aqui,
Não penso mais na minha dor,
Desde que eu deixei o Tennessee
É a primeira vez que sinto calor!

...E *esse* tipo de coisa aí, esse tipo de coisa aí me faz rir.

O *Little Black Sambo* também é engraçado, quando ele passa os tigres para trás e em vez de comerem ele começam a se perseguir entre si em torno de uma árvore mordendo uns os rabos dos outros, eles correm cada vez mais rápido, tão rápido que nem dá para ver as suas patas e acabam se fundindo numa grande poça de manteiga.

Adoro os livros em que alguém morre.

Sonho que a minha mãe morre e que centenas de pessoas vêm ao seu enterro e a vovó e o vovô estão ao pé do seu túmulo, com o ar aflito, e eu digo a eles:

– Mas por que vocês não foram mais legais com ela quando ela estava *viva*?

No mês de maio a minha média é de oito sobre dez o que não é nada mal, mas a seguir eu cometo um erro assustador. Acontece no vestiário, estamos nos vestindo depois da aula de ginástica e quando abaixo a calça a calcinha vem junto e descobre o meu bumbum, o que dura apenas dois segundos mas é suficiente:

– O que você tem no popô, Sadie? – pergunta a Heather apontando com o dedo para o meu sinal de nascença.

– Ei, vejam só!

E antes que eu possa levantar a minha calcinha as outras meninas veem a mancha, zombam de mim e sou aniquilada. O Inimigo está louco de raiva, sei que ele vai me punir por tê-lo traído e isso acaba acontecendo logo, assim que chego da escola – antes mesmo que eu tenha tempo de lanchar ou de verificar no espelho como está a minha aparência – ele me diz para fechar a porta do meu quarto e bater a minha cabeça cem vezes contra a parede, muito forte. *Você acha que a sua mãe vai vir buscá-la?* – ele me diz, zombeteiro. – *Você não a merece, não sabe nem se vestir direito, pois então você só pode ficar nesta casa até o fim dos seus dias.*

Será que todos os meus bons escores foram anulados por causa desse único erro?

À noite estou grogue por causa dos cem golpes na cabeça e isso se sente quando estudo piano, toco ainda pior do que de costume e mal encosto na minha comida, a vovó me pergunta se estou doente mas estou proibida de dizer que sim, não posso dizer *nada* a *ninguém* do que aconteceu, mas bem nessa hora o telefone toca e eu me precipito à cozinha para atendê-lo.

– Alô?

– Sadie, meu amor! Estou de volta!

– MAMÃE!

A vovó entra a grandes passos na cozinha e arranca o telefone das minhas mãos resmungando:

– Quem mandou atender o telefone? Vá terminar o que você tem no prato.

Logo depois, falando ao telefone ela diz:

– Kristina, você esqueceu que estamos à mesa às seis e quinze?

Mas aparentemente a mamãe não responde a essa pergunta pois depois de um momento a vovó diz:

– O quê?

E fecha a porta da cozinha, num gesto bastante dramático.

Durante dez longos minutos, o vovô continua comendo sozinho e eu fico ali esperando e não trocamos uma só palavra.

Quando a vovó vem se sentar novamente, dá para ver que ela foi pega desprevenida pois ela fica com os olhos fixos no prato.

– A Kristina não só vai se casar com esse tal de Peter... – diz para o vovô. – Não só quer que todos nós compareçamos ao casamento... Mas ainda por cima vão levar a Sadie para ir morar em Nova York com eles.

Um manto aveludado de alegria cai por cima de mim, como um deus suspirando de bem-estar.

Ah. Então os meus esforços não foram em vão. Apesar do infeliz incidente no vestiário, o meu escore deu resultados. Vou embora desta casa, e a minha verdadeira vida poderá enfim começar.

Nada mais pode me atingir. A srta. Kelly pode esmagar a minha cabeça com *As obras completas para piano de Ludwig van Beethoven*, na escola as meninas podem fazer uma roda em torno de mim, me apontar com o dedo e rir até cansar, a minha professora de dança pode me mandar para o cantinho porque errei a pirueta pela sétima vez seguida, nada me incomoda: não faço mais parte deste mundo, vou a Nova York!

No início de junho, com os lábios mais contraídos do que nunca, a vovó se lança nos preparativos para o casamento da mamãe. Ela me comprou um vestido novo – um troço de tafetá amarelo todo empolado com as abas de renda dura e um cinto de plástico preto. Na manhã do grande dia, ela me leva ao cabeleireiro, a senhora lava os meus cabelos com água fervendo e me põe rolos e prende os cabelos com grampos de plástico cor-de-rosa e puxa com tanta força que fico com vontade de gritar. Depois ela me coloca debaixo do secador, liga ele e eu derreto de suor dentro dessa espécie de capacete elétrico que queima e assopra, os rolos pinçam o meu couro cabeludo e quando tudo isso enfim termina e ela tira os rolos, imagino que pelo menos vou estar bonita, mas não, pois em vez de me deixar os cachinhos, ela frisa os meus cabelos até que eu fique com uma cara de louca, depois faz um capacete de Minerva e o imobiliza com laquê e nem me reconheço no espelho, é um penteado realmente absurdo para uma menina. Luto durante um bom tempo com o meu vestido, brigo com os meus sapatos, e enfim, recuando para estudar o resultado, a vovó abana a cabeça e diz:

– Dá para o galho.

A igreja está cheia de gente, a não ser os meus avós e dois ou três amigos da mamãe que eu já havia encontrado na casa dela naquele famoso dia de abril, não conheço mais ninguém. Fico na primeira fila, entre a vovó e o Peter. A vovó olha para frente, tensa e taciturna, então, enquanto a cerimônia não começa, fico conversando com o Peter.

– Se você não acredita em todas essas bobagens, por que você está se casando na igreja?

– A sua mãe me disse que era um teatro – ele me responde. – Estamos fazendo um espetáculo sobre o casamento, entende? Cada um tem o seu papel. Aliás, a sua fantasia está bárbara.

– Obrigada – respondo, me sentindo grata pela mentira. – A sua também não está nada mal.

– Então veja só... Quando chegar a minha vez, vou me levantar, colocar um anel na mão da Krissy e dizer "aceito". E sabe do que mais, Sadie?

– Não. O quê?

Ele se inclina para falar comigo ainda mas baixinho, com um tom conspirador:

– Sei a minha fala de cor.

Caio na risada e a vovó me dá uma cotovelada nas costelas. Apitando e arquejando, o órgão se põe a tocar a *Marcha nupcial* e as pessoas se viram para ver o vovô avançar lentamente no corredor central trazendo a mamãe pelo braço, ela está usando um vestido longo branco, bem simples e sem mangas, os seus cabelos loiros estão penteados com trancinhas miúdas ornadas com flores brancas, nunca existiu uma mulher mais bonita em toda a história do universo.

– Veja só – o Peter murmura. – A sua avó está chorando bem na hora certa! Agora é a minha vez de entrar em cena. Estou com medo. Qual era mesmo a minha fala?

– Aceito.

– Ah, é. É isso. Aceito, aceito, aceito.

Ele se dirige ao altar em passos lentos – e, alguns instantes depois, o ator que faz o papel do padre declara que a minha mãe e o Peter Silbermann estão unidos pelos laços sagrados do casamento.

Durante a recepção, fico completamente hipnotizada pela comida. Em vez de sentarem em uma mesa só, as pessoas circulam de uma para outra, há bandejas enormes de salgadinhos – pagos sem dúvida pelos pais de Peter, que são ricos, tenho certeza de que os meus avós jamais teriam tido a ideia de todos esses rolinhos recheados e crocantes e doces mergulhados no mel. Aproveitando que a vovó não teria coragem de me repreender na frente de todo mundo, morro de prazer me empanturrando de iguarias e sobremesas e mantenho à distância a voz do Inimigo, sim, sei que estou comendo muito, mas, afinal de contas, não é todos dias que você vai ao casamento da sua mãe.

Há alguns bebês e adolescentes, mas sou a única criança da minha idade e do meu tamanho, que é, digamos assim, a metade do tamanho de um adulto; navegando pela multidão, sinto vários cheiros apetitosos.

O pai do Peter faz tilintar uma taça de champanhe, batendo nela com uma faca, para anunciar que vai fazer um discurso, então o vovô faz um também e depois é a vez do Peter. Ouvindo os discursos, penso naquela ideia de teatro e me pergunto se, no fundo, as pessoas não estão representando o tempo todo, não apenas em casamentos, mas ao longo de toda a sua existência: talvez, quando aconselha os loucos dele, o vovô esteja fazendo o papel de um psiquiatra e, ao bater em mim com a régua, a srta. Kelly esteja fazendo o papel de uma professora de piano malvada; talvez, no fundo, eles sejam uma outra pessoa, mas, como decoraram as falas e obtiveram os seus diplomas, passam a vida toda fazendo esses papéis e acabam se habituando tanto que não conseguem mais parar de representar.

Com a mamãe é diferente. Para fazer o papel de uma cantora é preciso *ser* uma cantora, não dá para enganar. A minha mãe talvez seja a única pessoa aqui que realmente é o que é.

Depois de ter pensado esse pensamento até o fim, decido ir ver qual o tipo de comida que estão servindo lá no jardim e plaft!, dou de cara com uma porta de vidro que eu achava que estava totalmente aberta, mas que estava fechada. Não apenas o impacto corta a minha respiração e machuca o meu nariz, mas a porta ainda por cima se estilhaça, lançando cacos de vidro para todos os lados. Os convidados me olham consternados, os garçons chegam trotando com vassouras, e o Inimigo me diz *Você foi punida por sua gula.*

– Oh, Sadie! – a vovó exclama incomodada, depois ela muda de tom e diz: – Venha cá, rápido, rápido! – pois o meu nariz está jorrando sangue, e ela quer estancá-lo com um lenço antes que manche o meu vestido amarelo novinho.

Felizmente, para desviar a atenção das pessoas do acidente, o pai do Peter faz um sinal à banda para que comece a tocar. Os noivos se põem a girar no meio do salão, são a própria imagem da graça amorosa e, depois, a mamãe faz uma coisa insólita, ela valsa com o Peter até o lugar onde a vovó está limpando o meu rosto, eles me pegam no colo (com penteado de capacete de Minerva, babados de tafetás, cinto de plástico, nariz ensanguentado e tudo) e continuam dançando comigo. Quando a música termina, eles me põem de pé em cima de uma mesa de modo que a sola do meu sapato fica realmente em contato com a toalha branca (eles podem fazer o que bem entenderem, é o dia deles), depois, cada um me pega por uma das mãos, eles se viram para a multidão e a mamãe anuncia, orgulhosa:

– Vocês estão diante de uma nova família: Peter, Kristina e Sadie!

Os convidados dão uma salva de palmas e olho para a vovó e o vovô para ver como eles reagem, mas estão com a mesma expressão de sempre, congelada e indolor, como se o fato de assistir ao casamento da filha não fosse nem mais nem menos excitante do que ir ao banheiro.

O resto do mês de junho é uma longa lista de últimas vezes.

Troco os meus lençóis nesta casa pela última vez (o lençol de baixo vai com as roupas sujas, o lençol de cima vai para o lugar do de baixo e coloco um lençol limpo por cima: essa é a regra imutável da vovó em matéria de troca de lençóis, ao passo que poderíamos muito bem trocar os dois lençóis a cada quinze dias, daria menos trabalho). A caneta bic roxa da srta. Kelly suja pela última vez o meu caderno de música. Pela última vez penduro as sapatilhas de ponta, o meu kilt e o meu uniforme de bandeirante, coloco o trilho bordado sobre o teclado e fecho a tampa do piano.

O vovô vai para a mesa do café da manhã dizendo:

– Ah, por que é que escolhi essa profissão? É de arrancar os cabelos!

Não é a última vez que ele vai pronunciar essa frase, mas *eu* não precisarei mais ouvir e, de repente, ela se torna quase comovente aos meus olhos. A vovó pede que eu seque a louça e, com a certeza de que nunca mais terei de fazê-lo, quase acaricio com o pano os cálices e os pratos de friso dourado.

No dia 2 de julho, a vovó dobra todas as minhas roupas e empilha tudo cuidadosamente em três caixas; no dia 3 de julho, o carro do Peter estaciona na frente de casa e a mamãe salta de dentro dele. Duas horas depois, tendo cruzado a fronteira americana, passamos em alta velocidade pela cidade de Rochester, Nova York.

Estava tão excitada com a ideia de ir embora que quase não dormi à noite, então, depois de um tempo, começo a me sentir pesada e letárgica e adormeço, com a cabeça apoiada nas caixas de livros que estão em torno de mim. Quando acordo, está fazendo um calorão, e estou molhada de suor e com dor de cabeça, e a mamãe e o Peter estão conversando baixinho.

– Se você quer mesmo que a gente seja uma família – o Peter diz –, precisamos ter o mesmo nome, simplificaria as coisas. O sr. e a sra. Silbermann e a filha deles, Sadie Silbermann.

Isso me choca pois nunca poderíamos dizer que o Peter é meu pai, mas o fato é que ignoro o sobrenome do meu pai de verdade; herdei o sobrenome Kriswaty da minha mãe, que herdou do psiquiatra da rua Markham. Talvez, se eu trocar de nome *e* de país, o Inimigo não poderá me encontrar.

– Então é assim, você acha que vou me chamar sra. Silbermann?

– Ou melhor, você pode manter Krissy Kriswaty como nome artístico. As iniciais iguais são fáceis de guardar: Marilyn Monroe, Brigitte Bardot, Doris Day... Mas o resto do tempo, nas reuniões de pais da escola, por exemplo, você poderia se esconder por trás da sra. Silbermann.

A mamãe cai na risada.

– Não acho que irei muito a reuniões de pais na escola! Em compensação, resolvi adotar um outro nome artístico.

– Ah, é?

– Ahã.

– E qual é?

– Erra.

– *O quê?*

– Erra.

– Como se escreve?

– E-R-R-A. Erra.

– Mas isso não é nome!

– Agora é.

Ela se põe a cantar o tal nome com uma voz grave, e tenho certeza que está passando o dedo no seu sinal.

– Você não pode fazer isso, minha linda. Dediquei dois anos da minha vida a tornar o nome de Krissy Kriswaty conhecido!

– Peter, não é porque você colocou uma aliança no meu dedo que você vai começar a me dar ordens.

– Mas não é o seu marido que está falando, é o seu empresário.

– Empresário, schempresário! A artista sou eu, e sou eu que tomo as decisões, afinal sem o artista os gerentes ficam desempregados. Não estou certa?

O Peter não responde.

– Muito pelo contrário – a mamãe insiste –, acho que o momento é *perfeito* para mudar de nome. Krissy Kriswaty era uma cantora canadense; a celebridade dela vai ficar no Canadá. A Erra será famosa no mundo todo.

– De onde você foi tirar um nome desses? – pergunta o Peter balançando a cabeça.

– Erra – repete a mamãe com uma voz firme.

Virando-se para trás, a mamãe vê que não estou dormindo e pergunta o que eu acho.

– O que eu acho de quê? – pergunto, esfregando os olhos para aparentar que acabo de me acordar.

– Da ideia de trocar de nome. O que você acha de se chamar Sadie Silbermann a partir de agora?

– Você está querendo dizer que o Peter vai me adotar?

– Não posso fazer isso, garota, o seu pai ainda está vivo.

– Então todos nós vamos mentir?

– *Mentir?* Não, não, claro que não.

– Então seria como um teatro?

– É isso! Você captou tudo. Você fará o *papel* de Sadie Silbermann. O que você acha?

– Bacana!

O Peter ri esmagando o toco do cigarro no cinzeiro.

– De todo jeito – ele diz –, Sadie é um nome bem judaico, quer dizer "princesa" em hebraico.

– Ah, é? – a mamãe pergunta.

– Você não sabia?

– Não tinha a menor ideia.

– Então por que você deu a ela o nome de Sadie?

– Acho bonito, só isso.

– Pois então, agora ela tem um motivo para se chamar Sadie. Ai, ai, ai, a gente precisa explicar tudo para vocês, gentios.

Não sei por que ele diz que a gente é gentil, mas agora, pela primeira vez na minha vida, o nome Sadie me agrada, pois fala de uma outra coisa que não seja tristeza e sadismo. *Princesa!*

– E eu, de agora em diante – a mamãe acrescenta –, cada vez que subir no palco para cantar me chamarei Erra. O que você acha?

– Humpf, por que não? – digo, sentando no banco traseiro, estou com o corpo todo dolorido, mas com o coração leve. – Para mim, qualquer nome serve, mas estou com vontade de fazer pipi.

A minha primeira impressão de Manhattan não é das melhores, gigantesca e tentacular, como Toronto, só que piorada, e as coisas começam mal, pois Peter passa da saída da estrada e a mamãe diz:

– Uau, meus parabéns!

E durante um tempo o clima no carro fica ruim. Acabamos encontrando a nossa nova casa, que fica na Norfolk Street, no quinto andar sem elevador. O Peter conseguiu o apartamento por um preço bom, pois era de um amigo de um amigo que não o está usando, pois morreu recentemente de *overdose*.

As paredes são todas pintadas de preto com painéis amarelos, as cortinas também são pretas e amarelas e o teto é escuro também.

– Puxa – o Peter diz –, é isso que eu chamo de delirante!

Subimos as nossas malas pela escada com a língua de fora e me dou conta de que a vida com os meus avós já é uma lembrança vaga e longínqua. O apartamento tem só um quarto, e ele é para mim; a mamãe e o papai (estou tentando me acostumar a chamar o Peter de *papai*) ficam com o sofá da sala. Coloco a minha cabeça para fora para ver a rua lá embaixo: há muitas crianças brincando e, na calçada, há uma quantidade impressionante de lixo e cocô de cachorro. Tudo isso banhado num odor exótico que me agrada bastante.

Como é tarde demais para fazer compras, jantamos num restaurante chinês, e o Peter tenta me ensinar a comer com pauzinhos, mas eles escapam das minhas mãos e caem no chão, então, no final das contas, o garçom me traz um garfo. No final do jantar, cada um de nós recebe um bolinho chinês com o bilhetinho da sorte dentro. O do Peter diz "Em breve você vai ganhar dinheiro", e a gente ri, o da mamãe: "A sorte está à sua espera", e o meu: "Aproveite a sua nova esistência", o que me deixa estarrecida, apesar do erro de ortografia.

A mamãe e o Peter-*ou-melhor*-papai não pensaram em nada para me manter ocupada durante o verão, e esse nada me parece ótimo. Eles próprios estão ocupados o dia todo com o estúdio de gravação, o que os deixa animados e de bom humor. Há uma biblioteca perto de casa, a mamãe me traz pilhas de livros infantis e o verão se torna uma espécie de paraíso sem fim onde posso comer e ler e dormir até cansar e onde praticamente não existem regras externas. Quanto às regras internas, pois bem... mesmo se o Inimigo continua vigiando tudo o que faço e todos os meus gestos com um olhar crítico, parece que ele decidiu ser discreto; não tem gritado comigo nem me forçado a me machucar, desde a mudança. Consigo até me vestir sem grandes tormentos – mas é verdade que no verão é sempre mais fácil.

É então que, pela primeira vez, experimento o que chamam de "vida em família", e eu adoro. Todas as manhãs, o sol me desperta inundando o meu quarto, vou até a sala fazer cócegas nos pés descalços do Peter e da mamãe, que estão para fora do lençol, e eles reclamam, resmungando e dando pontapés no ar. É engraçado ver a minha mãe pelada na cama com um homem pelado, mas a vida em família é isso aí e tudo o que quero é me acostumar com ela.

Aprendo a passar café, a colocá-lo numa bandeja com nata e açúcar e a servi-los na cama.

O Peter é realmente muito legal comigo. Ele inventou uma brincadeira que se chama cambalhota: primeiro, ele me pega pelas mãos, dou alguns pulos sem sair do lugar e depois um grande salto para abraçar a cintura dele com as minhas pernas, me jogo para trás até que os meus cabelos encostem no chão, trago as minhas pernas para frente formando um V aberto sobre o peito do Peter, ele me puxa para cima até que eu possa prender as pernas em torno do pescoço dele, e, a seguir, ele me deixa balançar suavemente e então dou uma cambalhota e caio de pé. A brincadeira é assim, é muito divertida, embora o Peter mexa comigo por causa do meu peso e finja estar totalmente sem fôlego depois de repetirmos duas ou três vezes.

Em pouco tempo, um novo grupo de amigos começa a gravitar em torno da minha mãe, até onde consigo julgá-los são cópias exatas dos amigos de Toronto: as mesmas barbas, os mesmos cabelos eriçados, as mesmas apaixonadas reverências à voz dela. Passam longas noites bebendo vinho e fumando kerouac e ouvindo discos, quando fico com sono é só ir para o meu quarto e fechar a porta, e se fico curiosa sempre tenho a possibilidade de olhar o que está acontecendo pelo buraco da fechadura.

É verdade que a nossa casa quase sempre é a maior zona – mas, como a mamãe diz, ninguém é perfeito! Quando não há mais talheres nem roupas de baixo limpas, quando não conseguimos mais pisar no chão de tanta bagunça, ela se joga de corpo e alma na faxina e, enquanto esfrega e lava e varre e passa roupa e sacode o tapete na janela, canta sucessos de Paul Anka deformando-os de propósito: *Put your shed on my boulder,* e coisas do gênero.

No dia 29 de julho, eles festejam o meu sétimo aniversário me levando ao zoológico do Bronx e, quando fico cansada, o papai me levanta por cima da cabeça e me põe nos seus ombros. É genial ver o mundo dessa altura e também sentir os cabelos dele entre as minhas coxas e as mãos dele nas minhas canelas. Na volta, a gente para na Grand Concourse e a mamãe compra uma torta em uma confeitaria. Para a minha surpresa, é melhor do que os bolos feitos em casa pela vovó e, quando digo isso à mamãe, ela me responde que a vovó carregava demais no seu ingrediente preferido, a culpa.

Alguns dias mais tarde, ficamos sabendo que a Marilyn Monroe se suicidou, o que é realmente inacreditável; há poucos meses, ela teve problemas por causa de um vestido apertado demais! Vejo a mamãe e o papai acompanhando a história pela televisão, estão chocados, o que me parece extraordinário, a vovó e o vovô nunca pareceriam chocados mesmo se uma bomba atômica caísse na cidade de Toronto, eles se contentariam em balançar a cabeça com um ar reprovador.

É domingo e a mamãe dorme até tarde. Quando são onze horas e ela ainda não acordou, o papai me diz:

– Que tal a gente ir comer alguma coisa?

Então saímos de mãos dadas pela rua e me sinto orgulhosa e esperta e única. Descemos a Delancey e a Rivington e, quando chegamos na Orchard, vejo que todas as lojas estão abertas com bancadas que vão até a calçada, coisa impensável num domingo em Toronto. Há letreiros para todos os lados e leio tudo com muito orgulho à medida que o papai vai apontando: *Bolsas Fine & Klein, Couro Altman, Lãs, sedas e tecidos Beckenstein: "a maior seleção do mundo", seria uma pena não comprar aqui, Atacado e varejo de produtos em couro, Roupas, Tecidos, Enfeites, Tricôs,* e assim por diante. O papai abre um sorriso imenso e para de tempos em tempos para olhar a mercadoria e bater papo com os vendedores, todos o parabenizam pela bela filhinha que tem e não sinto a menor vontade de desiludi-los. Ele me leva a um grande restaurante que se chama Katz's, onde tem um monte de gente, principalmente homens, e o Peter me explica que não se trata exatamente de um restaurante, mas de uma delicatéssen, o que quer dizer que, em vez de se sentar numa mesa e fazer o pedido a um garçom, você faz fila no próprio balcão contemplando embevecido os mil tipos de pães e embutidos e queijos expostos na vitrina e, quando chega a sua vez, você diz o que quer comer e eles jogam no prato, ali, na sua frente.

O papai me diz:

– Ok, garotinha, chegou a hora de você conhecer o bagel.

Ele faz o nosso pedido e nos sentamos com uma bandeja em uma mesinha no canto e experimento essa nova forma de êxtase que é uma espécie de pão com um buraco no meio, cheio de salmão defumado e de queijo cremoso, e depois ele diz:

– Você tinha me feito perguntas sobre os judeus? – e eu faço que sim com a cabeça pois estou com a boca cheia e ele continua: – Esse é um dos aspectos mais agradáveis da vida dos judeus.

Surpresa, engulo o que tenho na boca e olho ao meu redor:

– Quer dizer que todo mundo aqui é judeu?

– Quase – o Peter responde. – Com exceção de alguns turistas como você. No domingo de manhã, quando o resto da cidade está fechado, supostamente para ir à igreja, a gente faz questão de ser o mais ativo e barulhento possível.

– Mas como é que dá para ver que essas pessoas são judias?

– Não se trata de ver, garotinha, é preciso ouvir.

Dou outra enorme dentada no meu bagel e digo:

– É, notei que eles estão falando alemão.

E, em vez de me dizer para não falar com a boca cheia, o papai me diz:

– Não é alemão, Sadie, é iídiche.

Eu pergunto:

– O que é iídiche?

E ele responde:

– É a língua que antigamente os judeus da Europa Central falavam. Acho bom você ouvir bem, pois esses homens são os últimos do mundo que a falam. Quando você trouxer os seus filhos ao Katz's, ela não vai mais existir.

– E quais são os aspectos desagradáveis?

– Ah... cada coisa no seu devido tempo. Não vamos tirar o pai da forca.

Acaba se tornando uma tradição entre a gente descer até a esquina da Houston e da Ludlow no domingo de manhã para tomar café da manhã no Katz's. O papai me deixa experimentar tudo o que eu quero: os pepinos em conserva com aneto e tomates verdes em salmoura, os sanduíches gigantes com *corned-beef* ou língua defumada ou pastrami quente, os bagels e bialies, o arenque salgado e as pizzas com salame, e, enfim, de sobremesa, um maravilhoso *strudel* de maçã.

– Meu Deus, Peter, como você está mimando essa garota! – a mamãe exclama quando eu conto o que eu acabei de comer, mas o papai responde:

– Ela merece ser mimada de vez em quando, depois de todos esses anos de educação espartana no Polo Norte.

E embora eu desconheça a palavra *espartana*, concordo totalmente com ele.

O paraíso do verão está chegando ao fim; e, de repente, a volta às aulas já é amanhã. *Você está pronta, Sadie*, sussurra o Inimigo com um tom ameaçador. *Você acha que está realmente pronta para ir para a segunda série?* Mas penso comigo que vai ser necessariamente melhor do que a primeira série, porque aqui irei a uma escola municipal com as outras crianças do bairro, em vez de ir a uma escola privada chique e cara em que os alunos vêm de carro e usam um uniforme até na alma.

Até que as coisas correm bem. Sob a minha nova identidade de Sadie Silbermann, consigo falar com as outras crianças da escola pública Nathan-Strauss, nº 140, e me dou conta de que elas acham que eu também sou judia. Explico que venho do Canadá e eles mal sabem onde fica, o que é inacreditável, então eu digo que, na realidade, o Canadá é *maior* do que os Estados Unidos e eles giram os dedos ao lado das têmporas, querendo dizer que estou maluca, mas eu não levo muito a sério, me contento em dar de ombros, dizendo tranquilamente:

– Em *superfície* é um pouco maior, mas vocês têm dez vezes mais habitantes do que nós – e eles ficam de boca aberta diante da extensão dos meus conhecimentos, mas sem ficar ressentidos. Preciso encontrar meios de espantá-los com a minha inteligência, sem fazer com que me detestem como uma puxa-saco como aconteceu no ano passado, o que foi terrível.

Digo à mamãe que tenho a impressão de estar pisando em ovos e ela me diz:

– Passei pela mesma coisa que você está passando porque também aprendi a ler com cinco anos. (Esqueço de perguntar quem lhe ensinou, pois certamente não foi nem a vovó nem o vovô!) As crianças não gostam de quem foge às normas – ela acrescenta. – Mas não se esqueça, elas estão exatamente na mesma situação que você, procurando referências, tateando. Nenhuma delas é Deus, entende o que eu estou querendo dizer?

– Entendo – respondo, feliz em viver enfim com alguém que me ouve e me leva a sério, em vez de me mandar o tempo todo fazer a minha cama ou tirar a mesa.

As outras crianças estão muito atrás de mim, então não aprendo grandes coisas em aula, mas no recreio recebo uma educação preciosa, pois nunca tinha andado com meninos e agora eles estão todos em torno de mim, as meninas falam entre si sem parar e suponho que falem também da gente. Não sou totalmente inocente, pois em Toronto às vezes eu acompanhava o vovô quando ele ia passear com o Hilário e, às vezes, se a gente passava perto de uma cadela, o treco do Hilário saía para fora todo duro e vermelho e ele começava a gemer tentando subir em cima dela, mesmo que ela fosse três vezes maior do que ele, o que era divertido. Uma vez, ele se pôs realmente a fazer a coisa com uma *poodle toy* branca, mas o vovô o interrompeu, puxando a coleira superforte:

– Ora, rapaz, você não tem a menor condição de assumir os encargos de uma família – o que me fez pensar, pois ele havia dito a mesma coisa sobre o meu pai, Mort.

Folheando a enciclopédia médica do vovô, eu tinha visto desenhos de homens e de mulheres pelados com nomes estranhos como “uretra” e “útero” sobre as partes íntimas, mas, agora, as meninas fazem piadas a respeito dessas mesmas partes e é incrível pensar que isso acontece o tempo todo, que homens respeitáveis de terno e gravata se comportam exatamente como o Hilário, se pondo a gemer e enfiando o troço deles em senhoras respeitáveis, e é para isso que serve o casamento, todos os casais fazem isso, mesmo quando não querem ter filhos, então, necessariamente, a mamãe e o Peter o fazem também (às vezes eu ouço barulhos durante a noite, mas quando olho pelo buraco da fechadura está tudo muito escuro e não consigo ver nada), mesmo a vovó e o vovô devem ter feito, senão a mamãe não teria nascido, e cada um dos milhões de seres humanos de Manhattan e da Terra inteira são resultado desses arrebatamentos e dessas esfregações e desses esguichos que chamamos *transar,* é difícil acreditar nisso e, no entanto, é a mais pura verdade.

Na escola, os garotos aborrecem as meninas. A primeira vez que puxam os meus cabelos fico brava, mas depois vejo que é uma maneira de me incluir, então aprendo a dizer:

– Tire as patas de cima de mim! – como as outras meninas, num tom que quer dizer exatamente o contrário.

Aprendo também a bufar e a suspirar e a olhar para os meninos de um jeito que mostra que gosto deles. Às vezes, no recreio, os meninos perseguem as meninas com os braços estendidos dizendo “Judia, judia!”. E as meninas fingem ter medo, berram e fogem gritando “Nazista, nazista!”, que, para mim, é uma palavra nova. Procuro no dicionário, mas não vejo relação entre um partido político alemão e a escola pública nº 140, então, no domingo de tarde, no Katz’s, pergunto ao papai.

– O que é um nazista, papai? – pergunto com uma voz clara e alta, e o papai sobressalta-se e fica vermelho como um pimentão.

– Psiu... – ele faz, pois a minha pergunta fez com que várias cabeças se virassem para a gente. (O Inimigo, logo, replica, dizendo: *Bravo, Sadie, você meteu os pés pelas mãos, você sempre estraga tudo e você vai conseguir estragar essa nova amizade também.*) Durante esse tempo, o papai se endireitou na cadeira, engoliu as últimas gotas de café da xícara e me disse em voz baixa, piscando para mim:

– Os nazistas foram o aspecto mais desagradável da vida dos judeus. Espere até a gente sair...

Quando a gente já está na Orchard Street, entre os rolos de estofado e as malas e os artigos em couro, ele me pergunta de onde vem essa pergunta, eu conto sobre o jogo na escola e as sobrancelhas dele sobem acima dos óculos e fazem sulcos na sua testa. Depois, ele me dá uma explicação de poucas palavras.

– Os nazistas – explica – eram alemães que queriam que os judeus desaparecessem da face da Terra.

– Por quê?

– Porque eles eram judeus.

– Mas *por quê*, papai?

– Porque é mais fácil ensinar as pessoas a serem idiotas do que a serem inteligentes. Por exemplo, se dissermos às pessoas que todos os problemas delas vêm dos judeus, elas se sentem aliviadas porque é fácil entender isso. A verdade é *muito* mais complicada para a maioria das pessoas.

– Quer dizer que eles mataram os judeus?

– Isso mesmo – o Peter diz, comprando o *Sunday Times* na banca de jornal, o que significa que logo vamos voltar para casa, pois é sempre a última coisa que ele compra porque pesa uma tonelada.

– Como você fez para escapar?

Ele ri.

– Felizmente, eles não tiveram tempo de se encarregar dos judeus de Toronto. Mas eles pegaram os meus avós na Alemanha.

– Os seus *avós*?

Ele faz que sim com a cabeça. Os olhos dele olham para todos os lados em busca de um pretexto para mudar de assunto, então eu faço mais três perguntas vapt-vupt:

– Como os nazistas fizeram para pegar os judeus? Como mataram eles? Quantos foram pegos no total?

Mas o papai se contenta em me despentear dizendo:

– Ouça, garotinha, não vale a pena encher a sua cuca com isso. Não tem nada a ver com você. Mas... me faça um favor... Não brinque mais disso na escola, está bem? Quando os outros começarem a brincar, encontre uma coisa importante para fazer do outro lado do pátio. Combinado?

– Combinado – digo, abanando a cabeça com seriedade e sinceridade, mas o meu cérebro ainda está hesitando com tudo o que acaba de armazenar.

Enquanto isso, como conta o *Sunday Times* e todos os outros jornais neste outono, o mundo está repleto de perigos, pois há mísseis soviéticos instalados em Cuba. A guerra fria corre o risco de esquentar, mas o presidente Kennedy decide ser firme e não tolerar os maus procedimentos dos russos. Na escola, obrigam a gente a fazer quase todos os dias um simulado de alerta de ataque aéreo e um monte de gente se prepara para a Terceira Guerra Mundial construindo abrigos nucleares.

Em vez de se juntar a esse movimento de pânico, o Peter e a mamãe tiram sarro. Um dia, eles passam a janta toda me contando como a Westinghouse Electrical enterrou uma cápsula do tempo no parque de Flushing Meadow, sob uma laje de granito: a ideia é que, se a humanidade for aniquilada e extraterrestres aparecerem aqui daqui a milhares de anos e quiserem conhecer o modo de vida da espécie que morava nesse planeta, eles possam ver um apartamento típico do ano de 1962, perfeitamente preservado, com todos os móveis e as vestimentas e os aparelhos domésticos. No fim da história, o Peter e a mamãe choram de rir só de pensar na ideia dos marcianos introduzindo os seus dedos verdes num ventilador elétrico e colocando-o na tomada para ver como funciona.

O disco da mamãe sai com o seu novo nome em letras douradas – ERRA – e uma foto maravilhosa dela, com os olhos fechados, a boca aberta cantando, os braços estendidos como que para nos convidar a dividir com ela a sua alegria. A gravadora organiza um show e fixa cartazes com a foto da minha mãe em toda a cidade.

Quando acordo, no dia seguinte ao show, a mamãe e o Peter estão bebendo champanhe na cozinha; passaram a noite em claro.

– Você precisava ver, garotinha! – o Peter me diz. – Ela fez o auditório vir abaixo de tanto aplauso!

Ele me segura pelas axilas e me faz girar no ar até eu ficar tonta, depois, me deixa molhar os lábios na champanhe, afinal é realmente um dia marcante na nossa existência.

– Ei, meu amor, é apenas o começo.

Enquanto eu tomo o meu café da manhã, o Peter implica com a mamãe sobre o seu jeito de mexer na marca de nascença quando está cantando (ele deve estar um pouco alto, senão jamais ousaria implicar com ela).

– Por que você faz isso? – ele pergunta. – É um diapasão por acaso?

– Não – ela diz –, é um talismã. A Sadie tem um... – mas, percebendo que olho feio para ela, com uma cara de pânico, ela interrompe.

– A Sadie tem o quê? Uma marca de nascença? – pergunta o papai.

– Não, não, um talismã – a mamãe diz com um ar desleixado. – Uma pedrinha em forma de coração que ela carrega com ela desde... há quanto tempo, querida?

– Humm... Três anos – respondo –, espantada de ver a minha mãe mentir com tanta calma e de me fazer mentir também.

– *Três anos!* – ela diz ao Peter. – Já pensou? Quase a metade da vida dela.

Depois do café da manhã, procuro no dicionário a palavra talismã e vejo que é um objeto “a que se atribui um poder mágico efetivo fora do comum”. Bem que eu gostaria de ter um, mas não tenho.

Alguns dias depois, o papai pega um avião para a Califórnia porque vai organizar concertos da Erra lá, vai ficar fora um mês inteiro. Sinto falta dele, sobretudo nos domingos de manhã, mas também é agradável ter a minha mãe só para mim. Por vezes, na hora de ir dormir, ela se deita na minha cama no escuro e a gente tem longas conversas. Uma noite finalmente consigo lembrar de perguntar *quem* ensinou ela a ler quando tinha cinco anos, e ela me responde:

– Sabe do que mais? Tem um grande espetáculo no gelo no Madison Square Garden, você quer que a gente vá assistir?

Não entendo como ela conseguiu mudar de assunto sem prestar a menor atenção na minha pergunta, mas não tenho coragem de repeti-la.

É domingo, um domingo de tarde do mês de dezembro, e está nevando muito. O bairro parece mergulhado numa espécie de devaneio milagroso porque as pessoas ficam nas suas casas e a neve recobre com seu manto branco aveludado os lixos e os cocôs de cachorros. A iluminação pública é ligada cedo, lá pelas quatro horas, e estou de pé na minha janela contemplando a beleza e o silêncio da Norfolk Street quando batem à porta.

A campainha toca pela segunda vez, então vou até a sala e me dou conta de que a mamãe não tem como ouvir, pois está enchendo a banheira e as torneiras estão abertas no máximo. Então vou ver quem está batendo, e é um senhor que não se parece com os amigos habituais dos meus pais, ele é loiro e pálido, muito magro e parece tenso, tem as faces encovadas e as mandíbulas contraídas. Ele me causa um certo medo. Estou prestes a lhe dizer que se enganou de endereço quando ele diz, com uma voz muito alta, mas ao mesmo tempo insegura:

– A Erra está? (É um estrangeiro, ele enrola os *r*.)

Não digo nada porque talvez seja alguém que tenha se apaixonado pela minha mãe no show que ela fez, e seria assustador que ele entrasse no apartamento com o papai estando na Califórnia.

– A Erra está aí? – ele repete com uma voz ainda mais forte e urgente. – Diga a ela... diga a ela... que é o Lude.

Agora, estou realmente com medo. O que devo fazer?

– Espere – eu digo.

Bato a porta, deixando-o no corredor do lado de fora, e ele começa a bater à porta. Parto como uma flecha para o banheiro, onde a mamãe está deitada na banheira cheia de espuma.

– Mamãe! – digo com uma voz tão estrangulada que ela logo se vira para mim.

– Sadie! O que houve?

Por um momento, o vapor no banheiro me enche o nariz e a boca, apagando todas as palavras na minha cabeça, mas enfim consigo balbuciar:

– Tem um senhor na porta que quer falar com você. Ele disse que se chama Lude.

– Luc? – pergunta a mamãe franzindo as sobrancelhas?

– Luc não: *Lude.*

A mamãe fica entorpecida e, mesmo se ela me olha bem nos meus olhos, sinto que ela passa através de mim, como no dia em que contei que a minha professora de piano me batia com a régua. Ela baixa os olhos e diz "Lude..." com uma voz tão baixa que mal consigo ouvi-la, vejo a sua mão direita se apoiar na sua marca de nascença, como se ela fosse começar a cantar.

– Lude... não acredito...

– *Quem* é ele, mamãe? – pergunto bem baixinho. – Você conhece? Ele me assustou, então bati a porta na cara dele.

– Oh, Sadie, você não deveria ter feito isso. Diga para ele entrar e se sentar, já vou lá.

Mando o senhor entrar, dizendo:

– Sente-se, por favor – o que ele não entende, então indico uma poltrona.

Ele se empoleira apenas na pontinha da poltrona e começa a fixar o olhar na porta do banheiro, então atravesso a sala para ficar o mais longe possível dele, na entrada do meu quarto. Quando a mamãe sai do banheiro, ela parece uma assombração com o seu roupão longo de veludo preto, os seus cabelos loiros ainda úmidos e encaracolados nas pontas, como os do Pequeno Príncipe. O desconhecido se levanta e os dois ficam ali, imóveis, se olhando sem dizer nada.

Nunca senti a mamãe tão longe de mim quanto nesse instante, mesmo durante os anos em que vivíamos separadas, é como se a tivessem hipnotizado ou como se o seu corpo estivesse ocupado por outra pessoa. Enfim, ela murmura uma palavra que se parece com "Yanek", mas o homem tinha me dito que se chamava Lude, não estou entendendo nada do que está acontecendo, mas não estou gostando nem um pouco. Dou uma tossida para tirar a minha mãe desse transe, para que ela volte a si e se comporte normalmente ("Puxa vida, só faltava essa! Que surpresa bacana! Há quanto tempo... Posso lhe oferecer alguma coisa, um chá talvez?"). Mas não é o que está acontecendo. O que está acontecendo é que a mamãe se vira para mim lentamente, os olhos embaciados como se a alma de um morto tivesse tomado o seu corpo, e, olhando para mim sem me ver, murmura:

– Sadie... Vá para o seu quarto, feche a porta e fique ali até que eu lhe mande sair.

As palavras são como um tapa na cara. Faço um movimento de recuo, mas obedeço também de maneira seca: não satisfeita em fechar a porta, tranco-a para que ela saiba a que ponto a sua filha é obediente. Depois vou buscar o travesseiro na minha cama, coloco no chão, me ajoelho por cima dele, tiro a chave da fechadura e espio pelo buraco.

É como uma peça de teatro. A mamãe e o desconhecido ficam ainda um tempo sem se mexer, sem falar, então, a mamãe avança na direção dele como uma sonâmbula e abre os braços dele e se joga neles, o desconhecido loiro fecha os braços em torno da minha mãe e a esmaga contra o seu peito, soluçando. A mamãe começa a chorar também, e depois ela ri ao mesmo tempo. O que mais me perturba é que ela fala com esse senhor numa língua estranha. Poderia ser iídiche ou alemão, eles se falam por fragmentos, chorando e rindo, respiram fundo, olhando-se nos olhos.

Isso dura um bom tempo, e enquanto isso, na rua atrás de mim, a neve continua caindo. A mão da mamãe sobe para acariciar as faces do homem loiro e ela diz algo que se parece com: "Meu Yanek, meu Yanek", mas, em vez de dizer *meu* ela diz *mein*, ele também murmura o nome dela, o nome dela de verdade, e não Erra, só que nessa língua que eles estão falando soa diferente, parece "Kristinka". Ele puxa a ponta do cinto dela, que é uma corda laranja, o nó se desfaz e ele abre devagar o roupão, descobrindo os seios dela e beijando o seu pescoço, a cabeça da mamãe cai para trás, ele beija o pescoço dela e não consigo tirar os olhos da cena, ela diz palavras nessa língua estranha que eles estão falando e que me exclui e, agora, enquanto está beijando o homem na boca, ela desabotoa a camisa dele, que põe as duas mãos em torno da cabeça de Pequeno Príncipe dela, e então ela remexe os ombros, fazendo com que o roupão caia no chão. Agora, a minha mãe está totalmente nua com esse desconhecido que continua vestido. Ela abre o sofá (o *mesmo* que ela divide todas as noites com o papai) e, nesse meio-tempo, o homem tira a roupa dele com gestos lentos, depois do que ele fica nu também e vejo o troço dele, que está de pé balançando.

Ele fica de joelhos na cama e a minha mãe, para o meu horror, se ajoelha na frente dele, põe a coisa dele na boca, o que me dá náuseas, então me afasto um pouco da porta, o meu coração está batendo forte, e tento me acalmar, olhando para os flocos de neve que flutuam lá fora, em torno da auréola das lâmpadas, e quando, depois de um tempo, eu me ajoelho de novo, a minha mãe virou as costas para o desconhecido, ele está segurando as mãos dela para trás, como se quisesse algemá-la, e, ao mesmo tempo, ele entra e sai do corpo dela, por trás, como Hilário fez com a *poodle toy*, só que os movimentos são mais lentos e, em vez de gemer, ele lhe diz palavras estranhas em voz baixa. A minha mãe se entorta e eu ouço um som grave e desconhecido que lhe sai da garganta, tudo isso é totalmente insuportável, então ligo a luz e vou para cama, tremendo toda. O Inimigo se acorda dentro de mim, mais forte do que nunca, devastador, quase me destruindo. *Sadie*, ele diz, *você aceitará o que está acontecendo porque você é uma menina má e a sua mãe é uma mulher má e uma mentirosa, e você herdou todas as taras dela. Eu domino você totalmente, e, assim como ela, você continuará a pecar ao longo de sua vida toda. Nunca vou largá-la, Sadie!* Sou tomada de espasmos na minha cama. *Levante-se*, ele me diz, *não faça barulho, você não deve atrapalhar a puta da sua mãe, ela também se limita a me obedecer e ela precisa trair o marido dela até o fim – até o fim, você está me ouvindo? Agora se acalme, entre no armário, feche a porta, bata cem vezes com a cabeça na parede e não esqueça de contar.*

Obedeço tremendo, enjoada com a ideia do que a minha mãe estava fazendo há pouco e do que ela ainda está fazendo. Quando termino de bater a minha cabeça, saio do armário cambaleando. Estou com uma vontade terrível de fazer pipi, mas a mamãe disse para eu ficar no quarto, então fico desesperada, busco um recipiente e a única coisa que eu encontro é a xícara em que coloco os meus lápis de cor, então derrubo todos eles, baixo as minhas calças e a minha calcinha e me acocoro sobre a xícara e tento fazer pipi dentro dela, mas é difícil de mirar, o pipi se espalha pelo chão e eu seco com lencinhos de papel, mas depois não sei o que fazer com os lencinhos, é o pior dia da minha vida, pois nunca mais vou poder confiar na minha mãe.

Depois de um tempo, sem dúvida acabo adormecendo e não sei quanto tempo passa, mas depois ouço a minha mãe batendo na porta, dizendo:

– Sadie... Sadie... O jantar está pronto.

Coloco imediatamente o travesseiro no lugar para que ela não fique sabendo que eu estava espionando.

– Por que você trancou a porta? – ela me pergunta quando eu abro.

Depois vendo no chão os lencinhos empapados de pipi, ela entende o que houve e diz:

– Oh, meu amor, sinto muito!

Mas não respondo. Vou lavar as mãos no banheiro e a deixo reparar os estragos, afinal é tudo culpa dela, eu a detesto.

Durante a refeição (macarrão com queijo), continuo emburrada e ela não me pergunta o que está acontecendo, pois sabe muito bem. Enfim, repousando o garfo em cima do prato, ela diz:

– Sadie, você sabe muitas coisas para a sua idade, mas há coisas que as crianças não conseguem entender e não devo explicações a você.

Fico em silêncio, então ela diz:

– Não fique chateada, meu amor.

Continuo comendo o meu macarrão em silêncio durante um bom momento para deixá-la constrangida, mas finalmente eu pergunto:

– Vocês estavam falando em que língua?

E ela diz, rindo:

– Estávamos *tentando* falar alemão... Mas fazia tanto tempo que não falávamos alemão, tanto eu quanto ele, que praticamente esquecemos.

– Onde você aprendeu alemão? – pergunto, temendo a resposta, sem saber por quê.

Ela hesita durante muito tempo. Solta um suspiro. Enfim responde:

– Oh, Sadie, é... porque há muito tempo eu *fui* alemã.

E então, me olhando nos olhos, mas com o espírito longe daqui, ela solta uma série de sílabas estranhas e eu pergunto:

– O que é isso?

Ela diz com uma risada fraca:

– O alfabeto alemão ao contrário.

Não sei o que fazer com essa informação, não quero mais fazer perguntas, quero apenas que esse dia termine, aliás gostaria que ele nunca tivesse começado, que o Peter não tivesse ido para a Califórnia, que tudo isso fosse um pesadelo. Quando me deito para dormir, o meu cérebro ferve durante horas, berrando e se lamentando como a cidade lá fora, com as sirenes de ambulância e de bombeiros e de polícia: mas se a mamãe é alemã, isso quer dizer que os Kriswaty não são os seus pais, o que quer dizer que também não são os meus avós, mas a única coisa que sobra é que ela é minha mãe, e se a minha mãe é alemã, isso quer dizer que sou metade alemã também.

– *Agora você sabe de onde vem o mal* – diz o Inimigo –, *você vive na mentira desde o dia do seu nascimento* – a não ser que ela também não seja mais a minha mãe...

No dia seguinte durante o recreio, um menino vem atrás de mim gritando: "Judia, judia!", mas como prometi ao Peter que não brincaria mais disso, corro o mais rápido que posso e acabo caindo no chão e esfolando o joelho e preciso ir à enfermaria e, quando a enfermeira afasta o meu braço do machucado e vejo que o meu joelho está sangrando, ouço o Inimigo rindo com um tom de júbilo, dizendo:

– *Sangue nazista! Sangue nazista! Sangue nazista!*

IV
KRISTINA, 1944-1945

Uma miríade de êxtases. Me surpreenda, eu digo ao mundo. Me excite, me deslumbre, me espante sem parar.

A caixa de joias da minha avó: a chave fica embaixo dela e, quando você a vira de ponta-cabeça para dar corda, é preciso ter cuidado para manter a tampa bem fechada, em seguida, quando você a coloca de volta no lugar e abre a tampa, uma musiquinha começa a tocar e uma bailarina de dourado e branco começa a girar diante de um espelhinho minúsculo, com um braço levantado em curva acima da cabeça e o outro estendido em curva diante dela. A bailarina não está viva, mas ela se mexe mesmo assim.

– As bailarinas de verdade – a vó diz – podem dar até cinquenta piruetas na ponta dos pés, elas mantêm o equilíbrio fixando um ponto na frente delas cada vez que estão de frente para o público. Quer tentar, Kristina?

Então eu tento, não num pé só, mas nos dois, virando com os braços em cruz até que eu fique tonta e caia no chão sem fôlego e excitada.

– Talvez você precise de algumas aulas, minha querida – diz a vó caindo na risada.

A bailarina vigia as joias da minha avó, que estão arrumadas em gavetinhas forradas de veludo vermelho: colares e pulseiras brilhantes na gaveta de baixo, anéis e brincos cintilantes na de cima. A vó me ensina a distinguir os diamantes verdadeiros dos falsos, os verdadeiros têm mais cores quando a luz os atravessa. Às vezes ela me deixa experimentar o diadema dela, me olho no espelho baixando os cílios para que a imagem fique borrada e, em poucos instantes, estou bela como uma princesa.

O vô comprou dois cata-ventos, um para a Greta e outro para mim, eles têm pás coloridas que giram quando você corre segurando eles pela haste e, quanto mais rápido você corre, mais rápido as pás giram, tão rápido que as cores se misturam e às vezes eu penso tão rápido que os meus pensamentos também se misturam.

No inverno o gira-gira do pátio da escola fica coberto de neve, mas no verão posso andar nele, a Greta me empurra, primeiro ela segura numa das barras e corre com o gira-gira, mas quando ganho velocidade ela para de correr, se contentando em empurrar a cada quatro barras para manter o impulso, eu, me segurando com toda a força no pega-mão, olho para a Greta cada vez que passo na frente dela para não ficar tonta, exatamente como as bailarinas olham para o público. A Greta me empurra no balanço também – cada vez mais alto, tão alto que no final meus pés tocam nas nuvens e sinto o vento assoprando nas minhas orelhas, deixo a cabeça cair para trás e o mundo se lança na minha direção de ponta-cabeça e o meu nariz quase roça no chão. Depois, tento pegar impulso sozinha, mas é melhor quando a Greta me empurra porque não preciso fazer força, posso me deixar levar pelo prazer do movimento.

O pátio da escola é a mesma coisa que o pátio de casa, porque a nossa escola também é a nossa casa pois o papai é professor quando não é soldado, só que agora já faz tanto tempo que ele é soldado que até já me esqueci de como ele é, mas mesmo assim a gente pode continuar morando na escola. A mãe diz que temos sorte pois podemos nos levantar mais tarde do que os outros alunos e, em vez de enfrentar o vento glacial ou a neve ou a chuva forte ou o sol ardente para ir à escola, só precisamos atravessar o pátio no último minuto e entrar na sala de aula e dizer "Heil Hitler".

Eu ainda não entrei para a escola.

Os trilhos do bonde formam um desenho no meu cérebro quando desfilam, sei que na verdade os trilhos não se mexem, sou eu quem me mexo, mas eles entram nos meus olhos e deixam um rastro brilhante como uma escada prateada e sem fim.

Perto da prefeitura, tem um sino com um relógio e, às vezes, quando saímos no final da manhã para comprar legumes, a mãe me leva lá de propósito pois, quando o relógio toca ao meio-dia, as portas dele se abrem e uma dúzia de personagens de madeira saem lá de dentro. Eles balançam a cabeça e fazem reverências, levantam e baixam os braços e as pernas, os movimentos deles são humanos, mas mais entrecortados, e a expressão deles nunca muda. Eles não estão vivos.

A Greta e eu suplicamos à mãe que nos deixe dar uma voltinha no carrossel da praça, insistimos tanto que ela acaba cedendo, embora diga que a gente não tem dinheiro suficiente. Eu monto no cavalo preto, a Greta, na minha frente, no branco, as minhas coxas apertam o corpo enorme e duro do animal e as minhas mãos apertam as rédeas, o cavalo não está vivo, eu estou, no entanto é ele quem faz eu me mexer, lentamente de cima para baixo, em círculos com a rotação do brinquedo, já está escuro, o carrossel está iluminado, a música alta e aflautada toma conta de mim, a gente está se mexendo sem fazer esforço, deixo-me embebedar nas notas alegres, as luzes piscam e eu gostaria que isso nunca terminasse.

A música é o movimento invisível.

O vô me ensina a cantar em harmonia para que os cânticos de Natal este ano sejam ainda mais maravilhosos do que de costume, ele diz que tenho a voz mais bonita da família e acho que ele gosta mais de mim do que da Greta por causa disso. Ele me ensinou muitas coisas, e a cabeça dele é cheia de conhecimentos pois ele foi à universidade durante a sua juventude, e o pai também. Quando eu era pequena, ele me ensinou a diferença entre a esquerda e a direita. Agachando-se na minha frente, ele disse:

– Veja, Kristina – essa é a sua mão esquerda, e essa é a sua mão direita; esta aqui é a *minha* mão esquerda e esta outra aqui, a minha mão direita.

E eu respondi:

– Então é diferente para os meninos e as meninas?

E ele riu muito alto. Depois, recomeçou, mas dessa vez veio se agachar *ao meu lado* e não na minha frente.

Se toco no meu olho esquerdo quando me olho no espelho, a Kristina do espelho toca o olho direito, mas eu continuo sendo eu.

Todas as tardes, faço uma sesta com o vô, mas não durmo, deitada no quarto escuro, estudo os raios de luz que passam pelos minúsculos buracos da cortina e tento formar um desenho. Quando o meu avô começa a roncar, sacudo suavemente os ombros dele dizendo "Kurt" e ele para, é esquisito chamar o meu avô pelo nome dele, mas a vó diz que é a única coisa que funciona, e ela tem razão, se digo "vô" ele continua roncando com a boca aberta e pelos no nariz.

Fico ali pensando e acariciando a marca de nascença na dobra do meu braço, que é do tamanho de uma moeda, perfeitamente redonda e marrom-dourada, e um pouco em relevo, a minha pele nesse lugar é aveludada como a casca de um pêssego e adoro acariciá-la. Quando ninguém está me vendo, dobro e estico o braço bem devagar para ver a mancha desaparecer e reaparecer.

– Já contei para vocês a história do zimbro? – me pergunta o vô depois do jantar.

Estamos todos reunidos em torno do forno a lenha e eu me enrosco nos joelhos da minha mãe, é a história de um menininho cuja madrasta é muito malvada, ela diz para ele se servir de maçã e, quando ele se inclina para a caixa, ela fecha a tampa com tanta força que a cabeça dele cai e rola entre as maçãs e, mais tarde, ela corta o corpo dele em pedacinhos para fazer um guisado que o pai dele acha delicioso, sem saber o que está comendo, chupa os ossos e vai jogando eles debaixo da mesa, mas a irmã do menininho junta tudo e tudo acaba bem. A coisa que mais gosto no mundo é ficar enrolada nos joelhos da minha mãe com o polegar esquerdo na boca, o direito esfregando o meu sinal e ouvindo o meu vô contar uma história para toda a família.

A minha avó diz que eu não deveria chupar o dedo, ela me lê *O João Felpudo*, que tem o poema sobre o Conrad, o menino que chupou tanto o dedo que um dia o homem da tesoura vem lhe cortar os dois polegares. A mãe dele havia avisado que os dedos não cresceriam de novo; quando ela volta para casa, ele mostra as suas mãos com apenas quatro dedos cada uma.

O vô perdeu dois dedos da mão esquerda em outra guerra na sua juventude, mas isso não impede ele de tocar piano.

Os dedos não voltam a crescer.

Os cabelos sim, as unhas das mãos e do pé também, continuam crescendo inclusive depois da morte, o vovô diz que os cabelos e as unhas são células mortas que são empurradas para fora do corpo por células vivas, na verdade todas as partes mortas do corpo crescem de novo, mas as partes vivas não, o que é estranho se paramos para pensar. Os olhos não voltam a crescer, mas se você perde um olho pode substituí-lo por um olho de vidro ou então colocar uma venda. Os dentes crescem de novo, mas só *uma vez,* se você perde eles uma segunda vez, fica com um buraco. Um dia o meu irmão Lothar brigou depois de uma reunião dos escoteiros, recebeu um soco na cara e um dos seus dentes da frente afrouxou, não parava de sangrar, mas felizmente o dente não caiu e o dentista conseguiu mantê-lo no lugar.

Até agora, perdi sete dentes de leite.

Os rabos das salamandras voltam a crescer, não sei *até onde* a gente pode cortá-los sem atingir um órgão vital, preciso perguntar isso ao vô. Adoro as salamandras – elas conseguem viver no fogo! O vô me mostrou que, quando você acende uma vela, o ar logo acima da chama é mais quente do que a própria chama. Você pode passar um dedo através da chama sem sentir dor, mas se o mantiver acima da chama, mesmo que só por um segundo, você se queima.

No circo, os cavaleiros saltam por entre anéis de fogo. Nunca fui ao circo, mas a minha mãe me descreveu os acrobatas e os trapezistas que fazem números tão perigosos que o público chega a prender a respiração. O vô diz que quando prendemos a respiração é porque vimos algo chocante ou perigoso e o corpo pensa que talvez a gente vá precisar de um pouco de oxigênio para enfrentar alguma urgência, então ele aspira rápido ar para dentro dos pulmões.

O meu sonho para o futuro é ser a Gorda do circo, mas atualmente estamos perdendo a guerra, então estamos vivendo na penúria e não consigo nem colocar um pouco de carne sobre os meus ossos.

Tudo o que comemos se transforma no nosso próprio corpo, com exceção dos resíduos que saem pelo outro lado, não sei por que não podemos tirar os resíduos antes de comer os alimentos, assim não precisaríamos ir toda hora ao banheiro. É impressionante quando pensamos no seguinte: com as vacas, o pasto se transforma em bife enquanto que, com as pessoas, o bife e as cenouras e as batatas e as balas e as maçãs se transformam em corpo humano. Faz meses que a gente não come um bife. Quanto mais você come, mais você cresce, e, quando você para de crescer na vertical, você começa a crescer na horizontal, diz o vô, que tem um baita barrigão. Em *O João Felpudo*, Gaspar emagrece cada vez mais e acaba por morrer pois se recusava a tomar sopa e então colocam uma sopeira no seu túmulo.

O Lothar começa a usar uniforme pois chegou a vez dele de ir para a guerra, embora já tenhamos perdido a França e a Inglaterra, todos os homens dos dezesseis aos sessenta anos devem partir, ainda bem que o vô tem 62, senão ficaríamos sem nenhum homem em casa. O Lothar me dá um beijo e me joga para cima, durante um instante nada me segura e o meu coração vai e volta, depois ele me pega e me abraça tão forte que os seus botões de metal entram no meu peito, eu me contorço para me liberar porque o abraço dele está cortando a minha respiração e, além do mais, o meu vestido subiu quando ele me levantou e fico com medo de que as pessoas vejam a minha calcinha. Finalmente ele me solta dizendo:

– Até logo, doce Kristina – e olho para a Greta para ver se ela está com ciúmes porque ele não disse "Até logo, doce Greta" abraçando-a, ele também não jogou ela para cima pois ela é grande demais.

Mas não, ela só fica repetindo:

– Lothar, não vá embora, não vá! – com lágrimas e ranho escorrendo pelo rosto.

Depois o Lothar se vira e caminha em direção à porta e, quando está de costas, o seu uniforme forma um retângulo perfeito.

A Greta é mais bonita do que eu, mas ela é menos interessante e acho que o meu vô gosta mais de mim porque ela desafina. Ela tem a pele toda branca, ela não tem sinal no braço esquerdo e ela também não tem sardinhas como eu. As sardas tornam o meu rosto mais interessante e me protegem do sol. Para resumir, a Greta é um pouco vazia, ela tem uma personalidade lisa como um lago plácido, enquanto que eu sou um vulcão, tenho fogo encubado dentro de mim e, quando canto, é como a lava que transborda. Nós duas dividimos um quarto, as nossas camas estão unidas pelas pontas e, nas prateleiras da cômoda, as roupas dela ficam à direita e as minhas, à esquerda, ela passa um tempão se penteando e os cabelos dela são castanhos-claros e ondulados, enquanto que os meus são loiros e lisos, e eu me contento em penteá-los rapidamente e está feito, há coisas mais importantes na vida. De noite penso em milhões de coisas, enquanto que a Greta adormece rapidinho e dorme até de manhã como um lago liso e plácido.

O vô cresceu em Dresden, e toda a nossa porcelana vem de lá, da fábrica do pai dele, ele diz que é a cidade mais linda do mundo por causa das estátuas, ele tem um álbum repleto de cartões-postais de Dresden e às vezes para me alegrar ele pega o álbum na prateleira e o folheamos juntos. Ele me mostra homens de pedra montados em cavalos, anjos de pedra nas portas das catedrais, golfinhos e sereias de pedra nos chafarizes dos parques, juízes de pedra no frontão do palácio da justiça, máscaras de pedra nas fachadas do teatro e da ópera, escravos negros de pedra no palácio Zwinger, eles têm os músculos tensionados e o rosto crispado devido ao esforço de sustentar as sacadas, as escadas, as janelas, mas o vô diz que eles não estão sofrendo de verdade porque não estão vivos. Também tem um Pã, que quer dizer meio-homem, meio-bode, e um centauro, que quer dizer meio-homem, meio-cavalo, e doze belas mulheres em torno de um laguinho, que sorriem enquanto se despem para tomar banho. O vô diz que são ninfas e que elas podem se despir em público pois na realidade não existem, são coisas que as pessoas inventam nos sonhos. O mesmo vale para as dezenas de cabeças de querubins sobre as colunas no jardim do palácio Zwinger, que são completamente imaginárias, ninguém cortou a cabeça daqueles bebês, as pessoas têm o direito de imaginar o que bem entenderem. Nada disso tudo se mexe, mas a ideia do movimento foi transmitida na pedra, o vento levanta ondinhas feitas de pedra na crina do cavalo e as sereias parecem surgir da pedra, com os seus seios nus gotejantes.

Na nossa cidade as pessoas são vivas e feias se comparadas com as ninfas e os anjos de Dresden, parecem apressadas e inquietas e sobretudo famintas e não podem se despir em público, muitos homens perderam um braço ou uma perna ou os dois – e os membros não crescem de novo, é claro.

O pai vem para casa de licença e me sinto intimidada porque fazia tanto tempo que a gente não se via que mal o reconheci. Depois de ter beijado a mãe e a Greta, ele me pega pelas axilas e me faz girar, ele fica reto como um mastro e mexe apenas os pés enquanto que eu faço grandes círculos no ar em torno dele.

– Pare, Dieter! – a mamãe diz. – Ela vai ficar enjoada! – mas ela está brincando, não é uma crítica de verdade porque eu nunca fico enjoada.

Ele vai embora outra vez. Como todos os homens alemães, ele precisa tentar matar o máximo de russos que conseguir, mesmo que estejamos perdendo a guerra, e mesmo que Jesus tenha dito *Não matarás* (ou talvez tenha sido Moisés). O vô diz que às vezes não temos escolha, é preciso matar ou morrer. Durante a oração, ele pede a Deus que proteja o pai e o Lothar do inimigo e isso me incomoda pois certamente existem famílias russas que pedem a Deus para proteger os *seus* homens do inimigo, só que, quando elas dizem o inimigo, estão falando da gente e, na igreja, quando o padre diz que é preciso rezar por Hitler, penso nas pessoas que estão nas igrejas russas rezando pelo Guia delas, e eu consigo imaginar muito bem o pobre Deus que, lá em cima nas nuvens, está com a cabeça apoiada nas mãos e tenta agradar todo mundo e se dá conta de que simplesmente não é possível.

Na quarta-feira e no sábado, tomo o meu banho com a Greta, ela lava os meus cabelos, afinal é ela a irmã mais velha e deveria saber fazê-lo sem colocar sabão nos meus olhos, mas, às vezes, ela coloca mesmo assim e arde, tenho certeza que ela faz de propósito, mas como ela pede desculpas não posso denunciá-la. A nossa brincadeira preferida no banho é um jogo que inventamos chamado *Heil Hitler* em que a gente se levanta e diz “Heil Hitler” com uma voz engraçada, imitando um fantasma ou um louco ou um palhaço ou uma senhora elegante, ou então nos enganamos de gesto e, em vez de levantar o braço, levantamos o cotovelo ou então colocamos um polegar em cima do nariz e o outro polegar em cima do dedo mínimo e mexemos todos os dedos dizendo “Heil Hitler”. Uma vez fui longe demais na brincadeira e em vez de levantar o braço levantei a perna e bem na hora em que eu estava dizendo “Heil Hitler” o meu pé escorregou e eu bati a cabeça na borda da banheira, tão forte que não conseguia parar de gritar. A mãe chegou correndo e quando ela viu que eu estava chorando e que a Greta estava com uma cara assustada, ela bateu na cabeça dela antes de fazer a menor pergunta e demorou dias e dias até que a Greta me perdoasse e aceitasse brincar de *Heil Hitler* comigo outra vez.

Sabemos que isso não é uma brincadeira de verdade pois no ano passado o Lothar encontrou a nossa vizinha a sra. Webern no corredor e quando ele levantou o braço dizendo “Heil Hitler” ela não respondeu, então ele denunciou ela à polícia e vieram prendê-la. O marido dela já tinha sido levado no início da guerra e então os filhos deles tiveram que se virar sozinhos, o mais velho cuidando dos mais novos. A sra. Webern ficou fora três semanas e, quando voltou para casa, passou a dizer “Heil Hitler” novamente, como todo mundo.

No domingo de manhã, vamos à igreja, bem limpinhos depois do nosso banho de sábado à noite e vestidos com as nossas melhores roupas porque é a casa de Deus, e as mulheres devem cobrir a cabeça e os homens descobrir, não é como a esquerda e a direita, é realmente uma diferença entre meninos e meninas. Ao entrar na igreja, você deve mergulhar os dedos na água benta e fazer o sinal da cruz, dizendo “Em nome do pai, do filho, do Espírito Santo”, para dizer a verdade, não entendo o que os três fazem em cima da cruz, pois só Jesus morreu nela. As rezas e os sermões me aborrecem, então eu me vingo com os cânticos, a minha voz é naturalmente bela e firme, e ela ressoa acima de todas as vozes da assembleia, elevando-se muito alto, passando pelo campanário para atingir Deus lá em cima nas nuvens.

– Onde está Deus, vô?

– Deus está por toda parte, minha pequena.

– Mas se ele está por toda parte, por que precisa de uma casa?

O vô ri bem alto, ele repete a minha pergunta à minha avó e à minha mãe, mas não me responde.

– Jesus é um mágico, vô?

– Mágico? Por quê?

– Porque transformou a água em vinho nas bodas de Canaã.

– Não, não foi um passe de mágica, foi um milagre.

– Qual é a diferença?

– A mágica, Kristina, é baseada na ilusão. Um mágico poderia ter mudado a *cor* da água, mas teria mantido o gosto de água. Um milagre opera uma *verdadeira* mudança. Nas bodas de Canaã, a água *realmente* se transformou em vinho com gosto de vinho e tudo mais.

– Mas e quando recebemos a comunhão?

– Sim...?

– A comunhão é um milagre, não é?

– Sim…?

– Então o vinho *realmente* se transforma em sangue, com gosto de sangue?

– Tudo o que existe, vô, foi realmente Deus quem fez?

– Sim, Kristina. Ele fez tudo o que o universo contém.

– Então ele fez a guerra?

– Não, ele fez os homens... e os homens fazem a guerra... e isso o entristece. Isso o decepciona.

– Mas se ele pode fazer tudo o que quer, por que ele não fez os homens como ele queria que eles fossem?

Várias perguntas minhas ficam sem resposta. Quando eu for grande, além de ser a Gorda do circo e uma cantora famosa, vou ler todos os livros do mundo e gravar e classificar o conhecimento contido neles na minha cabeça e assim, quando os meus filhos e os meus netos me fizerem perguntas, poderei respondê-las.

À noite não podemos ligar lâmpadas pois elas nos transformariam em alvos e a gente poderia ser bombardeada por aviões inimigos – não os mesmos inimigos, me diz o vô, que o pai e o Lothar estão combatendo, não os russos, mas os ingleses e os americanos.

– O mundo inteiro está unido contra a Alemanha – ele me diz. – Você acha que é uma brincadeira? Imagine, minha pequena Kristina, que você sai para a rua e todas as outras crianças se unem para bater em você, você acha que isso seria uma brincadeira?

Quase todas as noites agora toca uma sirene e os moradores do nosso prédio devem se precipitar para a cave e esperar para ver se os aviões inimigos vão largar uma bomba em cima da gente ou não. Felizmente, a gente mora numa cidade pequena que não é um alvo importante para as bombas. À noite, às vezes, o céu fica completamente vermelho por causa das cidades vizinhas que estão em chamas.

Invento uma canção em que a minha voz imita tudo o que toca.

No domingo, os sinos da igreja – ding, dong – é hora de rezar.
Durante a semana, a campainha da escola – trin, trin – é hora de estudar.

De noite, o alarme das sirenes – rrr, rrr – é hora de morrer.

Quando a Helga-empregada me ouve cantando essa música, ela me diz que não tem a menor graça.

O verão acaba e enfim entro para a escola. A mamãe me dá um cone de papel brilhante que contém maçãs e balas e um estojo de lápis, que é para alegrar o meu primeiro dia de aula, e tenho os meus próprios cadernos e uma régua e um quadro-negro e giz e a minha própria pasta de couro. Como todos os professores foram embora para matar os russos, eles foram substituídos por mulheres solteiras ou viúvas ou então por velhos que ainda se lembram da escola. Nós temos uma professora, ela é rígida e eficaz e percebe rapidamente os meus talentos. No primeiro mês, ela me dá uma estrelinha de ouro pela ortografia, uma pela aritmética e outra pelo bordado. Há três níveis na nossa classe e, quando termino o trabalho dos pequenos, ouço o que os médios e os grandes estão fazendo e aprendo também. Vou ultrapassar a Greta como a tartaruga ultrapassa a lebre apesar da distância entre elas: ela vai levantar a cabeça com uma cara de impressionada e só vai conseguir ver poeira. Em vez de aprender uma coisa de cada vez, eu gostaria de aprender *tudo* de uma vez só, assim como gostaria de devorar *toda* a comida que está na mesa para me tornar a Gorda do circo.

Agora sei ler e estou decorando os poemas de *O João Felpudo*. Tem a pequena Pauline que brinca com fósforos, coloca fogo na casa e morre queimada, tem o Gaspar que se recusa a comer a sopa sem a menor justificativa e morre de fome, e principalmente tem o Conrad, cujos polegares são cortados. Recito os poemas sem parar, invento árias e canto, e isso me faz entrar em transe.

No recreio brinco de *Estátua* com as meninas da minha classe. Lanço a bola no ar, o mais alto possível, elas correm para tudo quanto é lado, mas assim que eu pego a bola, grito: "Estátua!", e elas devem se imobilizar, não podem dar nem um passo a mais. Olho em torno de mim para ver qual delas está mais perto e lanço a bola na sua direção. Se eu consigo atingi-la, está morta, o que quer dizer que é a vez dela de lançar a bola, mas se eu erro dá na mesma porque o momento que eu mais gosto é quando digo "Estátua!" e levanto a cabeça e vejo todo mundo enrijecido bem no meio de um gesto, como as estátuas do palácio Zwinger *não se mexa, não se mexa, fique tranquila, vou ensiná-la a ficar tranquila!*

Quando acordo, as palavras ressoam como uma voz viva: *seis anos*. Pulando da cama desço correndo a escada e todo mundo exclama "Feliz aniversário!" me beijando e me abraçando. Para festejar a ocasião, a mamãe comprou um osso de porco com muita gordura. Quando volto da escola com a Greta ao meio-dia, o osso está sobre um papel-jornal em cima da mesa da cozinha, então, enquanto que a mãe está de costas, cuidando das lentilhas que estão cozinhando, pego furtivamente o osso e cravo os dentes na gordura. É dolorosamente delicioso, mas a minha mãe se vira para mim e diz:

– Ei, o que você está fazendo? É para toda a família e nem está cozido! Você vai ficar doente comendo a gordura crua desse jeito!

Caio na risada e corro do outro lado da mesa, segurando o osso enorme entre os dentes como se eu fosse um cachorro, e ela corre atrás de mim com o seu avental, vou para baixo da mesa e ela se inclina e pega o meu pé e, quando batem à porta e a mamãe vai abrir, ainda estou no chão, me contorcendo e com o osso de porco na boca. Mastigo a gordura pensando ah, se eu pudesse comê-la inteira, mas a mamãe ficaria brava de verdade, e agora ouço um homem falando e a mamãe não responde e depois há um estrondo.

Coloco delicadamente o osso de volta em cima da mesa. A vó e o vô correm da sala para a entrada, e ao mesmo tempo a Greta e a Helga-empregada descem os degraus da escada de quatro em quatro. O estrondo é porque a mãe desmaiou. Um mensageiro de uniforme está ajoelhado ao lado dela e o vô se inclina para pegar o telegrama que ela ainda está segurando e ele se ergue lentamente, lendo baixinho.

– O Lothar está morto.

Depois, o vô e o mensageiro levam a mãe até o sofá da sala, a Helga traz uma tigela cheia d'água, mergulha um pano nela e aperta-o contra a testa da mãe. Ela geme e a vó chora, a Greta fica quieta e a Helga-empregada contorce as mãos, e fico pensando que o mundo vai esquecer do meu aniversário porque se tornou o dia da morte do Lothar, durante toda a minha vida o meu aniversário será uma ocasião triste para a família, mas depois me digo que não, não deve ser hoje o dia da morte dele, deve ter morrido ontem ou anteontem, as notícias levam um tempo para chegar.

O meu irmão está morto. Eu não o conhecia direito, era muito velho, dezessete anos, e mesmo antes de partir estava sempre ocupado com as reuniões de escoteiros. O meu irmão está morto e será que estou triste? Não sei.

Tudo foi cancelado.

Tristeza na casa. Os olhos vermelhos e os vestidos pretos da mãe. A imobilidade da vó. O vô, que se fecha no quarto para ficar ouvindo rádio. Na escola, a professora pede à Greta que vá lá para frente e fique de pé diante de toda a aula e diga como está orgulhosa do seu irmão que deu a vida dele para o Führer. Ela obedece, mas a sua voz está tremendo e há lágrimas brilhando nos cantos dos seus olhos, não é muito convincente.

– Posso brincar com a sua caixinha de joias, vó?

– Me deixe em paz, Kristina, me deixe.

Será que vamos conseguir festejar o Natal este ano? Quero observar tudo muito de perto para entender o que está acontecendo, não sei se é um passe de mágica ou um milagre.

Na véspera do Natal, quando o dia começa a cair, todos nós nos reunimos na sala, e a mãe não acende o fogo no grande aquecedor de porcelana, ela apenas acende velas brancas em cima da árvore de Natal. O vô se senta no piano e é o momento de mostrar a eles como eu sei cantar em harmonia. De pé, em semicírculo em torno da árvore, cantamos um cântico atrás do outro, tenho a voz mais potente e suave da família, sinto-a enchendo o meu peito e fluindo da minha boca exatamente como deve ser, *Bate o sino pequenino sino de Belém...* A Greta canta desafinado, seria bem melhor se ela se contentasse em mexer os lábios, ela destrói a beleza, errando as notas sem parar e, além do mais, ela erra a ordem das estrofes, se lançando na terceira ao passo que ainda não cantamos a segunda, ela não se preocupa se está certo ou errado, mas eu me preocupo, conheço cada cântico palavra por palavra, inclusive o preferido do Hitler *Lá no fundo do coração das mães / bate o coração de um mundo novo*, cantando essas palavras eu levanto para a mamãe meus olhos brilhantes para que ela não fique triste por causa da morte do Lothar e da ausência do papai, ela dá batidinhas na minha cabeça e vejo que ela está orgulhosa de mim, gostaria que ela explodisse de orgulho.

Enquanto estávamos cantando, a noite caiu e se insinuou pela sala, as velas na árvore parecem estar queimando mais intensamente, as guirlandas e as bolas prateadas captam essa luz, refletindo-a de maneira divina, o avental branco da Helga reluz como os cabelos brancos do vô. Ele conhece as músicas de cor e os seus dedos continuam tocando apesar da escuridão sem errar nenhuma vez, embora tenha perdido dois deles.

Quando chegamos em *Noite feliz,* que é sempre o último cântico, cantamos cada estrofe de maneira mais suave do que a anterior, de modo que as últimas palavras, *Dorme em paz, oh Jesus,* são como um sussurro no ar, e depois a vó diz “Psiu” e todo mundo fica quieto. Ouço o grande relógio de parede fazendo tique-taque na sala e sinto o meu coração bater no meu peito. Quando o meu coração parar de bater, estarei morta. O relógio não está vivo, mas mesmo assim o seu pêndulo oscila calmamente da direita para esquerda e da esquerda para a direita, às vezes ele para, mas isso não significa que esteja morto, apenas que o vovô esqueceu de dar corda nele. Mesmo se um dia o relógio quebrar e não for mais possível consertá-lo, não poderemos dizer que ele está morto, não compraremos um caixão para enterrá-lo, diremos apenas que estragou e compraremos um novo.

Dizer que estamos com o coração partido é apenas uma maneira de se expressar.

Enfim, o vô começa a rezar a Deus em voz baixa, ele agradece pelo melhor presente de todos, o presente do seu filho Jesus Cristo – *Cristo* e *Kristina* são a mesma palavra, quer dizer "ungido", quando colocam um unguento sobre a sua cabeça, você está abençoado pelo resto da vida.

– E agora – o vovô diz – tu chamaste o nosso Lothar para o teu lado, assim como o fizeste com o teu próprio filho Jesus – mas a sua voz se interrompe e ele não consegue mais continuar.

A mãe sufoca um soluço e enfim a voz do vô murmura "Amém", que significa "Assim seja" e todo mundo repete suavemente "Amém", como um eco, o silêncio volta e o relógio começa a badalar. Conto sete badaladas e me pergunto se eram sete horas no início da primeira ou no fim da última ou exatamente no meio ou entre a terceira e a quarta.

A vó faz um sinal com a cabeça para a Helga-empregada:

– *Agora!* – ela diz.

Atravessando a sala escura num farfalhar de saias, a Helga faz correr a porta dupla e – maravilha das maravilhas! Sim! Está acontecendo de novo! *Como é que pode?* Estávamos todos ali, todos juntos, ninguém estava faltando ao chamado, a não ser o papai que está matando russos a *quilômetros* daqui, e, enquanto estávamos cantando na sala, a mesa da sala de jantar *foi posta sozinha*. Oh! oh! oh! uma toalha de linho branca flutuou pela peça para se espalhar suavemente por cima da mesa, a mais bela prataria da mamãe e a porcelana de Dresden saíram dançando dos armários para virem se alinhar de ambos os lados, copos de cristal voaram do bufê para se colocarem em posição de sentido na ponta de cada faca, e a coroa do Advento se pôs no centro da mesa com quatro velas vermelhas acesas.

– Oh! oh! oh! – exclamo sem conseguir parar. – *Como é que pode?*

Olho para a mãe.

– Você disse para uma vizinha vir fazer isso?

– Eu? – ela me diz ficando vermelha. – Não, claro que não.

Ela não pode mentir, mas então como é possível? Cada ano é o mesmo mistério e não consigo resolvê-lo. É um truque ou um milagre?

A ceia de Natal terminou, os bolinhos de especiarias e o pão de mel não estão muito bons pois não havia ovos, a Greta e eu estamos sentadas no tapete da sala, com os nossos presentes no colo. Na poltrona, perto da gente, a mãe nos observa fazendo força para sorrir.

– No ano que vem, espero ter um presente melhor para cada uma de vocês – ela diz.

– Foi o que você disse no ano passado – a Greta diz.

Um *w* de dor se imprime entre as sobrancelhas da mãe, mas ela o apaga logo. Ela não repreende a Greta pelo seu egoísmo, ela não diz à Greta você está se dando *conta* de que o seu irmão morreu e que o seu país está em guerra? Ela apenas diz:

– Vamos, minhas queridas, abram os presentes – mas a voz dela está rouca e sei que está preocupada com o pai, já perdeu um filho, será que ainda por cima vai perder o marido? Várias vizinhas perderam os filhos e o marido, *onde está o meu querido Dieter nesta manhã de Natal?*

– Talvez o pai também esteja aqui no ano que vem – digo para reconfortá-la, e ela dá umas batidinhas na minha mão.

– Vamos, minhas queridas.

Pegamos os presentes e começamos a rasgar a embalagem – feita sem fita adesiva e com papel-jornal –, e em apenas alguns segundos, os meus dedos arrancaram os barbantes, afastaram o papel e abriram a caixa, baixando os olhos percebo um pedaço de pelo amarelo e um peso metálico, mas antes que eu consiga entender do que se trata, a Greta dá um grito de alegria e o meu olhar se ergue bruscamente fixando-se no lugar onde ela está sentada agitando uma boneca.

Eu fico dura.

O que posso dizer? Tem alguma coisa errada. A mãe se enganou, a boneca era para mim e... essa coisa aqui... a pelúcia, para Greta – por que ela não diz logo, por que ela não exclama *Oh, meu Deus, como sou burra, desculpe Greta, essa aí é a boneca da Kristina, e o ursinho é para você, minha querida*!

A boneca é minha, sei disso. Está usando um vestido de veludo vermelho com uma gola e mangas de renda branca, tem cabelos compridos castanhos, bochechas cor-de-rosa, lábios cor de rubi fazendo biquinho e olhos azul-escuros que, além do mais (como a Greta me mostra de longe), se abrem e se fecham! De pé, ela olha para você com os olhos bem abertos, mas se você deita ela, as pálpebras se fecham lentamente e os cílios roçam nas suas faces e ela parece diretamente saída de um sonho. Eu a adoro. Até sei o nome dela: Annabella. Ela é *minha*. Devo contrair todos os meus músculos para não pular de um lado para o outro da sala e arrancá-la das mãos da Greta. E a mãe me diz:

– E você, Kristina? O que é que o Papai Noel trouxe para você?

E eu fico ali, prostrada, pensando que nunca mais serei feliz. Pouco importa o que tem no meu pacote, desejo apenas, urgentemente, ardentemente, abraçar e cuidar e amar para sempre a maravilhosa Annabella com o seu vestido de veludo vermelho. A Greta se pôs a niná-la, cantarolando alguma coisa, como sempre ela está desafinando, os meus dedos brancos entorpecidos deslizam em direção ao troço de pelúcia para tirá-lo do pacote: um urso que fica de pé e toca pratos.

– Puxa, Kristina, como ele é bonitinho! – a Greta exclama num tom hipócrita e fico com vontade de derrubá-la e arrancar-lhe a Annabella das mãos e sair voando com ela pela janela, como o Peter Pan faz com a Wendy.

– Você viu, minha querida? – pergunta a mamãe. – Ele tem uma chavezinha nas costas, você pode dar corda... Veja, deixe-me ajudá-la!

Chegando perto de mim, ela pega o urso com a mão esquerda e dá corda com a mão direita, uma, duas, três vezes, depois, coloca o urso sobre o tapete. Ele bate os pratos, avança dois passos e cai no chão.

– Veja só! – a mamãe exclama. – Ele parece não gostar muito do tapete. Que tal tentarmos em cima da mesa? Venha Kristina, veja só.

E eu me forço a olhar o urso idiota que avança em passos refreados batendo os pratos. Esquerda, direita, esquerda, direita, ele se mexe como um soldado, só que não está vivo. Os soldados se mexem como robôs e os robôs não estão vivos, mas os soldados estão – a não ser quando eles recebem tiros ou punhaladas no coração ou no cérebro ou uma bomba ou uma granada na cabeça, então param de se mexer para sempre e são enterrados num caixão e ninguém nunca mais os vê pois eles foram para o céu. Olho para a mãe, e ela está acompanhando os movimentos do ursinho, batendo as mãos e dizendo "Esquerda, direita". Quando ele alcança o final da mesa, ela o vira, dizendo:

– Meia-volta, *marche!*

E ele trava se bloqueia se imobiliza, igualzinho ao relógio de parede quando o vô se esquece dar corda. A mãe olha para mim, resplandecente, orgulhosa de ter conseguido um presente desses para mim nestes tempos difíceis.

– Você pode tentar, Kristina – ela diz –, agora é a sua vez de dar corda! – e sinto vontade de morrer.

A Greta deu um outro nome para a Annabella, um nome tão ridículo que me recuso a pronunciá-lo. Todas as manhãs, ela deixa a boneca sentadinha bem reta em cima do travesseiro dela, com as mãos comportadamente cruzadas por cima da saia. Ela me disse para eu não tocar na boneca, mas cada vez que ela sai para brincar com as amigas, faço mais do que tocar, falo, canto, derramo o meu coração no dela. Tenho muito cuidado em colocá-la de volta na cama da Greta, exatamente como eu a encontrei, sentada muito reta, com o vestido de veludo estendido e as mãos cruzadas.

A vó dá um grito agudo que me congela o sangue, o que é uma maneira de falar, na verdade os seres humanos têm o sangue quente, o que significa que ele permanece na mesma temperatura seja qual for a situação, mesmo durante um inverno muito gelado como este, o sangue dos soldados alemães permanece quente, a não ser que recebam um tiro e que o peito deles jorre sangue, que, nesse caso, deve formar estalactites vermelhas na neve, então, quando a vó grita, o meu sangue não congela de verdade, mas acontece uma coisa estranha, eu o sinto formigar no pescoço e nos punhos. A minha mãe me chama:

– *Kristina, venha cá rápido!* – e eu desço as escadas tão rápido que nem sinto os degraus sob os meus pés.

Elas estavam lavando roupa e uma bacia virou, respingando água fervente nas mãos da vó. Agora ela parou de gritar e está choramingando como um cachorrinho, se balançando para frente e para trás numa cadeira de espaldar reto, tentando reconfortar uma mão com a outra sem que elas se toquem. De pé ao lado dela, a mãe parece sobrecarregada, pegou os unguentos e os curativos, mas não tem coragem de usá-los.

– Vá chamar um médico, Kristina – ela diz sem olhar para mim. – Corra, querida! O mais rápido que você puder!

Quando você se queima, a pele incha para formar bolhas que se enchem de pus, se você estoura uma delas, o pus sai e dói, mas, depois de um tempo, uma nova camada de pele substitui a pele machucada. O mais extraordinário, segundo a explicação do vovô, é que todas as linhas e manchas reaparecem exatamente no mesmo lugar, então os criminosos nunca conseguem se livrar das suas impressões digitais, mesmo queimando de propósito a ponta dos dedos.

O médico ainda está fazendo o curativo nas mãos da vovó quando ouvimos gritos outra vez, desta vez, vêm lá de cima.

Greta. Ai, essa não.

Deixei Annabella onde eu estava brincando com ela, na minha cama, e a Greta a encontrou. Ela entra na cozinha como uma flecha e, sem olhar para mim, vai direto falar com a mamãe e me denuncia. Ainda preocupada com a as mãos escaldadas da vó, a mãe mal presta atenção.

– Ora, Greta – ela diz enquanto descasca batatas para o almoço –, você pode dividir essa boneca com a Kristina, não pode?

Mas a Greta responde:

– Não, não posso! Não quero os dedos sujos dela na minha boneca! É a minha *propriedade privada*!

– Bom... – a mamãe diz. – Kristina querida, você tem os seus brinquedos e não deve pegar os da Greta sem pedir.

Estou desesperada. Traí a Annabella deixando-a em cima da minha cama, ela deve ter tentado escalar pelas guardas para depois descer pela cama da Greta, mas não conseguiu, e agora o nosso segredo foi descoberto. A Greta sabe que eu adoro a boneca dela, esse saber lhe dá poderes sobre mim, e estou desesperada.

Depois das preces da noite, deito de barriga para baixo e começo a soluçar no meu travesseiro, bem baixinho para a Greta não me ouvir. De repente ela se ajoelha, passa a cabeça por cima da guarda da cama e assovia alguma coisa para mim. Parando de soluçar, levanto as orelhas (é uma maneira de falar, pois só os cachorros e as raposas e talvez os gatos levantam realmente as orelhas), ela assovia de novo. É um assovio de serpente, um assovio sobre duas irmãs que crepita como o ferro de passar roupa quando a mamãe o aperta sobre um tecido úmido – as palavras que se insinuam lentamente no meu cérebro para gravar a sua marca nele são as seguintes:

– De todo jeito, você não é minha irmã.

O que ela quer dizer com isso? Que ela não me quer mais como irmã? Que ela não quer mais fazer parte da mesma família que eu?

O assovio continua, cada palavra me queima mais profundamente do que a anterior.

– A mãe e o pai não são os seus pais. A vó e o vô não são os seus avós. Não somos a sua família de verdade. Você não saiu da barriga da mãe como o Lothar e eu, você tem uma mãe em algum lugar, mas ela nunca quis você. Você é *adotada*. Lembro muito bem do dia que trouxeram você para cá. Eu tinha quatro anos e você só tinha um ano e meio. É um segredo, eu havia prometido nunca contá-lo, mas você foi tão detestável comigo que não tive escolha. Não sou sua irmã. Não tenho nada a ver com você. Queria que você voltasse para o lugar de onde veio para eu nunca mais vê-la.

Ela volta a se deitar *poft!* na cama, fazendo ranger as molas do colchão, e um silêncio imenso e novo envolve o nosso quarto. Agora estou de barriga para cima, de frente para os grandes retângulos sóbrios das cortinas, os meus pensamentos correm para todos os lados para escapar das palavras que a Greta acaba de pronunciar. No escuro, arregaçando as mangas do meu pijama, acaricio delicadamente o meu sinal, sem parar, até adormecer.

No dia seguinte, a Greta me acorda com um beijo na testa.

– O café da manhã está pronto, Kristina – ela diz, e eu pulo da cama. – Esqueça o que eu disse ontem à noite – acrescenta. – Inventei tudo aquilo porque estava brava por você ter brincado com a minha boneca. Desculpe se a feri. Vamos fazer as pazes, está bem? Ouça... – e eu sinto o quanto lhe custa esse esforço para ser gentil comigo –, é que eu só não quero que você brinque com a... – ela diz pronunciando o nome ridículo que deu à boneca – pois você é muito pequena e poderia sujar a gola do vestido dela ou quebrar os seus olhos. Mas, se você prometer não dizer nada para a mamãe sobre o que eu disse ontem à noite, mostrarei a você tudo o que aprendo na escola. Está bem? Combinado?

A minha cabeça é uma pedra grande e pesada em equilíbrio instável sobre os meus ombros. Deixo ela balançar *só uma vez* e depois paro, senão ela poderia cair e sair rolando pelo chão.

Passo o dia entorpecida. A mãe pede que eu a ajude a dobrar os lençóis, coisa que normalmente adoro fazer, cada uma de nós pega duas pontas, fico com os braços abertos ao máximo e recuamos até que o lençol fique bem esticado, então o sacudimos, unimos uma ponta à outra, dobramos o lençol ao meio... Mas, hoje de manhã, tenho a sensação de que sou de madeira, como os autômatos do relógio da torre da igreja, ligada a um mecanismo de correntes e molas tilintantes, mantenho sempre a mesma expressão e os meus gestos são bruscos, sou incapaz de dizer alguma coisa.

– A minha Kristinazinha está muito quietinha hoje – a mãe diz quando terminamos de dobrar os lençóis. – Será que ela continua triste por causa da boneca?

Faço que sim com a cabeça e, sentando-se em uma cadeira, a mãe me põe no colo e me abraça, sinto a pele macia dos braços dela e as formas arredondadas do seu peito debaixo do vestido de andar em casa, ela me embala e eu coloco um polegar na boca e acaricio com o outro o meu sinal, eu deveria estar me sentindo feliz, mas, segundo a Greta, essa mulher não é a minha mãe, *então o que estou fazendo aqui?*

Saio. De pé, perto de um monte de neve, dura como um soldado, deixo-me cair para frente como se tivesse recebido um tiro pelas costas, fico ali sem me mexer até que a neve comece a queimar o meu rosto, sim, o muito-frio se torna muito-quente e quando você coloca por engano um pé na banheira quando a água está muito quente é o inverso, o choque é glacial no início. Eu me viro de costas, me sento no montinho, pego um punhado de neve que jogo no meu rosto e que esfrego nos olhos até que a neve me queime.

A Greta mantém a promessa. Até que a escola recomece depois dos doze dias de férias de Natal, ela divide os deveres comigo, me ajudando a desenhar as letras da escrita cursiva, me iniciando nos grandes feitos heroicos do nosso glorioso passado teutão, testando os meus conhecimentos de frações e porcentagens. Eu me empanturro com o conhecimento dela e digiro tudo muito rápido, jogando-lhe na cara as respostas corretas – mas, apesar do lugar que esse novo conhecimento ocupa no meu cérebro, não consigo esquecer aquilo que ela me sussurrou no ouvido naquela noite. E eu lhe dei a minha palavra de honra. Embora o meu aceno fosse imperceptível, ele tornou a minha promessa solene como um tratado – não como o que foi firmado com a Rússia, mas com a Itália e o Japão: um aceno de cabeça quer dizer sim, e sim é uma palavra de honra, e dar a sua palavra de honra é prometer, e, por isso, não posso dizer nada à mãe.

O vô? A vó? Eu olho para eles, hesito, desisto dessa ideia. Os dois ainda estão atormentados com a perda do neto. Não quero causar mais uma dor.

Mas de tanto olhar para eles, começo pouco a pouco a enxergá-los: e isso acontece não apenas com o vô e a vó, mas com a mãe e a Greta também. Exploro os traços deles, um por um. Depois do jantar, me tranco no banheiro e me contemplo no espelho. *Kristina...* como saber? Os meus cabelos são loiros, os da mãe são castanho-claros e os da Greta também, mas isso não prova nada, o Lothar era loiro. O papai era loiro escuro, os olhos dele são verdes e os meus são azuis, mas os da vovó também são. Deixemos de lado os olhos e os cabelos. Por que sou a única da família a ter o nariz arrebitado? Por que a testa da Greta é maior do que a minha?

Posso continuar assim por horas e horas.

Tenho pesadelos. Estou sentada no penico e uma senhora que usa saia e sapatos brancos passa perto de mim e bate na minha cabeça tão forte que caio por cima do pipi, que derramou do penico. Ao me ver sentada na poça amarela, um menininho cai na risada e me aponta, outras crianças giram em torno de mim arrastando cobertas, estão nuas e com o nariz escorrendo, choram e berram, os cobertores delas estão molhados do pipi.

Num outro sonho, subo numa cadeira para olhar pela janela e vejo um bebê que está tremendo e choramingando na neve, está azul, deixaram-no ali para morrer.

Para quem perguntar? Não para a mãe. Nem para a vó nem para o vô. Já sei: para a Helga-empregada. Helga, a forte, com o seu avental branco engomado e cabelos acaju, que passou (como ela tanto gosta de dizer) a metade da sua vida nessa família. Há dois anos a mamãe não pode lhe pagar o salário, mas ela fica conosco mesmo assim para fazer as tarefas dos homens na ausência deles, cortar a lenha e limpar a neve e carregar peso, enquanto que a mãe e a vó cuidam das tarefas dela, a cozinha e a faxina. É solteirona. Uma vez, quando ela estava tomando o chá com a mamãe, ouvi-a dizer que em breve faria trinta anos e ainda não tinha conseguido um marido pois todos os rapazes tinham morrido. A metade de trinta é quinze então ela tinha quinze anos ao chegar aqui em casa, então ela deveria se lembrar tanto do nascimento da Greta quanto do meu.

Uma pergunta simples e inocente: *você lembra do dia do meu nascimento?*

Os dias passam, preciso criar coragem. O vô diz que quando estamos com medo o coração começa a bater mais rápido pois quer nos ajudar, ele pensa que se precisarmos brigar ou fugir a toda velocidade será preciso muita energia de uma só vez, então bombeia muito sangue pelas veias para nos preparar, mas o resultado dessa história toda é que os batimentos cardíacos *aumentam* o medo! Cada vez que vejo a Helga sozinha e me preparo para lhe fazer a pergunta – *Vamos! Pergunte! Agora* – o meu coração dispara sozinho, os meus pés e as minhas mãos ficam congelados e o medo me paralisa, então cantarolo uma canção, como se eu estivesse passando ali por acaso.

Chega um dia em que não posso mais adiar, é *preciso* fazer a pergunta. A Helga tricota na cadeira de balanço, perto do aquecedor de porcelana, a Greta está lá em cima, a mãe e a vó estão na cozinha, o vô está ouvindo rádio no quarto. De pé na soleira da porta, faço o sinal da cruz como se eu fosse entrar numa igreja – e, depois, cruzando os braços e apoiando com força o polegar no meu sinal, sento no banquinho aos pés da Helga. "*Vá lá*", penso. "*E vigie bem a reação dela.*"

– Helga? – pergunto, com uma voz despreocupada.

– Hummm...?

– Você se lembra do dia em que nasci?

Meus olhos penetram nela.

Ela não tem um sobressalto, não fica vermelha, não começa a gaguejar, mantém os olhos fixos no tricô, mas, no espaço de um segundo, as agulhas param de se mexer e eu obtenho a minha resposta.

A imobilidade diz a verdade.

A seguir, ela recomeça a tricotar – uma malha de meia e uma malha de liga, a Helga está tricotando uma meia e eu sou um corpo estranho nesta casa.

– Claro que lembro – diz, e depois se atrapalha, então eu a coloco contra a parede.

– Você tem certeza de que eu não sou adotada?

– *Adotada?* – ela repete, para ganhar tempo. – E por que você não diz de uma vez uma criança encontrada na rua? O seu avô lhe contou estórias demais, minha querida!

Helga pega impulso na cadeira de balanço e acrescenta:

– Vá, corra lá para ajudar a sua mãe a preparar a comida.

Eu corro não para a cozinha, mas para o banheiro, obtive a minha resposta, despejo tudo o que está no meu estômago e, quando não sobra mais nada, puxo a descarga e me sento na privada e deixo sair o resto pelo outro lado. Sentada ali, suando, enquanto que os detritos líquidos escorrem do meu corpo, vejo bebezinhos deitados de costas, berrando sem parar pois as suas fraldas estão transbordando de cocô, vejo outros bebês um pouco maiores, com as mãos e o rosto manchados de cocô, vejo crianças de dois ou três anos que carregam penicos cheios até a boca de pipi e cocô, eles querem jogar tudo fora, mas o conteúdo do penico derrama nos pés deles a cada passo que dão, vejo mulheres de saias brancas que correm para lá e para cá esganiçando e distribuindo tapas a torto e a direito, vejo meias brancas caminhando com passos pesados, pés graciosos nus de unhas pintadas, frufru de seda rosa, longas tranças loiras e cachos loiros em cascata, vejo seios redondos e bonitos, como os das ninfas nos nichos do Zwinger, só que os do meu sonho balançam e pingam leite – vejo dezenas de cabeças de bebês, como se fossem as cabeças de anjo do alto das colunas que prendem seus lábios aos mamilos desses seios e os chupam com ferocidade, vejo uniformes brancos, prestes a explodir de tão esticados, ouço gritos de mulheres, vagidos de bebês e também, de tempos em tempos, o rugido de um homem. Logo a seguir, desço do vaso, puxo a descarga e me ajoelho novamente no chão. Debruçada sobre a privada de odor sinistro, não consigo mais vomitar, mas sou sacudida por violentas ânsias e gotas de suor nascem na minha testa.

Quando eu enfim saio do banheiro, cruzo com a mãe, que está levando uma pilha de pratos para o comedor. Apesar da luz fraca, ela nota a minha palidez e logo se abaixa para pôr os pratos no chão.

– Mas, minha Kristina, pelo amor de Deus, o que está acontecendo? Você está doente?

Eu desabo por cima dela, então ela deixa os pratos onde estavam, me pega nos seus braços e me carrega até o meu quarto. Com gestos suaves, ela tira as minhas roupas e me ajuda a pôr o pijama, murmurando com uma voz tranquilizadora que estou com febre, que devo descansar e que ela voltará daqui a um instante com um chá de camomila com mel.

Alguns dias se passam. Estou flutuando. Geralmente quando as pessoas dizem que estão flutuando querem dizer que a felicidade as torna leves mas para mim é o contrário, é a desgraça que me deixa leve, como a última réstia de bruma prestes a ser queimada pelo sol. Acaricio o meu sinal quando ninguém está me olhando, mas isso não atenua a dor que sinto na boca do estômago.

Quem me passou a minha marca de nascença?

De noite, fico com medo de ter pesadelos com bebês, então choramingo baixinho para ficar acordada. A Greta ouve e me manda ficar quieta. Annabella sorri para mim lá de cima da sua prateleira e me diz para eu não me preocupar, que tudo vai dar certo, mas não posso fazer nada, estou preocupada.

O vô me ensina uma nova canção sobre a edelweiss. Ela é linda e quando termino de aprendê-la ele me dá um beijo na testa e me diz:

– Você é a única da família a ter o ouvido absoluto.

Quem me deu a minha voz?

É meio-dia de sábado. Depois da oração, quando estamos colocando na boca a primeira colherada de sopa, a mãe limpa a garganta e diz:

– Minhas queridas, tenho uma notícia importante para contar para vocês. Ouçam bem.

Levantamos os olhos e, depois de uma hesitação, colocamos a colher sobre a mesa.

Silêncio. O meu estômago ronca porque estou com fome e a Greta me dá uma cotovelada.

– Vá em frente – o vovô diz, colocando uma mão sobre o ombro da mãe. – Você precisa contar para elas.

– Pois bem... Greta, Kristina... Esta tarde, a nossa família terá... um novo membro. Um rapaz chamado Johann. O pai está sabendo. Ele vai conhecê-lo na sua próxima licença. Por causa da guerra, o Johann perdeu os pais, e está sozinho no mundo, é órfão. Então... propus trazê-lo para casa e criá-lo como meu filho. Ninguém poderá substituir o Lothar no coração da gente, é claro, mas vocês devem tratar o Johann exatamente como se fosse o irmão de vocês.

Enquanto estou ali, encarando a mãe, sinto no meu rosto a pressão de um outro olhar, viro a cabeça para a esquerda e a Greta está me encarando. Isso não dura mais do que um segundo, mas a sua mensagem me atinge como um raio: Você está vendo? É a segunda vez. A primeira foi você. Depois, ela se inclina para o seu prato e começa a beber a sopa ruidosamente. Em princípio, não se deve fazer barulho ao comer, mas com a sopa é permitido, pois senão se pode queimar a língua e o céu da boca.

– Quantos anos ele tem? – pergunto.

– Dez anos – a mãe responde. – Apenas um a mais do que a Greta.

Ouço o tilintar das colheres sobre os pratos.

– Quando é que ele vem?

– Eu já disse, hoje à tarde.

A tarde começa exatamente ao meio-dia, e já é meio-dia e meia e pode ser agora mesmo ou pode ser daqui a uma hora ou duas ou três ou quatro horas, detesto não saber. A tarde é interminável. A Greta sai para andar de tobogã com as amigas dela, e eu faço a sesta com o vô e são apenas duas horas, o relógio está fazendo tique-taque para forçar o tempo a passar, dá-lhe pontapés no bumbum: *Vamos! Avance!* Estou explodindo de curiosidade.

Quando o *sol* agudo da campainha enfim toca, harmonizo-o com *rés* e *sis* bemóis, cantando baixinho o nome Johann.

No hall de entrada, não consigo vê-lo por causa dos dois homens que o acompanham, eles batem os pés no tapete para tirar a neve das botas e não consigo distinguir nada. Dirigem-se à sala de jantar, sem deixar de flanqueá-lo, e a mãe se inclina para assinar os papéis na mesa, as vozes graves deles pronunciam frases que não consigo entender, ouço as solas deles batendo no chão, "Heil Hitler", "Heil Hitler", "Heil Hitler", enfim a porta se fecha atrás deles, e o acontecimento já aconteceu.

– Kristina, venha conhecer o seu irmão.

Ao dizer isso, a mãe faz menção de ajudar o menino a tirar o casaco, mas ele a impede com um movimento de ombros violento e o tira sozinho. Enquanto o pendura no cabide, chego perto dele e murmuro:

– Olá, Johann – ah, gostaria de ter cantado *Olá, Johann!,* mas ele não responde. Os olhos dele estão abertos, mas, ao mesmo tempo, fechados: formam uma parede mais opaca do que a sua testa ou as suas costas. Ele é alto e parece ter mais do que dez anos, os seus olhos azuis, mesmo estando abertos, estão trancados e as suas mandíbulas estão contraídas, vejo os seus ossos se mexendo debaixo da pele lisa das suas faces e penso: como o meu novo irmão é bonito.

A Greta volta da sua saída para andar de tobogã com as faces vermelho vivo e os olhos brilhando, a vó prepara chocolate quente para a gente e toda a família se encontra na cozinha, juntos levantamos as xícaras para fazer um brinde ao recém-chegado, mas Johann permanece imóvel, duro como um pedaço de pau, sem falar e sem sorrir. A mãe e a vó trocam um olhar, o chocolate desce escorrendo silenciosamente das nossas gargantas até o estômago, a Helga sobe a mala do Johann para o quarto dele (que antes era o quarto do Lothar), dizendo a ele que a siga, e ele o faz com reticência e ressentimento.

O vô senta ao piano e me faz um sinal para eu ir cantar com ele, encho a minha voz de calor, esperando que o Johann possa me ouvir do quarto dele no segundo andar e que as minhas entonações o acalmem, desfaçam as tensões do seu corpo. Ele está em estado de choque porque os seus pais estão mortos e, para ele, somos uns desconhecidos – mas quando desce para o jantar, nada mudou, as suas mandíbulas continuam comprimidas, os seus olhos são paredes, o seu silêncio é intratável.

Depois da ação de graças (ele abaixa a cabeça, mas não murmura "Amém"), a mãe lhe faz perguntas com doçura e enrubesce quando as suas perguntas ficam sem respostas. Ela se vira para falar com a Greta, mas se atrapalha nas frases. O Johann trouxe o mal-estar para o nosso lar, o silêncio que emana dele nos domina uns após os outros e acaba nos deixando mudos. A gente se atrapalha, a conversa fica travada, sobre o que mesmo é que a gente costuma falar? É impossível se lembrar.

Depois do jantar, nos reunimos como sempre em torno do aquecedor, mas não subo no colo da mãe e presto muita atenção para não chupar o meu dedo, não quero que o Johann me ache um bebê. O vô nos conta a história dos músicos de Bremen e quando o gato, o cachorro, o galo e o asno assustam o salteador, caímos na risada, mas o Johann fica ali olhando para o nada, as sombras brincando nas suas maçãs do rosto, pouco a pouco os nossos risos se dispersam e se apagam.

Na escola, de manhã, é a mesma coisa: a professora apresenta o novo aluno à turma, ela dá um pequeno discurso para lhe desejar as boas-vindas e ele fica ali como um soldado de chumbo, implacável, inacessível, indiferente. Ele faz tudo que o mandam fazer, com uma pequena demora para nos mostrar que se trata de uma escolha, não de obediência, mas se recusa a responder às perguntas, a ler em voz alta, a pronunciar uma palavra que seja.

Ninguém o repreende nem o deixam de castigo.

É extraordinário. Somos órfãos: eu música, ele silêncio. Você me ouve cantar, ó garoto das mandíbulas crispadas? De agora em diante todos os meus cantos serão para você.

O nosso estoque de madeira terminou e a Helga-empregada está de cama, doente e tiritante.

– Preciso da sua ajuda, Johann – diz a mãe. – Agora você é o mais forte da família, você vai ter que ir buscar lenha. Pegue o trenó, a Kristina vai lhe indicar o caminho. Agasalhem-se bem, crianças, há uma verdadeira tempestade de neve lá fora.

E estendendo-lhe uma nota de dinheiro, ela acrescenta sorrindo:

– Não se esqueça de me trazer o troco.

Ao atravessarmos o corredor, cruzamos com a sra. Webern, cujo "Heil Hitler" em outros tempos havia carecido de entusiasmo. Sem nos cumprimentar, enquanto gira a chave da porta, ela assobia com um tom sarcástico:

– Veja só como a família está crescendo! – mas felizmente o Johann não a ouve.

Caminhamos lado a lado e, pela primeira vez, o frio desse inverno não me parece insuportável. A neve cai em flocos grandes que flutuam suavemente, colando-se aos chapéus e às mantas, derretendo-se sobre as faces, colando-se nos cílios... Preciso aproveitar a minha oportunidade. O vendedor de lenha mora bem depois da praça, vamos levar pelo menos uma hora. Então eu falo:

– Todos os flocos de neve são diferentes – digo. – Eles se parecem com as estrelas, mas, na verdade, as estrelas não são frias e minúsculas, são ardentes e enormes, são sóis longínquos, você não acha isso incrível?

Silêncio.

– Johann – eu digo. – Você certamente deve achar que não vale a pena falar comigo porque não passo de uma menina, mas a Greta me ensina tudo o que a classe de vocês faz na escola, a minha memória é excelente e, além do mais, tenho o ouvido absoluto.

Silêncio.

– Johann, entendo que você ainda não se sinta à vontade com a nossa família, mas só queria lhe dizer que você pode confiar em mim. E, de certo modo, sou realmente sua irmã porque... eu também sou adotada.

Ah. Ele olha para mim. Agora, pela primeira vez, ele está me olhando *de verdade*. De uma só vez, tudo se acelera em mim: o meu coração, o meu passo, a minha língua.

– Eu também não faço parte desta família – acrescento para causar uma boa impressão.

O Johann continua olhando para frente, mas noto que a mandíbula se descontraiu um pouco e em seguida – vitória! – a boca dele se abre e a sua voz sai, formando palavras:

– É verdade? – pergunta.

São exatamente as palavras que ele pronuncia, mas elas soam estranho – o Johann fala com um sotaque.

Faço que sim com a cabeça, tão aliviada por ter encontrado um confidente que fico com lágrimas nos olhos, mesmo se não estou nem um pouco triste – pelo contrário, até estou feliz.

– Pelo menos fomos adotados por uma família simpática – digo.

– Não sou adotado – o Johann responde, o que é ridículo pois eu vi com os meus próprios olhos a mãe assinando os papéis, mas não digo nada pois quero que ele continue falando.

– Qual é o seu nome? – ele me pergunta depois de um tempo, e isso me deixa boquiaberta.

– O meu nome? Kristina!

– Não o seu nome de verdade, o de antes.

Não sei o que responder, mas chegamos à loja que vende lenha e sinto que ele se refugia no silêncio para se proteger, como uma tartaruga que coloca a cabeça e as patas para dentro do casco. Quando bato à porta, ele olha para mim e o seu olhar quer dizer *É você quem deve falar*, então eu falo. Com uma vozinha de passarinho envergonhado, digo tudo o que tenho que dizer, ele estende a nota ao senhor e embolsa o troco; estamos do lado de fora outra vez.

O frio está mais intenso do que antes e o dia começa a cair; vazio o trenó estava leve, mas agora está pesado e os músculos do rosto do Johann se contraem pelo esforço de puxá-lo, como o rosto dos escravos negros que sustentam as sacadas no palácio de Zwinger, a diferença é que o Johann está vivo, então ele realmente está sentindo o peso e não tem mais forças para falar. Começa a arquejar; quando a gente chega na praça, ele para para retomar o fôlego.

Quase inaudível, a música aflautada do carrossel chega até a gente vinda do outro lado da praça.

Virando-se para mim, o Johann me diz no seu alemão estranho e hesitante:

– Você quer dar uma volta de carrossel, Falsa-Kristina?

– Não dá. Tem que pagar.

– Estamos ricos! – dizendo isso, tira do bolso o troco da mãe e me mostra o tesouro brilhando no fundo-caverna da sua luva.

– Johann, você só pode estar brincando!

– "Johann, você só pode estar brincando!" – ele repete com um tom brincalhão. – Não, eu não estou brincando, e eu também não sou Johann. Vamos, venha, srta. Não Sei o

Quê! – e ele pega a minha mão, enquanto arrasta o trenó pesado com a outra.

O carrossel está parado quando nos aproximamos dele, a música parou também e é óbvio que ele está encerrando o seu funcionamento por hoje, a noite está caindo e as últimas crianças se afastam com as suas mães.

– Não podemos, Johann – eu digo. – O dinheiro não é nosso, e, de todo jeito, eles estão fechando.

Mas o Johann me arrasta até o guichê e me diz no ouvido:

– *Pede!* – então eu peço, não mais com uma voz de passarinho envergonhado, mas com um sorriso assustado:

– Será que é tarde demais para o carrossel, senhor?

O homem – um homem de cabelos grisalhos, rosto enrugado, uma cara cansada – está justamente fechando o caixa. Baixando os olhos, ele olha para a gente: duas crianças de mãos dadas sob a neve que cai, na noite que cai, em um país que está perdendo a guerra.

– Ora – ele diz –, uma volta a mais, uma a menos... Tudo bem, mas se apressem!

O Johann lhe estende o troco da mãe, mas ele afasta o dinheiro com as mãos:

– Não me incomodem com isso, já fechei o caixa. Vamos, subam. Duas voltas e pronto.

A música recomeça bastante alta e me embriaga da cabeça aos pés enquanto que o senhor me pega no colo e me põe sobre o cavalo branco e, para a minha surpresa, o Johann sobe por trás e me envolve com os dois braços para pegar as rédeas, o carrossel ganha velocidade, subimos e descemos ao ritmo da música, está cada vez mais frio e mais escuro a cada segundo que passa, mas o meu corpo é uma bola de fogo. Eu rio às gargalhadas, e as minhas risadas se dispersam no vento gelado, os cabelos sobem e descem, as luzes piscam e a música toca. Quando as nossas duas voltas terminam, faço um grande sinal com as mãos ao senhor dizendo-lhe "Obrigada!" e ele me responde abanando a cabeça, parece estar exausto, parece que fazer a alegria de duas crianças é a única coisa no mundo da qual ele é capaz, ele nos deixa dar mais uma volta, digo "Obrigada!" e ele abana a cabeça, mas continua e, depois de cada volta, digo-lhe "Obrigada!" e ele abana a cabeça, poderíamos continuar assim para sempre, não há nenhuma razão para parar...

Quantas vezes as coisas podem se repetir e será que podemos morrer de tanto repetir a mesma frase indefinidamente *bobalhona, boboca, bobalhona, boboca, bobalhona, boboca, bobalhona, boboca, bobalhona, boboca, bobalhona, boboca* até que perca o sentido, quantas vezes?

No momento em que chegamos perto de casa – antes que a mãe grite conosco porque estamos atrasados e ela estava morrendo de medo, antes que ela castigue o Johann mandando-o para cama sem jantar, antes que a sirene comece a tocar no meio da noite, levando toda a família à cave de pés descalços e pijamas, antes que todas essas coisas quebrem o encanto de movimento e de luz e de música que estava tocando no meu coração durante a longa caminhada de volta no escuro ao lado do Johann – sim, bem na hora em que estávamos chegando em casa, o Johann larga a corda do trenó e me pega pelos ombros e me vira para ele.

Pousando um dedo sobre os lábios, me diz no seu alemão lento e singular:

– Não Johann: Janek. Não alemão: polonês. Não adotado: roubado. Os meus pais estão vivos, moram em Szczecin. Sou *roubado*, minha cara Falsa-Kristina. E você também é.

A partir dessa noite, tenho uma vida nova, uma vida de sombras e de segredos e de conspiração com o Janek-Johann. O dedo dele pousado sobre os lábios queria dizer de uma vez por todas: ninguém pode saber o que nos une.

Quase todos os dias, encontramos alguns minutos para continuar as nossas explorações de quem somos realmente. Falamos baixinho, e o fato de cochichar dá mais importância a cada palavra que dissemos. O Johann me ensina que o meu verdadeiro nome se escreve com um *y* e não com *i*: Krystyna ou talvez Krystka, ele enrola o *r* ao pronunciá-lo e sinto cócegas no estômago. Ele me diz que nunca mais devo dizer "Heil Hitler", apenas fingir que digo para que as pessoas achem que estou dizendo. Ele diz que os alemães são nossos inimigos, toda essa família é nossa inimiga, mesmo que sejam gentis conosco, me diz que voltarei à minha verdadeira família quando a guerra terminar e se eu esqueci a minha língua materna não poderei falar com eles, o que seria terrível, então ele me ensina palavras em polonês. Mãe é matka, pai é ojciec, irmão é brat, irmã é siostra, eu te amo é kocham was, sonho é sen e canção: s'piew.

– Você não se lembra de absolutamente nada? – ele me pergunta.

– Não.

– Nem mesmo de ter chamado a sua mãe de matka?

– Não, mas... está começando a voltar.

– Eles devem tê-la roubado quando você era bebê, antes que você começasse a falar. Devem ter arrancado você dos braços da sua mamãe. Eu vi eles fazendo isso, Krystka, e mais de uma vez...

Memorizo cada palavra polonesa que ele me ensina, e em compensação corrijo com doçura mas de maneira firme o alemão dele, ele faz progressos, mas continua se recusando a abrir a boca à mesa e na escola.

Estamos sentados no chão, no grande armário no fundo do corredor, que é quase uma peça da casa, tem uma lâmpada elétrica.

– Tudo o que está escrito nos nossos papéis é falso – o Johann diz. – Os nossos nomes, a nossa idade, os nossos locais de nascimento.

– A nossa *idade*?

– A minha pelo menos é. Tiraram-me dois anos.

– Você está querendo dizer que na verdade você tem *doze anos?*

– É.

– Então você tem o dobro da minha idade!

– E o dobro da sua raiva. Mas você também deve estar com raiva, imagine, Krystka, os seus pais verdadeiros estão procurando você há anos, estão chorando, se perguntando onde você está. Agora já devem estar desesperados.

– Você acha?

– Claro.

– Quem roubou você?

– As freiras de marrom.

– O que é isso?

E ele me descreve as gralhas terríveis que apareceram um dia nas ruas de Szczecin. Usando vestidos retos marrons com mangas brancas e golas brancas – Annabellas de pesadelos –, elas esperavam em frente das escolas quando hordas de crianças saíam no horário de almoço. Observavam-nas. Abordavam as crianças escolhidas, com balas nas mãos e sorrisos nos rostos.

– Como elas o escolheram?

O Johann se afasta de mim e vejo a sua mandíbula se contrair.

– *Nós,* Krystynka. Elas *nos* escolheram porque parecemos alemães. Porque os nossos cabelos são loiros, os nossos olhos, azuis, a nossa pele, perfeitamente branca.

– Não pode ser verdade.

– Por quê?

– A minha pele não é...

Chegando perto dele, dobro a minha manga e mostro o meu sinal. O meu coração dispara.

– É uma marca que me torna diferente do resto do mundo – digo-lhe – e é o que me faz cantar. Quando toco nela, posso entrar na minha alma e pegar toda a beleza que há nela e depois voar como um passarinho pela minha própria boca. Se você quiser, pode tocar.

Suavemente, o Johann coloca dois dedos sobre o meu sinal e franze as sobrancelhas. Eu me crispo. Será que ele o acha feio?

– O que foi?

– Não, não, nada... Só estou um pouco surpreso. Quando estava lá, vi crianças serem expulsas por muito menos do que isso.

– Expulsas?

– Fale mais de você, Krystynka. O que você gosta de fazer, além de cantar?

– Comer. Sobretudo gordura. Quero ser a Gorda do circo quando eu for grande.

Ele solta uma gargalhada.

– Você tem um longo caminho pela frente! – ele diz olhando para as minhas pernas de taquara.

De repente, a porta do armário se abre. A Greta está ali no corredor, com uma cara ofendida e ao mesmo tempo triunfante. Ela nos ouviu conversando em voz baixa. Nunca, nunquinha o Johann lhe dirigiu uma palavra, isso que, em idade, eles são muito mais próximos. Como é que ele pode se interessar por um bichinho como eu, enquanto que há uma menina adorável como ela sentada perto dele à mesa? É incompreensível. Ela está fervendo de ciúmes. Segurando o meu braço, ela me arrasta até o nosso quarto e tranca a porta.

– Conte-me o que vocês dois estavam fazendo ali dentro – ela assobia –, senão vou contar para a mãe!

– Greta – eu digo (tendo me tornado forte pela minha nova língua, pelo meu novo irmão, pela minha nova nacionalidade) –, não tenho nada para contar.

– Vocês estavam cochichando, ouvi vocês.

– Mas cochichar não é crime...

– Mas isso quer dizer que o Johann sabe falar! Então por que ele não fala com todo mundo?

– Pergunte para ele.

– Ele não me responderá.

– Não é problema meu.

– Você sabe o que eu acho, Kristina?

– O quê? – pergunto, me virando para ela.

E ela cospe na minha cara.

– É isso que eu acho!

Por nada no mundo eu renunciaria às minhas conversas secretas com o Johann, enfeitadas agora com palavras em polonês. Tudo bem é dobrze, sim é tak e não é z'aden. "Sou a sua filha" é Jestem waszym còrka... tenho vontade de aprender tudo.

– As freiras de marrom levam as crianças escolhidas de trem para um lugar que se chama Kalisz, e lá elas nos entregam a homens de avental branco, talvez médicos, talvez não. Eles separam os meninos das meninas...

– E depois?

– Depois medem a gente.

– A altura?

– Não. Sim. Tudo. Devemos ficar nus e eles medem todas as partes do nosso corpo. A cabeça, as orelhas, o nariz. As pernas, os braços, os ombros. Os dedos da mão. Os dedos do pé. A testa. As... coisas entre as pernas. O ângulo, esse aqui, entre o nariz e a testa. E esse aqui, entre o queixo e a mandíbula. A distância entre as sobrancelhas. As crianças que têm as sobrancelhas muito próximas são expulsas. E também as que têm uma marca de nascença... Um nariz muito grande... As coisas muito pequenas... Os pés virados assim ou assado. Depois, eles avaliam a nossa saúde, o nosso saber, a nossa inteligência. Um teste depois do outro. Os que não têm um bom resultado são expulsos.

– Expulsos...?

– Psiu, Krystka, deixe eu falar... Eles nos dão nomes novos. Dizem para gente: Há muito tempo vocês eram alemães, vocês têm o sangue alemão nas veias, a nacionalidade polonesa de vocês é um erro, mas podemos corrigi-lo, ainda não é tarde demais. Os pais de vocês são traidores, precisam ser mortos. As mães de vocês são putas, não merecem criá-los. A partir de agora vamos dar a vocês uma educação alemã. Se falarem entre si em polonês, serão punidos. Nós falamos entre nós em polonês. Fomos punidos.

– Ó, pobrezinho...

– Não. Nunca diga pobrezinho, se você disser pobrezinho eu paro de falar.

– Desculpe – digo rapidamente em polonês. – Ja jestem z'a uja ce.

– Eles nos batem na cabeça no meio da noite – o Johann diz, fechando os olhos e batendo violentamente no ar com a palma da mão. *Poft... poft... poft... poft...* Contamos os golpes e de manhã comparamos: você quanto, eu quanto. Frequentemente, mais de cem golpes na cabeça, *poft... poft... poft... poft...* No início dói, mas, depois de um tempo, não dói mais: transformamos o ritmo das batidas em outra coisa, dizemos que é um machado que atinge uma árvore na floresta ou um martelo que atinge um prego, *poft... poft... poft... poft...* Sentimos o golpe, mas não a dor, e a própria vertigem mais se parece com um abatimento. E eu continuo falando polonês. Então uma freira marrom me leva à capela. Ela me põe de joelhos com os meus braços estendidos assim. Ela me vigia o dia todo, a cada vez que eu baixo os braços ela me bate com o chicote. Ela me bate como uma louca – nas costas, no pescoço, na cabeça, ela respira muito forte – e cada vez que o chicote cai no meu corpo ela faz *Han!* com uma cara de contente. No final, não consigo mais suportar, me viro e pego o chicote, em um segundo, o rosto dela passa do prazer ao terror, agora eu sou o mais forte pois estou com o chicote e começo a bater nela, grito com ela em polonês, insulto-a, sujo-a com as minhas palavras, ela se deita no chão, num canto, tremendo, os braços em cima da cabeça... Poderia matá-la, Krystka, juro para você.

Ele faz uma pausa. Não digo nada. Estou com os olhos bem abertos.

– Quando eles ficam sabendo, mais tarde, me trancam durante dois dias no armário com as vassouras, no escuro, não me dão nada para comer nem para beber. Não peço ajuda, quero provar que a minha força de vontade é maior. Enfim, o médico-chefe vem me buscar e me diz no seu consultório: "Rapaz, você é uma boa matéria-prima para a Alemanha, mas as suas chances terminaram, da próxima vez que você desobedecer vamos expulsá-lo".

E fica quieto.

– Depois disso, eu paro de falar polonês. Estão arrancando a minha língua pelas raízes.

– A minha também.

– A sua também.

No meu sonho, vejo uma camponesa forte com um lenço na cabeça, parecida com a vó. Debruçada na sua horta, ficando vermelha e resmungando pelo esforço, ela puxa com todas as forças alguma coisa, para tentar desenraizá-la e, quando consegue, ela a joga no cesto... O que será que ela está arrancando? Ao se levantar, ela seca a testa e diz: "Ufa! Como é cansativo!" Eu me aproximo e vejo que o seu cesto está transbordando de línguas humanas, elas se parecem com lagostas minúsculas e as suas raízes estão se mexendo no ar, desamparadas. "Mas se você arrancá-las pela raiz", eu lhe digo, "elas não poderão mais falar!", "Mas é o objetivo da operação!", diz a mulher, e, virando-se de costas novamente, ela retoma o seu trabalho.

– Eles roubaram o nosso Natal de 1943 – o Johann diz. – Durante um ano inteiro, eles nos desancam da manhã até a noite com a língua alemã. É como os golpes na cabeça: *poft... poft... poft... poft...* As palavras alemãs, a história alemã, os poemas e os contos de fadas alemães... e depois, quando o inverno retorna outra vez, os cânticos de Natal alemães. *Noite feliz... Adeste Fidelis... Bate o sino! Pequenino... Poft, poft, poft, poft.* Ah! Falsa-Kristina, como eu detesto esses cânticos estúpidos! E você?

– Ãaa... eu também.

Eu sei que antes eu gostava deles, mas era quando eu pensava fazer parte desta família e desta língua e deste lar. Por enquanto, não tenho grandes coisas com o que substituí-los, apenas algumas palavras em polonês e o meu amor pelo Johann, mas vou ter. Arredo os cânticos de Natal para o fundo da minha memória. Sempre que aprendo novas palavras na escola, elas estão envenenadas pelas más lembranças do Johann, fico me lembrando de como fizeram para que elas entrassem na cabeça dele contra a sua vontade, com tapas e chicotadas, me dói aprendê-las, mas eu me digo que em breve elas serão substituídas por palavras da minha língua materna e poderei expulsá-las do meu cérebro, como quando puxamos a descarga da privada e os detritos vão para bem longe, para o mar. O vô diz que as pessoas que vão para o inferno são os detritos da humanidade, mas não tenho mais vontade de citar o vô, pois por mais que ele seja um amor, não é o meu avô de verdade e não sei mais o que a sabedoria dele vale.

O verdadeiro problema é que, se eu não canto em alemão, não sei o que cantar. Tudo me foi proibido, os cânticos da igreja e de Natal, todas as belas canções que o vô me ensinou. Ele se oferece para me ensinar uma nova canção, mas eu digo que preciso fazer os meus deveres, não estou com tempo para cantar. Ele parece decepcionado, então lhe dou um beijo na testa, dizendo:

– Talvez mais tarde, vô.

Falo com o Johann e ele diz:

– Posso lhe ensinar canções em polonês, mas isso acabaria nos denunciando. Sinto muito, mas, por enquanto, o melhor é você cantar sem as letras.

Aprendo a cantar sem as letras. Brinco com os sons no fundo da minha garganta, fazendo a minha voz subir lá em cima até que ela perfure o céu, fazendo-a descer depois até embaixo, lá onde a lava ferve.

– Sobre o que vocês dois conversam? – a Greta me pergunta.

Ela está penteando a Annabella. Os cabelos das bonecas não precisam ser lavados duas vezes por semana como os nossos pois não são empurrados para fora da cabeça pelas células vivas.

– Sei lá... sobre a vida.

– O que quer dizer "sobre a vida"?

– Procure no dicionário – digo, impressionada com a minha própria audácia.

– Tudo bem. Terminou, você acaba de ter a sua última lição comigo.

– Ah, é? Então vou dizer à mamãe o que você me disse aquela outra noite.

– Pode ir, vá sim, se você tiver coragem.

No final de janeiro, está tão frio que a gente se fecha na escola. Os alertas aéreos se sucedem dia e noite e tenho a impressão de que passamos a maior parte do nosso tempo na cave, é ainda mais chato do que a igreja pois não dá para fazer nada além de ficar ouvindo as pessoas roncarem e gemerem e suspirarem, e, ainda por cima, o cheiro é horrível. Está acontecendo alguma coisa, dá para ver, todos os dias ficamos silenciosos em torno da mesa e não é mais por causa do silêncio do Johann, é uma coisa nova e opaca e pesada, como uma tampa de ferro que nos oprime e nos esmaga, como se o universo inteiro estivesse a ponto de parar. Cada um cuida das suas ocupações, se veste de manhã, faz a cama, põe a mesa, corta a lenha, areia a prataria, dobra os lençóis... mas é como se toda essa limpeza e essas belas providências fossem uma mentira, como se os adultos estivessem tentando enganar as crianças; quando olho os olhos deles de perto, só vejo terror e caos, se eu ficasse olhando por mais tempo, eu poderia cair para dentro e resvalar pelo corpo deles até as suas entranhas e as suas trevas infernais, é que agora estamos perdendo a guerra de verdade – ou melhor, já que agora sou polonesa: a Alemanha está perdendo a guerra –, mas será que não daria para ela simplesmente perder e terminar tudo de uma vez? Por que leva tanto tempo?

– Você teria realmente gasto o dinheiro da mãe com o carrossel?

– Teria. Os alemães estão roubando o meu país, eles inclusive me roubaram, algumas moedinhas não são nada em comparação a tudo isso. De que lado você está, Falsa-Kristina? Você precisa escolher.

– Estou do seu lado.

– Então prove.

– Como?

– Da próxima vez que você brincar com a estúpida caixinha de joias da Falsa-avó, roube uma das suas joias.

– Não posso fazer isso!

– Então você não está do meu lado.

– Mas o que você vai fazer com a joias dela?

– Primeiro faça isso, depois eu lhe conto.

No dia seguinte, tiro do meu bolso um par de brincos brilhantes e sacudo-os diante dos olhos do Johann, esperando que ele não saiba distinguir os diamantes falsos dos verdadeiros.

Não, ele não sabe. Impressionado, ele arregala os olhos e levanta o polegar: enrubesço de orgulho.

– Então – eu pergunto –, o que você vai fazer com isso?

– É apenas um começo, Falsa-Kristina, mas é um bom começo. Você vai se tornar uma ladra habilidosa. A partir de agora, todos os dias, você vai pegar um pouco de dinheiro na carteira do Falso-avô, certo?

– Mas por que fazer isso?

As mãozonas dele seguram as minhas mãozinhas e apertam-nas com força.

– Você está comigo, Krystynka?

– Estou.

– Você me ama?

– Mais do que tudo neste mundo.

– Então escute direitinho... Vamos fugir juntos, você e eu. Venderemos as joias e, com o dinheiro, vamos voltar à Polônia. Quando ficarmos sem dinheiro, você vai cantar. Você vai atrair multidões, eu vou passar o chapéu, as pessoas vão deixar os seus tesouros dentro dele e nós vamos seguir viagem.

O meu coração bate nas minhas têmporas.

– Mas Janek... Se nos virem na estrada, vão chamar a polícia. Duas crianças fujonas, é fácil de distinguir!

O Johann ri.

– Há refugiados por todo lado atualmente, você não vê? Há milhares de pessoas nas estradas. Crianças, velhos, tudo. Dois a mais, dois a menos... E principalmente, a polícia tem mais o que fazer. Ninguém vai se preocupar com a gente.

– Mas Janek... Sei que estamos morando com o inimigo, mas... Se eu... Quero dizer, eles me amam. Sempre foram tão gentis comigo, não posso...

– Krysta. Você precisa decidir se você é um bebê ou uma mocinha, uma alemã ou uma polonesa. Pense bem, leve o tempo que precisar, é você quem sabe. Eu estou indo embora no verão, com ou sem você.

Esta casa de novo sem o Johann: impensável.

Quando o vô começa a roncar, em vez de cutucar o ombro dele dizendo "Kurt", eu me levanto, vou na ponta dos pés até a cadeira onde ele pôs o casaco e reviro os bolsos. A carteira está num bolso interno, estou suando e com as mãos tremendo, me pergunto por que o meu corpo faz isso, me parece que deveria fazer exatamente o contrário: quando estamos nervosos, precisamos que as nossas mãos estejam calmas e controladas para fazerem exatamente aquilo que queremos. Há apenas três notas e não tenho coragem para pegar nenhuma, direi ao Johann que a carteira estava vazia. Se o vô tivesse dez notas, teria pegado uma, pois seria apenas dez por cento, mas uma de três é mais de trinta por cento, dá trinta e três vírgula três e um número infinito de três depois da vírgula, foi a Greta que me ensinou as porcentagens na época em que ainda me passava as suas lições; há infinitos escondidos por toda parte.

A niqueleira, em compensação, está cheia de moedas. Tiro uma meia dúzia delas, prestando muita atenção para que não façam barulho na palma da minha mão, introduzo-as no meu sapato e subo para falar com o Johann.

– Formidável, Krystka. Veja só, achei um bom esconderijo para a gente... Vou pegar coisas para comer.

Andamos de gatinhas por entre os vestidos e os casacos suspensos que cheiram a naftalina, o Johann separa um par de botas velhas, talvez as botas do exército que o vô usou na outra guerra, e ali, enfurnados bem no fundo do armário, reconheço pacotes de açúcar, biscoitos e tâmaras...

– Mas, Janek! A família já não tem muito que comer...

– Essa aí não é a minha família, quero ver a minha família... Ora essa...

Ele me estende uma lata e coloco as moedas ali dentro.

De noite na cama tento imaginar a minha vida na Polônia. Perguntas saltam como pulgas dentro do meu cérebro. O vô viu um circo de pulgas em Berlim, antigamente quando era jovem. Fico me perguntando quantos irmãos e irmãs eu tenho, e se eles me esqueceram, e se serão mais gentis comigo do que a Greta, e se o meu verdadeiro ojciec ainda está vivo, e se a matka tem um coração tão bom quanto o da mãe, e se eu vou conseguir reconhecê-la. Ela vai me reconhecer, isso é certo, graças ao sinal de nascença. Quando ver a dobra do meu braço esquerdo, vai gritar, rolando os *r* como o Janek: "Krystyna! Até que enfim! Minha Krystynka adorada!", e ela vai me abraçar chorando de alegria.

O que mais me preocupa é a dor da mãe quando ela ficar sabendo que fugimos, isso vai lhe partir o coração. Mas o Janek me diz que a culpa é dela, pois nunca deveria ter recebido crianças roubadas, ela é responsável pela própria infelicidade e não podemos fazer nada.

– Agora você precisa aprender a mentir para ela.

– Não, Janek. Para quê? A gente já está escondendo tudo dela, roubamos dinheiro, comida, chega.

– Você precisa ser mais dura, Falsa-Kristina. A sua pele precisa ser mais grossa, senão você não vai aguentar o tranco da viagem de volta.

– Janek, não posso fazer isso.

No dia seguinte, ao entrar no quarto depois da escola, a Greta encontra o conteúdo das nossas gavetas espalhado pelo chão. Calcinhas, meias, camisetas de baixo, pulôveres de lã revirados, espalhados. Ela corre como uma flecha até a parte mais alta da escada.

– Mãe, venha ver o que a Kristina fez!

Subo a escada atrás da mãe e constato os danos, apavorada.

– Foi você quem fez isso? – a mãe pergunta com um tom de raiva controlada.

Está fora de questão denunciar o Johann, então eu digo:

– Foi.

O meu estômago está tremendo.

– *Por quê?* – ela diz com uma voz penetrante.

– Eu... eu estava procurando alguma coisa e... devo ter... sei lá... devo ter esquecido de colocar tudo de volta.

– O que você estava procurando?

– ...

– O que você estava procurando, Kristina?

– ...Meu ursinho com os pratos.

– Ela *está mentindo*! – a Greta exclama. – O ursinho dela está ali, em cima da prateleira, no lugar de sempre. Ela *nunca* guarda ele na cômoda.

A mãe contou tudo para o vô. Ele me chama e fica me olhando com insistência, com os olhos tristes.

– O que está acontecendo com você, garotinha? – ele pergunta, suspirando. – Você mudou. A sua mãe me disse que você está virando uma menina desobediente. Por que você fez aquela bagunça no seu quarto?

– Porque fiquei com vontade.

Os cantos da boca dele voltam-se para baixo, a tristeza se transforma em severidade, ele me pega pelos punhos, me puxa violentamente na direção dele e me força a me deitar no seu colo. Tento sair, mas ele me segura pelas costas com uma das mãos e começa a me bater com a outra *poft, poft, poft* no traseiro, é a primeira vez, a dor me deixa com raiva, eu berro e luto, a minha luta aumenta a cólera dele, os golpes caem rápidos e duros e sinto o meu traseiro ficar todo vermelho, o sangue se precipita para a superfície da pele para tentar entender o que está acontecendo, eu grito dando pontapés no ar. Enfim, quando a raiva dele está esgotada, o vô me afasta e eu caio no chão, chorando e tremendo sem conseguir parar, e ele me diz para eu sumir da frente dele.

Saindo da sala, passo na frente da Greta, que acompanhou toda a cena da porta, com a Annabella nos braços. Ela me dá um risinho malicioso.

– Bravo, Krystynka – o Janek diz. – Você passou no teste. Então me conte... como é a dor?

– Forte.

– Você consegue aguentar mais do que isso?

– Tak.

– Muito bem. E você está vendo como os alemães são?

– Tak.

É dia dos namorados.

Estamos tomando o café da manhã, molhando o pão seco nas tigelas fumegantes de chicória – não há mais chocolate, nem manteiga, nem queijo, nem presunto, nem geleia – quando acontece: a superfície se fissura e o caos faz irrupção na nossa casa. O que acontece é que o vô começa a soluçar no quarto dele. Desde o primeiro soluço, todo mundo se imobiliza como no jogo *Estátua,* a mãe e a vó se olham por cima da mesa, intercepto o clarão de pânico nos olhos delas e compreendo: o pior aconteceu. Mas *que* pior? O pai morreu ou Hitler morreu ou o quê? *O que é?* Os soluços se tornam mais fortes, o vô sai repentinamente do quarto e ouvimos o rádio no fundo, ele está só com roupas de baixo, a sua barriga pende como uma bola branca, lágrimas molham o seu rosto e ele puxa os cabelos brancos, que se erguem em tufos sobre a cabeça dele, como os cabelos de um palhaço. Será que ele não sabe que está ridículo? Ele não sabe que não se deve aparecer na frente de todo mundo de roupas íntimas?

– Kurt – a vó diz, levantando-se e caminhando na direção dele, mas ele se vira de costas e começa a bater a cabeça contra a parede, sem parar, talvez esteja contando os golpes, como o Johann no centro de Kalisz?

Pouco a pouco os seus soluços se transformam em uma palavra:

– Dresden – ele diz –, Dresden...

Se repetimos a mesma palavra um milhão de vezes, será que ela perde o sentido?

A mãe diz que é para a gente subir para o quarto e, quando descemos novamente, ao meio-dia, a casa está de pernas para o ar e o almoço não está servido. A Helga está varrendo os cacos da porcelana fabricada pelo pai do vô em Dresden do solo da sala de jantar, o belo relógio de parede também foi destroçado, assim como a caixa de joias, a minúscula bailarina rolou pelo corredor e, ao rolar, continuou olhando sempre em frente para não perder o equilíbrio, homens vieram levar o vô, mas ele se fechou a chave no quarto, um homem pisa em cima da bailarina e a quebra ao meio sem nem ao menos se dar conta, a mãe e a vó são estátuas sentadas no sofá, a Helga nos manda subir para o quarto.

De pé na janela com o Johann, contemplo o pátio da escola. Ninguém está brincando ali, o pátio está vazio e imobilizado. Um frio de pedra. Nenhum pássaro. Árvores nuas.

– Não tem problema – o Johann diz –, eles merecem.

– Quem?

– Os alemães, todos os alemães. Merecem morrer.

– Não diga isso, Janek – eu lhe digo em polonês. – Por favor, não diga isso.

– Digo sim. Os alemães são uns monstros, Krystka. No ano do meu nascimento, eles escolheram um monstro para governá-los, durante toda a minha vida, mataram poloneses, destruíram o nosso povo, as nossas terras, as nossas cidades, você sabia disso? Varsóvia, a nossa capital, foi transformada em cinzas no ano passado, você sabia?

A sua voz está tão baixa que mal consigo ouvir.

– Mas as crianças, Janek... os bebês...

– E você acha que eles salvam os bebês poloneses? Krystyna, os filhos dos monstros também são monstros.

– E os animais? Eles também merecem morrer?

Silêncio. Sinto que ele se afasta de mim novamente.

– Talvez seja tarde demais para você – ele me diz enfim. – Talvez você fosse muito pequena quando a roubaram e fizeram de você uma alemã de verdade. Talvez você e eu sejamos inimigos e não amigos.

As palavras dele arrepiam os pelos da minha nuca.

– Por favor – eu digo cochichando, desesperada, apertando com força o meu polegar contra o meu sinal. – Por favor, Janek. Sou polonesa como você. *Precisamos* ficar juntos.

– Juntos... *contra o inimigo*.

– Tak, tak.

Ele coloca um braço em volta de mim.

– Tudo bem – ele diz em polonês. – Dobrze.

– Janek... em Dresden, se as pessoas tivessem salamandras em gaiolas... as salamandras ainda estariam vivas, não é? Elas podem sobreviver ao fogo.

– Não, isso aí é uma lenda... Há salamandras na floresta perto da nossa casa em Szczecin. Você já viu uma viva?

– Não.

– Você tem mil ideias na cabeça, Krystka, mas da vida real você não sabe nada. Você já deu um passeio na floresta *alguma vez*?

– Não.

– As salamandras são mágicas. São pretas com manchas laranja, têm uma boca enorme e olhos negros, a presença delas é quente. O meu irmão e eu costumávamos observá-las na floresta, elas sempre saem depois da chuva, a gente pode vê-las escondidas sob as raízes das árvores, em locais escuros e úmidos. Uma vez, o meu irmão pegou uma salamandra e levou ela para casa. Colocamos ela numa caixa e tentamos alimentá-la, mas ela se recusou a comer. Dia após dia, trazemos grãos, plantas, vermes, insetos... ela não toca em nada. Depois de semanas, ela começa a ficar cada vez mais lenta, mas continua viva... Depois de seis meses, está transparente como um esqueleto coberto de pele, mas continua se mexendo um pouco. No final, o seu corpo todo está coberto de um líquido branco... ela seca e apodrece... Um dia, a gente vem ver ela e não sobrou mais nada, só um montinho de geleia.

Almoçamos na hora do chá.

Os homens levaram o vô, a Helga nos serve a refeição, que se resume a algumas batatas cozidas na água. A mãe e a vó nem vêm para mesa, então é a Greta que faz a oração. Quando ela chega no final, o Johann diz "Amém" pela primeira vez. Assim seja.

No meu sonho dessa noite, vejo milhões de estátuas de Dresden caídas no chão, um Cristo na cruz quebrado um filósofo barbudo quebrado uma deusa sublime quebrada um homem sem cabeça uma cabeça sem homem um santo triste quebrado uma criança música com as mãos quebradas uma Virgem Maria estendida no chão que olha com um ar aturdido um homem nu estendido perto dela, vejo cabeças de pedra que rolam, olhos de pedra flamejantes, cavalos de pedra com feridas abertas, escravos negros mutilados, ninfas e centauros desmembrados, cabeças de querubins amontoadas em pirâmide como bolas de canhão. "Veja, Kristina!", o vô diz. Levantando os olhos, vejo que pregaram as pessoas nuas no frontão do teatro, da ópera e do palácio da justiça, o sangue delas escorre pelas paredes. Verdadeiras mãos e verdadeiros rostos ornamentam as fachadas e abanam para chamar a nossa atenção. Nos parques e nos jardins públicos, são mulheres de verdade que estão no meio dos canteiros e os seios delas jorram leite, são os novos chafarizes. "Veja Kristina!", o vô diz, abrindo os braços para abraçar o vasto espetáculo da cidade. "Ganhamos a guerra."

Os sonhos inundam a vida real os dias e as noites se invertem o caos está por toda a parte chega o mês de março o frio envolve o mundo as sirenes berram sem parar o céu sangra chega o mês de abril é a volta às aulas as árvores no pátio florescem e os pássaros gorjeiam o vilarejo é bombardeado, as bombas caem bem na praça e quando a gente sai no dia seguinte não sobrou nada além das ruínas enfumaçadas da prefeitura e da igreja, os pilares do carrossel estão tortos e os cavalos estão deitados de lado ou de costas com as patas para cima sempre em posição de galope grandes árvores partidas ao meio se inclinam perigosamente como que para ouvir uma verdade que sai da terra a escola para Hitler está morto diz a rádio vem o mês de maio as flores transbordam dos canteiros dos jardins e o pátio da escola se enche de refugiados vindos do Leste o vilarejo formiga de refugiados eles caminharam dias e dias carregando bagagens e trouxas e bebês estão com a pele cinza estão com sono e fome e a gente se abriga em casa para esperar. Um dia alguém se põe a gritar na rua e a gente vai para a janela para ver o que está acontecendo, um bebê está morto mas a mãe se recusa a largá-lo, ela berra sem parar quando tentam tirá-lo dela, ela pega uma mala num monte de malas, despeja o conteúdo no chão e coloca ali o seu bebê morto para desaparecer na multidão com a mala. É o mês de junho e agora, diz o Johann, a Alemanha foi dividida em quatro como um bolo e cada um dos vencedores recebeu uma parte e a nossa parte ficou com os americanos.

Chega então o tempo em que sentimos fome. Esperamos, esperamos, esperamos que o pai volte, não sabemos se virou prisioneiro dos russos ou se morreu em combate ou se morreu de fome tentando voltar para casa, ninguém sabe, chega o calor do verão e a cidade não é mais do que uma abundante massa de sofrimento, as pessoas arrancam o pão da boca umas das outras mas dividem generosamente as suas doenças, não temos mais nada para comer, então o Johann faz uma lista de todos os objetos de valor da casa, as joias da vó, as poucas xícaras e pires de Dresden que ficaram intactas, o piano, e vai até a multidão, se encontra com pessoas e fecha negócios, encontra alguém para comprar o piano, um caminhão vem levá-lo e em troca recebemos um grande saco de batatas, é um milagre e não mágica, o piano se transformou em batatas como a água em vinho e o Johann é o nosso herói. Na rua, ele ouve as vozes baixas e cansadas, fica sabendo do que as pessoas estão fugindo, o que elas viram e perderam e sofreram, o que deixaram para trás, e ele me conta tudo.

– Dê a boneca ao Johann, Greta – a mãe diz. – Talvez ele consiga trocá-la por um pouco de bacon ou pão.

Mas a Greta, sacudindo a cabeça com um ar relutante, aperta a Annabella e se recusa a se separar dela.

– É preciso roubar, Johann – a mãe diz em voz baixa. – Roube o que você puder. Roube! Roube ou então morreremos de fome.

O Johann rouba, mas quando ela pega os despojos dele com lágrimas de vergonha e gratidão, ele nem olha para ela.

O anoitecer é imundo, estou pendurada com o Johann num banco quebrado no canto da praça, refugiados em farrapos dormem no chão emaranhados, usam as trouxas como travesseiros. Com os olhos fechados, ouço a estranha música que toca em torno de nós – berros de bebês, suspiros de mulheres, orações de velhos, roncos do meu próprio estômago – quando, de repente, o Johann me diz:

– Chegou a hora, Falsa-Kristina.

– Que hora?

– Eu lhe disse que vou embora neste verão. Você vem comigo?

– Janek! A gente não pode ir embora *agora*... e abandonar a família... a...

– Já estamos em agosto. Logo vai fazer muito frio para dormir na rua. Você vem comigo? – ele repete em polonês, e eu começo a chorar.

As lágrimas são um mistério. O vô antes me dizia que temos canais lacrimais para lavar os nossos olhos que são máquinas frágeis e delicadas, mas ninguém sabe por que esses mesmos canais começam a funcionar sozinhos quando estamos tristes, qual é a relação entre a tristeza e a água salgada, mas é assim, de uma hora para outra sinto muita saudades do vô e, quanto mais eu choro, mais saudades sinto. Quando choramos, cada razão de chorar puxa outra e daí não conseguimos mais parar, o vô me faz falta o pai me faz falta o Lothar me faz falta eu gostaria que toda família estivesse reunida e que a mãe ficasse feliz outra vez.

– Então, Krystynka? É sim ou é não?

Jogando-me nos braços do Johann como se ele fosse todos os homens do universo, soluço no peito dele e ele coloca um braço em torno de mim e dá umas batidinhas desajeitadas na minha cabeça, as pessoas que passam olham para nós de forma distraída e continuam o seu caminho, elas já viram coisas demais, cidades que pegaram fogo, gente carbonizada reduzida a um terço do seu tamanho normal, chamas de fósforo ainda dançando sobre as costas das pessoas, múmias vermelho-violetas e marrons imobilizadas para todo sempre, bondes transbordando de passageiros assados, mãos de mulher no chão, cabeças humanas do tamanho de bolas de tênis, pessoas reduzidas a montinhos de cinzas ou então cozidas até os ossos pela explosão de uma caldeira, não podem se emocionar com ninharias, como as lágrimas de uma menininha.

– Você pode me responder amanhã. Amanhã é o meu aniversário, pequena Krystynka. Farei treze anos e irei embora à meia-noite.

Em outros tempos, o vô dizia que amanhã nunca chega e ele me contava a história do barbeiro que atrai clientes com um letreiro que diz "Amanhã faremos barba de graça". As pessoas voltam no dia seguinte, esperando poderem fazer a barba de graça e o barbeiro zomba delas dizendo: "Mas vocês não sabem ler? É *amanhã* que faremos a barba de graça" – então, como já se deslocaram, acabam fazendo a barba e pagando, e, depois de alguns meses, o homem se torna o barbeiro mais rico de Dresden, contava o vô.

Amanhã não chega nunca, mas o dia seguinte sim.

No dia seguinte, estamos todos sentados em torno da mesa da cozinha bebendo chá e beliscando cascas de batata quando alguém toca a campainha. A mãe dá um pulo violento, dizendo que pode ser o pai, mas depois se dá conta que o pai tem as chaves e que não tocaria a campainha da própria casa, mas ele poderia ter perdido as chaves quando estava combatendo os russos, então há pelo menos uma pequena chance, mas não, não é o pai. A Helga vai atender a porta e ela volta com uma mulher.

A mulher é tão elegante que até parece uma extraterrestre, faz uma eternidade que não vemos alguém tão bem-vestido, alimentado e cuidado, os seus cabelos marrom-escuros estão presos num coque liso e brilhante, ela está usando uniforme e sapatos de couro e segurando uma pasta de couro na mão. Se apresenta dizendo que se chama srta. Mulyk e se desculpa por interromper a nossa refeição, assim que ela abre a boca, percebemos que é estrangeira e a mãe pede que todas as crianças saiam dali.

Sentados na sala, ficamos esperando. Não há nada para fazer, então não fazemos nada. O relógio não está mais ali para fazer tique-taque e nos lembrar que o tempo está passando, mas o céu vai mudando lentamente de cor então mesmo assim o tempo está passando, de repente, me lembro que hoje é o aniversário de Janek, mas sinto que essa não é uma boa hora para lhe dar os parabéns. As quatro mulheres falam cada vez mais alto na cozinha, a voz da vó se torna estridente, mas não ouvimos as suas palavras, apenas a melodia, uma melodia de dor. Enfim, a Helga abre a porta da sala e chama o Johann e eu:

– Você não, Greta – acrescenta, quando a Greta se levanta para nos acompanhar –, apenas o Johann e a Kristina.

Olho para a Greta, ela me olha de volta, e penso: aqui estamos nós no fim da nossa espinhosa existência como irmãs.

A mesa da cozinha está coberta de papéis e fotografias, a Helga e a vó estão sentadas uma de cada lado da mãe, vejo os seis pés alinhados debaixo da mesa, mas não ouso levantar os olhos para olhar para os seus rostos, pois sei que a mãe chorou e não quero vê-la.

Com uma voz hesitante, a desconhecida diz algumas palavras para o Johann em polonês.

– Tak – ele responde, e a mãe solta um gemido.

Depois ela se vira para mim. Pensando que também vai falar comigo em polonês, me preparo para lhe explicar que não domino mais muito bem a minha língua materna – mas não: me estendendo a mão, ela me diz em alemão:

– Você quer vir aqui, minha querida?

– *Não!* – a mãe grita, com uma voz que eu nunca tinha ouvido antes, uma voz que vem das tripas e das profundezas da terra, rica e sombria de dor. – *A Kristina não!*

A mulher pede para a mãe se acalmar.

– Sei como tudo isto é difícil para a senhora – ela diz.

Ela pede que a Helga traga um copo d'água para a mãe, mas a Helga não se mexe. A mulher me estende a mão de novo e a mãe cai no choro em cima da mesa.

Atravesso lentamente a cozinha e, dando a mão à srta. Mulyk, digo-lhe solenemente em polonês:

– Eu também sou polonesa.

Ela levanta as sobrancelhas.

– Não, minha querida, não creio – ela responde. Depois, largando a minha mão direita, ela pega a minha mão esquerda e a vira suavemente. Pega desprevenida, eu noto que ela está inspecionando o lado de dentro do meu braço esquerdo. Está calor, estou usando uma blusa sem mangas então ela logo enxerga o meu sinal e, depois de tê-lo visto, acrescenta:

– Inclusive, tenho certeza de que você é ucraniana e que o seu nome de verdade é Klarysa.

O chão foge dos meus pés e olho para o Johann em estado de choque. Ele encontra o meu olhar, os olhos cheios de confusão como que dizendo *Quem é você?* e não sei a resposta. Há meses me preparo para a reunião com a matka e o ojciec na Polônia; se *eles* não estavam me esperando, *quem* estava? Onde é e o que é a Ucrânia? O meu estômago se revira e fico com medo de começar a vomitar, como no dia em que ouvi pela primeira vez que eu era adotada. Mas naquela época eu estava sozinha, foi antes da entrada do Janek na minha vida, agora eu me agarro aos seus olhos e eles me dizem *Aconteça o que acontecer, nós dois ficaremos juntos.*

Depois da partida da srta. Mulyk vou ao banheiro, o único lugar da casa em que eu posso ficar tranquila e abro as torneiras ao máximo para que ninguém possa me ouvir cantar. Se sou realmente ucraniana ao passo que achava ser polonesa, será que vou poder cantar em alemão? Enquanto acaricio o meu sinal com o polegar, canto a canção sobre a edelweiss para agradecer ao vovô por tudo o que ele me ensinou nesta casa.

À noite, a Greta chega perto da minha cama no escuro, está segurando a Annabella no colo e me diz:

– Kristina, a mulher americana vai levar você para bem longe daqui, não vai?

– Acho que vai.

– Ela vai mandá-la de volta para os seus pais na Ucrânia, não é?

– Provavelmente.

– Então me ouça. Não fomos muito amigas nos últimos tempos, mas vou sentir a sua falta, a casa ficará vazia sem você, e além do mais não terei mais uma irmãzinha para incomodar.

Depois de um instante de hesitação, ela acrescenta:

– Vou dormir com a boneca esta noite e depois... você vai embora... você pode levá-la com você. Será uma... lembrança da nossa família.

Jogo os meus braços em torno do pescoço dela e a gente se abraça forte e é estranho porque é a primeira e a última vez que a gente faz isso.

– Muito, muito, muito obrigada, Greta, nunca vou me esquecer disso.

A Helga passa a manhã toda fazendo as nossas malas, lá pelo meio-dia vejo a minha mala aberta em cima da minha cama com todas as minhas coisas ali dentro, desde a minha escova de dentes até o urso com pratos – e, coroando tudo, a maravilhosa Annabella, com o vestido de veludo vermelho cuidadosamente espalhado em torno do seu corpo. No início da tarde, quando estou na janela com o Janek, vejo o carro da srta. Mulyk estacionar na frente da nossa casa. Dessa vez, dois homens a acompanham, um deles é negro e o Janek conclui que são americanos. A mãe está doente no quarto desde de manhã, ela não veio almoçar com a gente, mas quando a campainha toca ela sai toda penteada e maquiada, vejo que ela está fazendo o melhor que pode para se conter, mas quando vê a Helga e o Johann descendo a escada com as nossas malas, ela desaba novamente e faz o mesmo barulho com a garganta que na véspera, um barulho de terra espesso e assustador, como se a voz dela saísse das entranhas da terra. Jogando-se para cima de mim, ela me abraça com todas as suas forças, gemendo:

– Kristina, Kristina.

Os homens levam as nossas malas até o carro e o Johann os acompanha sem dizer nada, nem obrigado, nem adeus, nem à mãe, nem à Greta, nem à Helga, nem à vó. Depois, a srta. Mulyk caminha na nossa direção e fala com uma voz suave mas firme para convencê-la a me soltar e devo confessar que é um alívio, pois ela estava começando a me estrangular.

Quando fechamos a porta depois de passar, a mãe solta um grito penetrante que ressoa no corredor. Vizinhos curiosos deixam as portas entreabertas para nos espiar, a sra. Webern, em vez de se esconder, se planta na frente da porta, com os braços cruzados e os olhos queimando como se fossem tochas, mas a srta. Mulyk permanece com os olhos fixos à frente como uma bailarina e me diz baixinho:

– Siga em frente, Klarysa.

Os dois homens estão sentados no banco da frente, eu estou imobilizada entre o Janek e a mulher no banco traseiro, a viagem me parece interminável, estamos num dia tórrido do mês de agosto e estou transpirando muito. O vô dizia em outros tempos que a transpiração é o sistema de resfriamento do corpo, o suor fica contido em canais sob a testa e as axilas e não sei onde mais, e, quando ele se evapora, você se refresca, mas hoje ele não está evaporando, não para de correr sem parar. Ninguém fala nada, mas vejo que as mandíbulas do Janek se contraíram de novo. Fecho os olhos e finjo estar dormindo, depois de um tempo olho para a srta. Mulyk através dos meus cílios e, para a minha surpresa, ela está secando uma lágrima, fico me perguntando por que *ela* está chorando, mas talvez todo mundo tenha razões para chorar neste momento, até mesmo os americanos. Finalmente adormeço de verdade com a cabeça apoiada nos ombros do Johann.

O carro me deixa diante de uma casa, subo os degraus da entrada e tento abrir a maçaneta da porta, que não está trancada, vibrando de impaciência, eu entro, percorro um corredor e penetro numa sala enorme, violentamente iluminada, do outro lado da sala vejo uma mulher de costas. Até que enfim, até que enfim, penso. Até que enfim vou me encontrar com a minha mãe de verdade! "Mamãe?", pergunto, mas ela não me responde, nem se vira para mim, então chego pertinho dela e toco a mão dela dizendo "Mamãe?", mas ela é de pedra.

Quando acordo, chegamos, a minha cabeça está pesada e preciso fazer pipi, já é quase noite.

Quando estamos descendo do carro, o Janek murmura no meu ouvido:

– Vi freiras quando chegamos, isso está me trazendo más lembranças, não vou ficar aqui muito tempo.

– Estavam de marrom?

– Não, de preto e branco. Mas são alemãs com toda certeza.

Os homens levaram as nossas malas para algum lugar.

– Vocês vão passar algum tempo neste centro – a srta. Mulyk explica quando transpomos juntos a porta de entrada. – É preciso tempo para pôr todos os papéis em ordem. O dormitório das meninas fica à esquerda e o dos meninos, à direita, mas vocês vão poder se encontrar todos os dias nas horas das refeições, pelo menos até que encontrem uma família para vocês.

– Encontrem *uma* família? – pergunta o Johann violentamente. – Encontrem a *nossa* família, você quer dizer!

– Sim, sim – diz a mulher com um ar vago. – Infelizmente, as coisas nunca avançam do jeito que gostaríamos. Vamos, subam para desfazer as malas, depois venham se juntar aos outros para o jantar. O refeitório fica bem ali...

Não estou entendendo nada do que está acontecendo.

No dormitório das meninas, vejo de longe uma mala colocada em cima de uma das camas.

Atravesso a peça correndo e me jogo em cima da mala, me atrapalho pela ansiedade, mas enfim consigo abri-la.

Nenhum sinal da Annabella. Por mais que eu vire e remexa todas as minhas coisas, ela não está ali. Enroscando o meu corpo até formar uma bolota bem apertada, afundo os punhos nos olhos e me pergunto com os dentes serrados: o que vai ser de mim? Só tenho o Janek no mundo e até ele vão tirar de mim.

O Janek diz que estamos em um convento, e que é por isso que os prédios são parecidos com igrejas; os americanos estão sendo auxiliados por freiras alemãs. Me apresentam às outras crianças do centro, mas elas não me interessam: dezessete meninas e vinte e nove meninos entre quatro e quatorze anos, todos prostrados. Nenhum de nós tem vontade de estar aqui, pois não é um lugar de verdade, apenas uma etapa provisória entre o passado e o futuro. Todos nós pensamos sem parar no passado – eu quero voltar para a minha vida anterior, com as badaladas do relógio o carrossel os cata-ventos a igreja o gira-gira a caixinha de joias o piano os cartões-postais de Dresden – e o futuro é um ponto de interrogação enorme.

– Como é que a srta. Mulyk fez para reconhecer o meu sinal de nascença?

– Você deve ter um arquivo em algum lugar. Ela deve ter posto as mãos nele.

– Mas o que isso quer *dizer*?

– Não sei.

Uma nova rotina começa e os dias se emendam uns nos outros.

De manhã, depois de termos feito a cama e um pouco de ginástica, vamos caminhar no campo. De tarde, nos dividem em pequenos grupos e nos dão aulas, me aborreço horrores porque as outras meninas da minha idade nem sabem ler, então preciso começar do zero. Bem que eu gostaria de ficar sonhando para me distrair, mas não sei nem com o que sonhar, cada pensamento desemboca num impasse pois não sou o que eu imaginava ser e não sei quem sou. Depois da aula de leitura, preciso assistir a uma aula de inglês em que só há mais duas meninas além de mim, o professor se chama sr. White, o que é engraçado pois ele é preto, é um negro americano e a pele dele é toda cor de chocolate, a não ser as palmas das mãos que são marrom-rosadas ou rosa-amarronzadas. Ele ensina a gente a dizer mummy e daddy, please e thank you, what a nice day e I am your daughter. Ele me diz que tenho um ouvido notável e uma pronúncia perfeita.

– Para você também estão ensinando inglês?

– Não.

– Por que estão me fazendo aprender inglês?

– Não sei, irmãzinha.

O Janek agora me chama de irmãzinha, pois não sabe mais como me chamar; quem sabe a srta. Mulyk tinha razão com a sua história de Klarysa?

Chega meu sétimo aniversário, mas eu nem o menciono.

Na minha cama, de noite, o meu corpo me faz companhia. Conto e reconto os dedos das mãos e dos pés, tentando fazer o negócio que o vô me ensinou, em que a gente parece mesmo ter onze dedos, mas não é fácil enganar a si próprio. Eu tiro caca do nariz, que é uma coisa que a gente só pode fazer quando ninguém está olhando. Tiro sujeirinhas do umbigo, exploro a fenda quente entre as minhas coxas e depois eu cheiro e lambo os dedos. Às vezes, tento me lamber por tudo, como uma gata que limpa os filhotes, mas há muitas partes do meu corpo que eu não consigo alcançar com a língua. Eu viro o meu lábio inferior me lembrando do vovô que dizia, quando eu me emburrava: "Atenção para não tropeçar nesse beiço, Kristina!" Isso me lembra aquela piada em que ele perguntava para as pessoas: "Você sabe mostrar a língua e tocar no nariz?" A gente chorava de rir ao vê-las ficarem vesgas, tentando desesperadamente tocar o nariz com a língua, mas depois ele dizia: "Veja só, é fácil!", e colocando para fora apenas a pontinha da língua, tocava no nariz com o indicador.

Acaricio o meu sinal cantarolando embaixo das cobertas, uma vez por semana eu canto na minha cabeça todas as canções do meu repertório com as estrofes na ordem certa, pois não quero esquecê-las, canto sem barulho durante horas, as outras meninas gemem e fungam na cama e isso me incomoda, então quando não encontro mais canções começo a fazer tabuadas de multiplicação e depois recito o alfabeto de trás para frente, cada vez um pouco mais rápido, depois de algumas semanas consigo recitar tão rápido de trás para frente quanto de frente para trás, embora não saiba muito bem para que esse feito poderia me servir algum dia.

As folhas das árvores ficam vermelhas e marrons, se encrespam e se fissuram e deixam-se levar pelo vento até a terra. Nunca estive tão triste quanto agora, de pé, na janela do dormitório, olhando as folhas perderem as cores e flutuarem lentamente para o solo uma a uma, a minha vida também perdeu as cores e, às vezes, só tenho vontade de murchar, de me deixar cair, com a cabeça nos braços, e de ficar morta para sempre.

Até que um chega o Grande Dia, é 18 de outubro e já faz dois meses que o Janek e eu estamos no centro, muitas crianças desapareceram nesse meio-tempo, outras chegaram e agora é a nossa vez de desaparecer.

– Então... – o Janek diz quando nos encontramos à noite para a nossa conversa de depois do jantar.

Estamos sentados muito perto um do outro no patamar lá em cima, já quase completamente escuro, e, além do mais, está frio. Não estou usando casaco, o que me convém, pois me dá um pretexto para tremer e é exatamente o que estou com vontade de fazer.

– Então... – ele repete, olhando fixo para uma mancha no degrau entre os seus pés que não tem absolutamente nada de mais. – Eles disseram o que vai acontecer com você?

– Disseram. E para você?

– Disseram.

– Conta.

– Primeiro você.

– Não, você.

Vejo-o remexer os músculos da mandíbula e então ele os contrai com muita força, como que para impedir a menor palavra de ultrapassar os seus lábios.

– Conte para mim, Janek.

Com um barulho metade suspiro, metade soluço, ele solta o ar dos pulmões, aspira um novo bocado de ar e o retém interminavelmente e enfim diz:

– Os meus pais estão mortos, o meu irmão está morto, toda a minha família está morta, agora eles sabem com certeza que não há mais ninguém na minha casa... Então vão me colocar num internato.

– O quê? Onde?

Ele aperta os joelhos com força com as duas mãos, mas como está muito escuro não consigo ver se as suas falanges embranqueceram, geralmente elas embranquecem quando a gente aperta assim com força pois os ossos ficam perto da pele, fazendo com que os vasos sanguíneos se afastem, acho que a explicação é essa.

– *Onde*, Janek?

– Em Poznan. Tenho um tio em Poznan. Querem me entregar para ele na semana que vem.

– Mas os seus pais... Como foi que eles morreram?

– Não quiseram me dizer. Dizem que é certo, mas se recusam a me dar uma prova. Dizem que por enquanto preciso acreditar no que estão me dizendo e ir para esse internato em Poznan e acreditar que é para o meu bem.

Deixo um longo silêncio envolver as palavras do Janek e niná-las nos braços.

– E você? – ele me pergunta quando o silêncio fez o que podia, o que não é grande coisa.

Me preparo para pronunciar as minhas palavras, que também precisarão de muito silêncio.

– Vão me mandar para o Canadá – digo.

– Para o Canadá? Por quê? Achei que eles sabiam quem são os seus pais de verdade!

– É um mistério, Janek. Enquanto eu estava esperando no corredor, ouvi que estavam discutindo no gabinete do diretor, estavam falando em inglês, mas repetiram a mesma coisa gritando várias vezes, então consegui entender as palavras. O diretor dizia: "Mas e a carta da mãe dela?" E a srta. Mulyk: "A Ucrânia está nas mãos dos vermelhos". E o diretor: "Mas a carta...". E a srta. Mulyk: "Essa carta não existe, está bem? Nem pensar mandar a Klarysa para os vermelhos!". O que isso quer dizer?

– Acho... Acho que quer dizer os russos – o Janek responde.

– Então mandaram eu entrar no gabinete... e o diretor foi embora. A srta. Mulyk me disse que ela tinha um carinho especial por mim porque ela também era ucraniana... Ela tem amigos ucranianos em Toronto – os Kriswaty, um médico e a sua mulher – que não têm filhos e que ficariam muito contentes em me adotar. Assim, ela disse, eu viveria com pessoas do meu povo, num país rico, e o meu nome será Kriswaty.

O Janek me fornece generosamente o silêncio de que preciso.

Depois diz:

– Poznan, Toronto.

Quando ouço Janek pronunciando o nome das nossas futuras cidades, um peso se abate sobre mim e me comprime e me esmaga até que eu me misture com o cimento frio sobre o qual estamos sentados e tenho a sensação de que nunca mais vou poder ficar de pé.

– É impossível – murmuro.

Virando-se para mim nos degraus da escada, o Janek tira os cabelos da minha cara e toca suavemente no meu rosto com os dedos, como se estivesse cego.

– Ouça bem, senhorita Kriswaty – ele diz enfim. – Eles podem me mandar para Poznan e você para Toronto, eles podem trocar os nossos nomes, nos dar papéis falsos e pais falsos e uma nacionalidade falsa, mas há uma coisa que eles não podem fazer, é *nos separar.* Está bem? Sempre, sempre estaremos juntos e eles não podem fazer nada. Sabemos quem somos de verdade e *aqui, agora mesmo, vamos escolher os nomes que serão os nossos verdadeiros nomes* a partir de hoje. Você está pronta, irmãzinha?

Aceno a cabeça debilmente.

– Bem – ele diz.

Segurando o meu braço esquerdo, ele levanta a manga do meu pulôver e beija o meu sinal. Ele está com os lábios gélidos e o seu corpo treme violentamente.

– Estou com você... *aqui* – ele diz. – O meu nome de verdade é Lude, pois o meu pai fazia alaúdes em Szczecin. O meu nome é a palavra para esse instrumento em todas as línguas. Se você se tocar aqui, ou mesmo se você pensar em mim, estarei aí, estarei vibrando em você, como as cordas de um alaúde, toco com você quando você canta. Lude, lude, lude. Repete.

– Lude – eu digo –, lude, lude.

– Agora você, escolha o seu nome.

O nome se precipita sobre mim, como um pássaro caindo do céu, e eu lhe digo baixinho:

– Erra.

– Erra – ele repete. – Erra. Sim, perfeito. Vou trazer a Erra comigo para Poznan e você leva o Lude com você para Toronto. Erra e Lude. Não é bonito?

– Lude e Erra.

– E mais tarde... vou me encontrar com você. Quando tivermos crescido. O mais rápido possível, vou encontrá-la através do seu canto.

– E ficaremos juntos para sempre.

– Sim, precisamos jurar.

Colocando dois dedos por cima do meu sinal, ele diz:

– Eu, Lude, juro que amo a Erra e que mais tarde a encontrarei e ficarei com ela para sempre. Agora você.

– Eu, Erra, juro amar Lude e encontrar-me com ele mais tarde e ficar com ele para sempre.

É tudo muito austero e solene e, no dia seguinte, o Janek some, mergulhando todo o centro num caos, e, uma semana depois, estou de pé em um navio, contemplando o infinito, vendo rolar a ondulação cinza do Atlântico.

Nota da autora

Entre 1940 e 1945, para suprir as perdas alemãs durante a guerra, um vasto programa de "germanização" de crianças estrangeiras foi colocado em prática nos territórios ocupados pela Wehrmacht. Sob as ordens de Heinrich Himmler, mais de duzentas mil crianças foram roubadas na Polônia, na Ucrânia e nos países bálticos. Aquelas que haviam atingido a idade escolar foram enviadas a centros especiais para receberem uma educação "ariana"; as menores, inclusive inúmeros bebês, transitaram pelos centros Lebensborn ("fonte de vida" – os famosos "haras" dos nazistas), antes de serem inseridas em famílias alemãs.

Nos primeiros anos do pós-guerra, a UNRRA (United Nations Relief and Rehabilitation Administration), juntamente com outros órgãos de ajuda a pessoas deslocadas, restituiu cerca de quarenta mil crianças às suas famílias de nascimento.

Referências

HILLEL, Marc. *Au nom de la race*. Paris: Fayard, 1975.

SERENY, Gitta. *The german trauma: experiences and reflections 1938-2001,* London: Penguin, 2001.

VINCENT, Fernande. *Hitler, tu connais?* Besançon: L'Amitié par le Livre, s/d.

WARCHAWIAK, Eva. *Comment je suis devenue démocrate.* Aigues-Vives (Gard): HB Éditions, 1999.

Ver também o documentário de Chantal Lasbats, *Lebensborn* (1994), além de vários sites na internet.

Referências das citações das páginas 121-180

FIDDLER ON THE ROOF (*Violinista no telhado*), de Joseph Stein, música de Jerry Bock e letras de Sheldon Harnick, baseado nos contos de Sholem Aleichem (com a autorização de Arnold Perl); produzido por Harold Prince, 1964.

Extratos da canção *If I were a rich man.*

Página 121: *"If I were (...) all day long I'd" "If I were (...) Yidle-deeddle-deeddle-deeddle-man".*

THE WIZARD OF OZ (O mágico de Oz), musical produzido por L. Frank Baum e William W. Denslow, 1902. Adaptação cinematográfica de Victor Fleming, roteiro de L. Frank Baum, Noel Langley, Florence Ryerson e Edgar Allan Woolf, música de Harold Arlen, George Bassman, George Stoll e Herbert Stothart; produzido por Mervyn Le Roy; Metro-Goldwin-Mayer, 1939, Warner Bros. desde 1998.

Trechos da canção *Follow the Yellow Brick Road.*

Página 121: *"Follow the Yellow Brick Road. Follow the Yellow Brick Road"*

Página 121: *"You'll find he is a whiz (...) becoz"*

PORGY AND BESS, composto por George Gershwin, baseado no libreto de Ira Gershwin e de DuBose Heyward, 1935.

Trechos da canção *It Ain't Neccessarily So.*

Página 121: *"Wa-doo (...) for a sebben"*

Página 121: *"Li'il David (...) but oh my!"*

"L'il Moses (...) Pharaoh's daughter said"

ON THE TOWN (Um dia em Nova York), dirigido por Gene Kelly e Stanley Donen, roteiro e letra das canções por Adolph Green e Betty Comden, música de Leonard Bernstein, produzido por Arthur Freed; Metro-Goldwin-Mayer, 1949.

Trechos da canção *New York, New York.*

Página 121: *"Beneath the Broadway lights"*

Página 121: *"New York New York (...) hole in the groun'"*

TRECHOS DA CANÇÃO *ALABAMA SONG,* texto de Bertolt Brecht e música de Kurt Weill; composta em 1927 e retomada em *Aufstieg und Fall der Stadt Mahagonny (Ascensão e queda da cidade de Mahagonny)*, Suhrkamp Verlag.

Página 121: *"Oh, moon of Alabama"*

Página 121: "*Show me the way (...) don't ask why"*

SINGIN' IN THE RAIN (Cantando na chuva), dirigido por Stanley Donen e Gene Kelly, roteiro de Adolph Green e Betty Comden, produzido por Arthur Freed; Metro-Goldwin-Mayer, 1952.

Trecho da canção *Moses Supposes.*

Página 121: "*Moses supposes (...) doodie doodle"*

THE SOUND OF MUSIC (A noviça rebelde), comédia musical de Richard Rodgers e Oscar Hammerstein II, baseada no livro de Maria Von Trapp, *The Story of the Trapp Family Singers* (1949); libreto de Howard Lidsay, Russel Crouse, 1959. Filme realizado e produzido por Robert Wise, Twentieth Century Fox, 1965.

Trecho da canção *Edelweiss.*

Página 180: *"Edelweiss, Edelweiss (...) You look happy to meet me!"*

Coleção **L&PM** POCKET (LANÇAMENTOS MAIS RECENTES)

257.**Viva o Alegrete** – Sergio Faraco
258.**Vou estar esperando** – R. Chandler
259.**A senhora Beate e seu filho** – Schnitzler
260.**O ovo apunhalado** – Caio Fernando Abreu
261.**O ciclo das águas** – Moacyr Scliar
262.**Millôr Definitivo** – Millôr Fernandes
264.**Viagem ao centro da Terra** – Júlio Verne
265.**A dama do lago** – Raymond Chandler
266.**Caninos brancos** – Jack London
267.**O médico e o monstro** – R. L. Stevenson
268.**A tempestade** – William Shakespeare
269.**Assassinatos na rua Morgue** – E. Allan Poe
270.**99 corruíras nanicas** – Dalton Trevisan
271.**Broquéis** – Cruz e Sousa
272.**Mês de cães danados** – Moacyr Scliar
273.**Anarquistas – vol. 1 – A idéia** – G.Woodcock
274.**Anarquistas – vol. 2 – O movimento** – G.Woodcock
275.**Pai e filho, filho e pai** – Moacyr Scliar
276.**As aventuras de Tom Sawyer** – Mark Twain
277.**Muito barulho por nada** – W. Shakespeare
278.**Elogio da loucura** – Erasmo
279.**Autobiografia de Alice B. Toklas** – G. Stein
280.**O chamado da floresta** – J. London
281.**Uma agulha para o diabo** – Ruth Rendell
282.**Verdes vales do fim do mundo** – A. Bivar
283.**Ovelhas negras** – Caio Fernando Abreu
284.**O fantasma de Canterville** – O. Wilde
285.**Receitas de Yayá Ribeiro** – Celia Ribeiro
286.**A galinha degolada** – H. Quiroga
287.**O último adeus de Sherlock Holmes** – A. Conan Doyle
288.**A. Gourmet *em* Histórias de cama & mesa** – J. A. Pinheiro Machado
289.**Topless** – Martha Medeiros
290.**Mais receitas do Anonymus Gourmet** – J. A. Pinheiro Machado
291.**Origens do discurso democrático** – D. Schüler
292.**Humor politicamente incorreto** – Nani
293.**O teatro do bem e do mal** – E. Galeano
294.**Garibaldi & Manoela** – J. Guimarães
295.**10 dias que abalaram o mundo** – John Reed
296.**Numa fria** – Bukowski
297.**Poesia de Florbela Espanca** vol. 1
298.**Poesia de Florbela Espanca** vol. 2
299.**Escreva certo** – E. Oliveira e M. E. Bernd
300.**O vermelho e o negro** – Stendhal
301.**Ecce homo** – Friedrich Nietzsche
302(7).**Comer bem, sem culpa** – Dr. Fernando Lucchese, A. Gourmet e Iotti
303.**O livro de Cesário Verde** – Cesário Verde
305.**100 receitas de macarrão** – S. Lancellotti
306.**160 receitas de molhos** – S. Lancellotti
307.**100 receitas light** – H. e Â. Tonetto
308.**100 receitas de sobremesas** – Celia Ribeiro
309.**Mais de 100 dicas de churrasco** – Leon Diziekaniak
310.**100 receitas de acompanhamentos** – C. Cabeda
311.**Honra ou vendetta** – S. Lancellotti
312.**A alma do homem sob o socialismo** – Oscar Wilde
313.**Tudo sobre Yôga** – Mestre De Rose
314.**Os varões assinalados** – Tabajara Ruas
315.**Édipo em Colono** – Sófocles
316.**Lisístrata** – Aristófanes / trad. Millôr
317.**Sonhos de Bunker Hill** – John Fante
318.**Os deuses de Raquel** – Moacyr Scliar
319.**O colosso de Marússia** – Henry Miller
320.**As eruditas** – Molière / trad. Millôr
321.**Radicci 1** – Iotti
322.**Os Sete contra Tebas** – Ésquilo
323.**Brasil Terra à vista** – Eduardo Bueno
324.**Radicci 2** – Iotti
325.**Júlio César** – William Shakespeare
326.**A carta de Pero Vaz de Caminha**
327.**Cozinha Clássica** – Sílvio Lancellotti
328.**Madame Bovary** – Gustave Flaubert
329.**Dicionário do viajante insólito** – M. Scliar
330.**O capitão saiu para o almoço...** – Bukowski
331.**A carta roubada** – Edgar Allan Poe
332.**É tarde para saber** – Josué Guimarães
333.**O livro de bolso da Astrologia** – Maggy Harrisonx e Mellina Li
334.**1933 foi um ano ruim** – John Fante
335.**100 receitas de arroz** – Aninha Comas
336.**Guia prático do Português correto – vol. 1** – Cláudio Moreno
337.**Bartleby, o escriturário** – H. Melville
338.**Enterrem meu coração na curva do rio** – Dee Brown
339.**Um conto de Natal** – Charles Dickens
340.**Cozinha sem segredos** – J. A. P. Machado
341.**A dama das Camélias** – A. Dumas Filho
342.**Alimentação saudável** – H. e Â. Tonetto
343.**Continhos galantes** – Dalton Trevisan
344.**A Divina Comédia** – Dante Alighieri
345.**A Dupla Sertanojo** – Santiago
346.**Cavalos do amanhecer** – Mario Arregui
347.**Biografia de Vincent van Gogh por sua cunhada** – Jo van Gogh-Bonger
348.**Radicci 3** – Iotti
349.**Nada de novo no front** – E. M. Remarque
350.**A hora dos assassinos** – Henry Miller
351.**Flush – Memórias de um cão** – Virginia Woolf
352.**A guerra no Bom Fim** – M. Scliar
353(1).**O caso Saint-Fiacre** – Simenon
354(2).**Morte na alta sociedade** – Simenon
355(3).**O cão amarelo** – Simenon
356(4).**Maigret e o homem do banco** – Simenon
357.**As uvas e o vento** – Pablo Neruda
358.**On the road** – Jack Kerouac
359.**O coração amarelo** – Pablo Neruda
360.**Livro das perguntas** – Pablo Neruda
361.**Noite de Reis** – William Shakespeare
362.**Manual de Ecologia** – vol.1 – J. Lutzenberger
363.**O mais longo dos dias** – Cornelius Ryan
364.**Foi bom prá você?** – Nani
365.**Crepusculário** – Pablo Neruda
366.**A comédia dos erros** – Shakespeare
367(5).**A primeira investigação de Maigret** – Simenon

368(6).**As férias de Maigret** – Simenon
369.**Mate-me por favor (vol.1)** – L. McNeil
370.**Mate-me por favor (vol.2)** – L. McNeil
371.**Carta ao pai** – Kafka
372.**Os vagabundos iluminados** – J. Kerouac
373(7).**O enforcado** – Simenon
374(8).**A fúria de Maigret** – Simenon
375.**Vargas, uma biografia política** – H. Silva
376.**Poesia reunida (vol.1)** – A. R. de Sant'Anna
377.**Poesia reunida (vol.2)** – A. R. de Sant'Anna
378.**Alice no país do espelho** – Lewis Carroll
379.**Residência na Terra 1** – Pablo Neruda
380.**Residência na Terra 2** – Pablo Neruda
381.**Terceira Residência** – Pablo Neruda
382.**O delírio amoroso** – Bocage
383.**Futebol ao sol e à sombra** – E. Galeano
384(9).**O porto das brumas** – Simenon
385(10).**Maigret e seu morto** – Simenon
386.**Radicci 4** – Iotti
387.**Boas maneiras & sucesso nos negócios** – Celia Ribeiro
388.**Uma história Farroupilha** – M. Scliar
389.**Na mesa ninguém envelhece** – J. A. Pinheiro Machado
390.**200 receitas inéditas do Anonymus Gourmet** – J. A. Pinheiro Machado
391.**Guia prático do Português correto – vol.2** – Cláudio Moreno
392.**Breviário das terras do Brasil** – Assis Brasil
393.**Cantos Cerimoniais** – Pablo Neruda
394.**Jardim de Inverno** – Pablo Neruda
395.**Antonio e Cleópatra** – William Shakespeare
396.**Tróia** – Cláudio Moreno
397.**Meu tio matou um cara** – Jorge Furtado
398.**O anatomista** – Federico Andahazi
399.**As viagens de Gulliver** – Jonathan Swift
400.**Dom Quixote** – (v. 1) – Miguel de Cervantes
401.**Dom Quixote** – (v. 2) – Miguel de Cervantes
402.**Sozinho no Pólo Norte** – Thomaz Brandolin
403.**Matadouro 5** – Kurt Vonnegut
404.**Delta de Vênus** – Anaïs Nin
405.**O melhor de Hagar 2** – Dik Browne
406.**É grave Doutor?** – Nani
407.**Orai pornô** – Nani
408(11).**Maigret em Nova York** – Simenon
409(12).**O assassino sem rosto** – Simenon
410(13).**O mistério das jóias roubadas** – Simenon
411.**A irmãzinha** – Raymond Chandler
412.**Três contos** – Gustave Flaubert
413.**De ratos e homens** – John Steinbeck
414.**Lazarilho de Tormes** – Anônimo do séc. XVI
415.**Triângulo das águas** – Caio Fernando Abreu
416.**100 receitas de carnes** – Sílvio Lancellotti
417.**Histórias de robôs:** vol. 1 – org. Isaac Asimov
418.**Histórias de robôs:** vol. 2 – org. Isaac Asimov
419.**Histórias de robôs:** vol. 3 – org. Isaac Asimov
420.**O país dos centauros** – Tabajara Ruas
421.**A república de Anita** – Tabajara Ruas
422.**A carga dos lanceiros** – Tabajara Ruas
423.**Um amigo de Kafka** – Isaac Singer
424.**As alegres matronas de Windsor** – Shakespeare
425.**Amor e exílio** – Isaac Bashevis Singer
426.**Use & abuse do seu signo** – Marília Fiorillo e Marylou Simonsen
427.**Pigmaleão** – Bernard Shaw
428.**As fenícias** – Eurípides
429.**Everest** – Thomaz Brandolin
430.**A arte de furtar** – Anônimo do séc. XVI
431.**Billy Bud** – Herman Melville
432.**A rosa separada** – Pablo Neruda
433.**Elegia** – Pablo Neruda
434.**A garota de Cassidy** – David Goodis
435.**Como fazer a guerra: máximas de Napoleão** – Balzac
436.**Poemas escolhidos** – Emily Dickinson
437.**Gracias por el fuego** – Mario Benedetti
438.**O sofá** – Crébillon Fils
439.**O "Martín Fierro"** – Jorge Luis Borges
440.**Trabalhos de amor perdidos** – W. Shakespeare
441.**O melhor de Hagar 3** – Dik Browne
442.**Os Maias (volume1)** – Eça de Queiroz
443.**Os Maias (volume2)** – Eça de Queiroz
444.**Anti-Justine** – Restif de La Bretonne
445.**Juventude** – Joseph Conrad
446.**Contos** – Eça de Queiroz
447.**Janela para a morte** – Raymond Chandler
448.**Um amor de Swann** – Marcel Proust
449.**À paz perpétua** – Immanuel Kant
450.**A conquista do México** – Hernan Cortez
451.**Defeitos escolhidos e 2000** – Pablo Neruda
452.**O casamento do céu e do inferno** – William Blake
453.**A primeira viagem ao redor do mundo** – Antonio Pigafetta
454(14).**Uma sombra na janela** – Simenon
455(15).**A noite da encruzilhada** – Simenon
456(16).**A velha senhora** – Simenon
457.**Sartre** – Annie Cohen-Solal
458.**Discurso do método** – René Descartes
459.**Garfield em grande forma (1)** – Jim Davis
460.**Garfield está de dieta** (2) – Jim Davis
461.**O livro das feras** – Patricia Highsmith
462.**Viajante solitário** – Jack Kerouac
463.**Auto da barca do inferno** – Gil Vicente
464.**O livro vermelho dos pensamentos de Millôr** – Millôr Fernandes
465.**O livro dos abraços** – Eduardo Galeano
466.**Voltaremos!** – José Antonio Pinheiro Machado
467.**Rango** – Edgar Vasques
468(8).**Dieta mediterrânea** – Dr. Fernando Lucchese e José Antonio Pinheiro Machado
469.**Radicci 5** – Iotti
470.**Pequenos pássaros** – Anaïs Nin
471.**Guia prático do Português correto – vol.3** – Cláudio Moreno
472.**Atire no pianista** – David Goodis
473.**Antologia Poética** – García Lorca
474.**Alexandre e César** – Plutarco
475.**Uma espiã na casa do amor** – Anaïs Nin
476.**A gorda do Tiki Bar** – Dalton Trevisan
477.**Garfield um gato de peso (3)** – Jim Davis
478.**Canibais** – David Coimbra
479.**A arte de escrever** – Arthur Schopenhauer
480.**Pinóquio** – Carlo Collodi
481.**Misto-quente** – Bukowski
482.**A lua na sarjeta** – David Goodis
483.**O melhor do Recruta Zero (1)** – Mort Walker
484.**Aline: TPM – tensão pré-monstrual (2)** – Adão Iturrusgarai

485.**Sermões do Padre Antonio Vieira**
486.**Garfield numa boa (4)** – Jim Davis
487.**Mensagem** – Fernando Pessoa
488.**Vendeta** *seguido de* **A paz conjugal** – Balzac
489.**Poemas de Alberto Caeiro** – Fernando Pessoa
490.**Ferragus** – Honoré de Balzac
491.**A duquesa de Langeais** – Honoré de Balzac
492.**A menina dos olhos de ouro** – Honoré de Balzac
493.**O lírio do vale** – Honoré de Balzac
494(17).**A barcaça da morte** – Simenon
495(18).**As testemunhas rebeldes** – Simenon
496(19).**Um engano de Maigret** – Simenon
497(1).**A noite das bruxas** – Agatha Christie
498(2).**Um passe de mágica** – Agatha Christie
499(3).**Nêmesis** – Agatha Christie
500.**Esboço para uma teoria das emoções** – Sartre
501.**Renda básica de cidadania** – Eduardo Suplicy
502(1).**Pílulas para viver melhor** – Dr. Lucchese
503(2).**Pílulas para prolongar a juventude** – Dr. Lucchese
504(3).**Desembarcando o diabetes** – Dr. Lucchese
505(4).**Desembarcando o sedentarismo** – Dr. Fernando Lucchese e Cláudio Castro
506(5).**Desembarcando a hipertensão** – Dr. Lucchese
507(6).**Desembarcando o colesterol** – Dr. Fernando Lucchese e Fernanda Lucchese
508.**Estudos de mulher** – Balzac
509.**O terceiro tira** – Flann O'Brien
510.**100 receitas de aves e ovos** – J. A. P. Machado
511.**Garfield em toneladas de diversão** (5) – Jim Davis
512.**Trem-bala** – Martha Medeiros
513.**Os cães ladram** – Truman Capote
514.**O Kama Sutra de Vatsyayana**
515.**O crime do Padre Amaro** – Eça de Queiroz
516.**Odes de Ricardo Reis** – Fernando Pessoa
517.**O inverno da nossa desesperança** – Steinbeck
518.**Piratas do Tietê (1)** – Laerte
519.**Rê Bordosa: do começo ao fim** – Angeli
520.**O Harlem é escuro** – Chester Himes
521.**Café-da-manhã dos campeões** – Kurt Vonnegut
522.**Eugénie Grandet** – Balzac
523.**O último magnata** – F. Scott Fitzgerald
524.**Carol** – Patricia Highsmith
525.**100 receitas de patisseria** – Sílvio Lancellotti
526.**O fator humano** – Graham Greene
527.**Tristessa** – Jack Kerouac
528.**O diamante do tamanho do Ritz** – Scott Fitzgerald
529.**As melhores histórias de Sherlock Holmes** – Arthur Conan Doyle
530.**Cartas a um jovem poeta** – Rilke
531(20).**Memórias de Maigret** – Simenon
532(4).**O misterioso sr. Quin** – Agatha Christie
533.**Os analectos** – Confúcio
534(21).**Maigret e os homens de bem** – Simenon
535(22).**O medo de Maigret** – Simenon
536.**Ascensão e queda de César Birotteau** – Balzac
537.**Sexta-feira negra** – David Goodis
538.**Ora bolas – O humor de Mario Quintana** – Juarez Fonseca
539.**Longe daqui aqui mesmo** – Antonio Bivar
540(5).**É fácil matar** – Agatha Christie
541.**O pai Goriot** – Balzac
542.**Brasil, um país do futuro** – Stefan Zweig
543.**O processo** – Kafka
544.**O melhor de Hagar 4** – Dik Browne
545(6).**Por que não pediram a Evans?** – Agatha Christie
546.**Fanny Hill** – John Cleland
547.**O gato por dentro** – William S. Burroughs
548.**Sobre a brevidade da vida** – Sêneca
549.**Geraldão (1)** – Glauco
550.**Piratas do Tietê (2)** – Laerte
551.**Pagando o pato** – Ciça
552.**Garfield de bom humor (6)** – Jim Davis
553.**Conhece o Mário?** vol.1 – Santiago
554.**Radicci 6** – Iotti
555.**Os subterrâneos** – Jack Kerouac
556(1).**Balzac** – François Taillandier
557(2).**Modigliani** – Christian Parisot
558(3).**Kafka** – Gérard-Georges Lemaire
559(4).**Júlio César** – Joël Schmidt
560.**Receitas da família** – J. A. Pinheiro Machado
561.**Boas maneiras à mesa** – Celia Ribeiro
562(9).**Filhos sadios, pais felizes** – R. Pagnoncelli
563(10).**Fatos & mitos** – Dr. Fernando Lucchese
564.**Ménage à trois** – Paula Taitelbaum
565.**Mulheres!** – David Coimbra
566.**Poemas de Álvaro de Campos** – Fernando Pessoa
567.**Medo e outras histórias** – Stefan Zweig
568.**Snoopy e sua turma (1)** – Schulz
569.**Piadas para sempre (1)** – Visconde da Casa Verde
570.**O alvo móvel** – Ross Macdonald
571.**O melhor do Recruta Zero (2)** – Mort Walker
572.**Um sonho americano** – Norman Mailer
573.**Os broncos também amam** – Angeli
574.**Crônica de um amor louco** – Bukowski
575(5).**Freud** – René Major e Chantal Talagrand
576(6).**Picasso** – Gilles Plazy
577(7).**Gandhi** – Christine Jordis
578.**A tumba** – H. P. Lovecraft
579.**O príncipe e o mendigo** – Mark Twain
580.**Garfield, um charme de gato (7)** – Jim Davis
581.**Ilusões perdidas** – Balzac
582.**Esplendores e misérias das cortesãs** – Balzac
583.**Walter Ego** – Angeli
584.**Striptiras (1)** – Laerte
585.**Fagundes: um puxa-saco de mão cheia** – Laerte
586.**Depois do último trem** – Josué Guimarães
587.**Ricardo III** – Shakespeare
588.**Dona Anja** – Josué Guimarães
589.**24 horas na vida de uma mulher** – Stefan Zweig
590.**O terceiro homem** – Graham Greene
591.**Mulher no escuro** – Dashiell Hammett
592.**No que acredito** – Bertrand Russell
593.**Odisséia (1): Telemaquia** – Homero
594.**O cavalo cego** – Josué Guimarães
595.**Henrique V** – Shakespeare
596.**Fabulário geral do delírio cotidiano** – Bukowski

597.**Tiros na noite 1: A mulher do bandido** – Dashiell Hammett
598.**Snoopy em Feliz Dia dos Namorados! (2)** – Schulz
599.**Mas não se matam cavalos?** – Horace McCoy
600.**Crime e castigo** – Dostoiévski
601(7).**Mistério no Caribe** – Agatha Christie
602.**Odisséia (2): Regresso** – Homero
603.**Piadas para sempre (2)** – Visconde da Casa Verde
604.**À sombra do vulcão** – Malcolm Lowry
605(8).**Kerouac** – Yves Buin
606.**E agora são cinzas** – Angeli
607.**As mil e uma noites** – Paulo Caruso
608.**Um assassino entre nós** – Ruth Rendell
609.**Crack-up** – F. Scott Fitzgerald
610.**Do amor** – Stendhal
611.**Cartas do Yage** – William Burroughs e Allen Ginsberg
612.**Striptiras (2)** – Laerte
613.**Henry & June** – Anaïs Nin
614.**A piscina mortal** – Ross Macdonald
615.**Geraldão (2)** – Glauco
616.**Tempo de delicadeza** – A. R. de Sant'Anna
617.**Tiros na noite 2: Medo de tiro** – Dashiell Hammett
618.**Snoopy em Assim é a vida, Charlie Brown! (3)** – Schulz
619.**1954 – Um tiro no coração** – Hélio Silva
620.**Sobre a inspiração poética (Íon)** e ... – Platão
621.**Garfield e seus amigos (8)** – Jim Davis
622.**Odisséia (3): Ítaca** – Homero
623.**A louca matança** – Chester Himes
624.**Factótum** – Bukowski
625.**Guerra e Paz: volume 1** – Tolstói
626.**Guerra e Paz: volume 2** – Tolstói
627.**Guerra e Paz: volume 3** – Tolstói
628.**Guerra e Paz: volume 4** – Tolstói
629(9).**Shakespeare** – Claude Mourthé
630.**Bem está o que bem acaba** – Shakespeare
631.**O contrato social** – Rousseau
632.**Geração Beat** – Jack Kerouac
633.**Snoopy: É Natal! (4)** – Charles Schulz
634(8).**Testemunha da acusação** – Agatha Christie
635.**Um elefante no caos** – Millôr Fernandes
636.**Guia de leitura (100 autores que você precisa ler)** – Organização de Léa Masina
637.**Pistoleiros também mandam flores** – David Coimbra
638.**O prazer das palavras** – vol. 1 – Cláudio Moreno
639.**O prazer das palavras** – vol. 2 – Cláudio Moreno
640.**Novíssimo testamento: com Deus e o diabo, a dupla da criação** – Iotti
641.**Literatura Brasileira: modos de usar** – Luís Augusto Fischer
642.**Dicionário de Porto-Alegrês** – Luís A. Fischer
643.**Clô Dias & Noites** – Sérgio Jockymann
644.**Memorial de Isla Negra** – Pablo Neruda
645.**Um homem extraordinário e outras histórias** – Tchékhov
646.**Ana sem terra** – Alcy Cheuiche
647.**Adultérios** – Woody Allen
648.**Para sempre ou nunca mais** – R. Chandler
649.**Nosso homem em Havana** – Graham Greene
650.**Dicionário Caldas Aulete de Bolso**
651.**Snoopy: Posso fazer uma pergunta, professora? (5)** – Charles Schulz
652(10).**Luís XVI** – Bernard Vincent
653.**O mercador de Veneza** – Shakespeare
654.**Cancioneiro** – Fernando Pessoa
655.**Non-Stop** – Martha Medeiros
656.**Carpinteiros, levantem bem alto a cumeeira & Seymour, uma apresentação** – J.D.Salinger
657.**Ensaios céticos** – Bertrand Russell
658.**O melhor de Hagar 5** – Dik e Chris Browne
659.**Primeiro amor** – Ivan Turguêniev
660.**A trégua** – Mario Benedetti
661.**Um parque de diversões da cabeça** – Lawrence Ferlinghetti
662.**Aprendendo a viver** – Sêneca
663.**Garfield, um gato em apuros (9)** – Jim Davis
664.**Dilbert 1** – Scott Adams
665.**Dicionário de dificuldades** – Domingos Paschoal Cegalla
666.**A imaginação** – Jean-Paul Sartre
667.**O ladrão e os cães** – Naguib Mahfuz
668.**Gramática do português contemporâneo** – Celso Cunha
669.**A volta do parafuso** *seguido de* **Daisy Miller** – Henry James
670.**Notas do subsolo** – Dostoiévski
671.**Abobrinhas da Brasilônia** – Glauco
672.**Geraldão (3)** – Glauco
673.**Piadas para sempre (3)** – Visconde da Casa Verde
674.**Duas viagens ao Brasil** – Hans Staden
675.**Bandeira de bolso** – Manuel Bandeira
676.**A arte da guerra** – Maquiavel
677.**Além do bem e do mal** – Nietzsche
678.**O coronel Chabert** *seguido de* **A mulher abandonada** – Balzac
679.**O sorriso de marfim** – Ross Macdonald
680.**100 receitas de pescados** – Sílvio Lancellotti
681.**O juiz e seu carrasco** – Friedrich Dürrenmatt
682.**Noites brancas** – Dostoiévski
683.**Quadras ao gosto popular** – Fernando Pessoa
684.**Romanceiro da Inconfidência** – Cecília Meireles
685.**Kaos** – Millôr Fernandes
686.**A pele de onagro** – Balzac
687.**As ligações perigosas** – Choderlos de Laclos
688.**Dicionário de matemática** – Luiz Fernandes Cardoso
689.**Os Lusíadas** – Luís Vaz de Camões
690(11).**Átila** – Éric Deschodt
691.**Um jeito tranqüilo de matar** – Chester Himes
692.**A felicidade conjugal** *seguido de* **O diabo** – Tolstói
693.**Viagem de um naturalista ao redor do mundo** – vol. 1 – Charles Darwin
694.**Viagem de um naturalista ao redor do mundo** – vol. 2 – Charles Darwin
695.**Memórias da casa dos mortos** – Dostoiévski
696.**A Celestina** – Fernando de Rojas
697.**Snoopy: Como você é azarado, Charlie Brown! (6)** – Charles Schulz
698.**Dez (quase) amores** – Claudia Tajes
699(9).**Poirot sempre espera** – Agatha Christie

700.**Cecília de bolso** – Cecília Meireles
701.**Apologia de Sócrates** *precedido de* **Êutifron** e *seguido de* **Críton** – Platão
702.**Wood & Stock** – Angeli
703.**Striptiras (3)** – Laerte
704.**Discurso sobre a origem e os fundamentos da desigualdade entre os homens** – Rousseau
705.**Os duelistas** – Joseph Conrad
706.**Dilbert (2)** – Scott Adams
707.**Viver e escrever** (vol. 1) – Edla van Steen
708.**Viver e escrever** (vol. 2) – Edla van Steen
709.**Viver e escrever** (vol. 3) – Edla van Steen
710(10).**A teia da aranha** – Agatha Christie
711.**O banquete** – Platão
712.**Os belos e malditos** – F. Scott Fitzgerald
713.**Libelo contra a arte moderna** – Salvador Dalí
714.**Akropolis** – Valerio Massimo Manfredi
715.**Devoradores de mortos** – Michael Crichton
716.**Sob o sol da Toscana** – Frances Mayes
717.**Batom na cueca** – Nani
718.**Vida dura** – Claudia Tajes
719.**Carne trêmula** – Ruth Rendell
720.**Cris, a fera** – David Coimbra
721.**O anticristo** – Nietzsche
722.**Como um romance** – Daniel Pennac
723.**Emboscada no Forte Bragg** – Tom Wolfe
724.**Assédio sexual** – Michael Crichton
725.**O espírito do Zen** – Alan W.Watts
726.**Um bonde chamado desejo** – Tennessee Williams
727.**Como gostais** *seguido de* **Conto de inverno** – Shakespeare
728.**Tratado sobre a tolerância** – Voltaire
729.**Snoopy: Doces ou travessuras? (7)** – Charles Schulz
730.**Cardápios do Anonymus Gourmet** – J.A. Pinheiro Machado
731.**100 receitas com lata** – J.A. Pinheiro Machado
732.**Conhece o Mário?** vol.2 – Santiago
733.**Dilbert (3)** – Scott Adams
734.**História de um louco amor** *seguido de* **Passado amor** – Horacio Quiroga
735(11).**Sexo: muito prazer** – Laura Meyer da Silva
736(12).**Para entender o adolescente** – Dr. Ronald Pagnoncelli
737(13).**Desembarcando a tristeza** – Dr. Fernando Lucchese
738.**Poirot e o mistério da arca espanhola & outras histórias** – Agatha Christie
739.**A última legião** – Valerio Massimo Manfredi
740.**As virgens suicidas** – Jeffrey Eugenides
741.**Sol nascente** – Michael Crichton
742.**Duzentos ladrões** – Dalton Trevisan
743.**Os devaneios do caminhante solitário** – Rousseau
744.**Garfield, o rei da preguiça (10)** – Jim Davis
745.**Os magnatas** – Charles R. Morris
746.**Pulp** – Charles Bukowski
747.**Enquanto agonizo** – William Faulkner
748.**Aline: viciada em sexo (3)** – Adão Iturrusgarai
749.**A dama do cachorrinho** – Anton Tchékhov
750.**Tito Andrônico** – Shakespeare
751.**Antologia poética** – Anna Akhmátova
752.**O melhor de Hagar 6** – Dik e Chris Browne
753(12).**Michelangelo** – Nadine Sautel
754.**Dilbert (4)** – Scott Adams
755.**O jardim das cerejeiras** *seguido de* **Tio Vânia** – Tchékhov
756.**Geração Beat** – Claudio Willer
757.**Santos Dumont** – Alcy Cheuiche
758.**Budismo** – Claude B. Levenson
759.**Cleópatra** – Christian-Georges Schwentzel
760.**Revolução Francesa** – Frédéric Bluche, Stéphane Rials e Jean Tulard
761.**A crise de 1929** – Bernard Gazier
762.**Sigmund Freud** – Edson Sousa e Paulo Endo
763.**Império Romano** – Patrick Le Roux
764.**Cruzadas** – Cécile Morrisson
765.**O mistério do Trem Azul** – Agatha Christie
766.**Os escrúpulos de Maigret** – Simenon
767.**Maigret se diverte** – Simenon
768.**Senso comum** – Thomas Paine
769.**O parque dos dinossauros** – Michael Crichton
770.**Trilogia da paixão** – Goethe
771.**A simples arte de matar** (vol.1) – R. Chandler
772.**A simples arte de matar** (vol.2) – R. Chandler
773.**Snoopy: No mundo da lua! (8)** – Charles Schulz
774.**Os Quatro Grandes** – Agatha Christie
775.**Um brinde de cianureto** – Agatha Christie
776.**Súplicas atendidas** – Truman Capote
777.**Ainda restam aveleiras** – Simenon
778.**Maigret e o ladrão preguiçoso** – Simenon
779.**A viúva imortal** – Millôr Fernandes
780.**Cabala** – Roland Goetschel
781.**Capitalismo** – Claude Jessua
782.**Mitologia grega** – Pierre Grimal
783.**Economia: 100 palavras-chave** – Jean-Paul Betbèze
784.**Marxismo** – Henri Lefebvre
785.**Punição para a inocência** – Agatha Christie
786.**A extravagância do morto** – Agatha Christie
787(13).**Cézanne** – Bernard Fauconnier
788.**A identidade Bourne** – Robert Ludlum
789.**Da tranquilidade da alma** – Sêneca
790.**Um artista da fome** *seguido de* **Na colônia penal e outras histórias** – Kafka
791.**Histórias de fantasmas** – Charles Dickens
792.**A louca de Maigret** – Simenon
793.**O amigo de infância de Maigret** – Simenon
794.**O revólver de Maigret** – Simenon
795.**A fuga do sr. Monde** – Simenon
796.**O Uraguai** – Basílio da Gama
797.**A mão misteriosa** – Agatha Christie
798.**Testemunha ocular do crime** – Agatha Christie
799.**Crepúsculo dos ídolos** – Friedrich Nietzsche
800.**Maigret e o negociante de vinhos** – Simemon
801.**Maigret e o mendigo** – Simenon
802.**O grande golpe** – Dashiell Hammett
803.**Humor barra pesada** – Nani
804.**Vinho** – Jean-François Gautier
805.**Egito Antigo** – Sophie Desplancques
806(14).**Baudelaire** – Jean-Baptiste Baronian
807.**Caminho da sabedoria, caminho da paz** – Dalai Lama e Felizitas von Schönborn
808.**Senhor e servo e outras histórias** – Tolstói
809.**Os cadernos de Malte Laurids Brigge** – Rilke
810.**Dilbert (5)** – Scott Adams
811.**Big Sur** – Jack Kerouac

812.**Seguindo a correnteza** – Agatha Christie
813.**O álibi** – Sandra Brown
814.**Montanha-russa** – Martha Medeiros
815.**Coisas da vida** – Martha Medeiros
816.**A cantada infalível** *seguido de* **A mulher do centroavante** – David Coimbra
817.**Maigret e os crimes do cais** – Simenon
818.**Sinal vermelho** – Simenon
819.**Snoopy: Pausa para a soneca (9)** – Charles Schulz
820.**De pernas pro ar** – Eduardo Galeano
821.**Tragédias gregas** – Pascal Thiercy
822.**Existencialismo** – Jacques Colette
823.**Nietzsche** – Jean Granier
824.**Amar ou depender?** – Walter Riso
825.**Darmapada: A doutrina budista em versos**
826.**J'Accuse...! – a verdade em marcha** – Zola
827.**Os crimes ABC** – Agatha Christie
828.**Um gato entre os pombos** – Agatha Christie
829.**Maigret e o sumiço do sr. Charles** – Simenon
830.**Maigret e a morte do jogador** – Simenon
831.**Dicionário de teatro** – Luiz Paulo Vasconcellos
832.**Cartas extraviadas** – Martha Medeiros
833.**A longa viagem de prazer** – J. J. Morosoli
834.**Receitas fáceis** – J. A. Pinheiro Machado
835.(14).**Mais fatos & mitos** – Dr. Fernando Lucchese
836.(15).**Boa viagem!** – Dr. Fernando Lucchese
837.**Aline: Finalmente nua!!!** (4) – Adão Iturrusgarai
838.**Mônica tem uma novidade!** – Mauricio de Sousa
839.**Cebolinha em apuros!** – Mauricio de Sousa
840.**Sócios no crime** – Agatha Christie
841.**Bocas do tempo** – Eduardo Galeano
842.**Orgulho e preconceito** – Jane Austen
843.**Impressionismo** – Dominique Lobstein
844.**Escrita chinesa** – Viviane Alleton
845.**Paris: uma história** – Yvan Combeau
846(15).**Van Gogh** – David Haziot
847.**Maigret e o corpo sem cabeça** – Simenon
848.**Portal do destino** – Agatha Christie
849.**O futuro de uma ilusão** – Freud
850.**O mal-estar na cultura** – Freud
851.**Maigret e o matador** – Simenon
852.**Maigret e o fantasma** – Simenon
853.**Um crime adormecido** – Agatha Christie
854.**Satori em Paris** – Jack Kerouac
855.**Medo e delírio em Las Vegas** – Hunter Thompson
856.**Um negócio fracassado e outros contos de humor** – Tchékhov
857.**Mônica está de férias!** – Mauricio de Sousa
858.**De quem é esse coelho?** – Mauricio de Sousa
859.**O burgomestre de Furnes** – Simenon
860.**O mistério Sittaford** – Agatha Christie
861.**Manhã transfigurada** – Luiz Antonio de Assis Brasil
862.**Alexandre, o Grande** – Pierre Briant
863.**Jesus** – Charles Perrot
864.**Islã** – Paul Balta
865.**Guerra da Secessão** – Farid Ameur
866.**Um rio que vem da Grécia** – Cláudio Moreno
867.**Maigret e os colegas americanos** – Simenon
868.**Assassinato na casa do pastor** – Agatha Christie
869.**Manual do líder** – Napoleão Bonaparte
870(16).**Billie Holiday** – Sylvia Fol
871.**Bidu arrasando!** – Mauricio de Sousa
872.**Desventuras em família** – Mauricio de Sousa
873.**Liberty Bar** – Simenon
874.**E no final a morte** – Agatha Christie
875.**Guia prático do Português correto – vol. 4** – Cláudio Moreno
876.**Dilbert (6)** – Scott Adams
877(17).**Leonardo da Vinci** – Sophie Chauveau
878.**Bella Toscana** – Frances Mayes
879.**A arte da ficção** – David Lodge
880.**Striptiras (4)** – Laerte
881.**Skrotinhos** – Angeli
882.**Depois do funeral** – Agatha Christie
883.**Radicci 7** – Iotti
884.**Walden** – H. D. Thoreau
885.**Lincoln** – Allen C. Guelzo
886.**Primeira Guerra Mundial** – Michael Howard
887.**A linha de sombra** – Joseph Conrad
888.**O amor é um cão dos diabos** – Bukowski
889.**Maigret sai em viagem** – Simenon
890.**Despertar: uma vida de Buda** – Jack Kerouac
891(18).**Albert Einstein** – Laurent Seksik
892.**Hell's Angels** – Hunter Thompson
893.**Ausência na primavera** – Agatha Christie
894.**Dilbert (7)** – Scott Adams
895.**Ao sul de lugar nenhum** – Bukowski
896.**Maquiavel** – Quentin Skinner
897.**Sócrates** – C.C.W. Taylor
898.**A casa do canal** – Simenon
899.**O Natal de Poirot** – Agatha Christie
900.**As veias abertas da América Latina** – Eduardo Galeano
901.**Snoopy: Sempre alerta! (10)** – Charles Schulz
902.**Chico Bento: Plantando confusão** – Mauricio de Sousa
903.**Penadinho: Quem é morto sempre aparece** – Mauricio de Sousa
904.**A vida sexual da mulher feia** – Claudia Tajes
905.**100 segredos de liquidificador** – José Antonio Pinheiro Machado
906.**Sexo muito prazer 2** – Laura Meyer da Silva
907.**Os nascimentos** – Eduardo Galeano
908.**As caras e as máscaras** – Eduardo Galeano
909.**O século do vento** – Eduardo Galeano
910.**Poirot perde uma cliente** – Agatha Christie
911.**Cérebro** – Michael O'Shea
912.**O escaravelho de ouro e outras histórias** – Edgar Allan Poe
913.**Piadas para sempre (4)** – Visconde da Casa Verde
914.**100 receitas de massas light** – Helena Tonetto
915(19).**Oscar Wilde** – Daniel Salvatore Schiffer
916.**Uma breve história do mundo** – H. G. Wells
917.**A Casa do Penhasco** – Agatha Christie
918.**Maigret e o finado sr. Gallet** – Simenon
919.**John M. Keynes** – Bernard Gazier
920(20).**Virginia Woolf** – Alexandra Lemasson
921.**Peter e Wendy** *seguido de* **Peter Pan em Kensington Gardens** – J. M. Barrie
922.**Aline: numas de colegial (5)** – Adão Iturrusgarai
923.**Uma dose mortal** – Agatha Christie
924.**Os trabalhos de Hércules** – Agatha Christie
925.**Maigret na escola** – Simenon
926.**Kant** – Roger Scruton
927.**A inocência do Padre Brown** – G.K. Chesterton
928.**Casa Velha** – Machado de Assis
929.**Marcas de nascença** – Nancy Huston

IMPRESSÃO:

GRÁFICA EDITORA
Pallotti
IMAGEM DE QUALIDADE

Santa Maria - RS - Fone/Fax: (55) 3220.4500
www.pallotti.com.br